講談社文庫

邪魔(下)

新装版

奥田英朗

講談社

目次

邪魔（下）

20

台所で葱《ねぎ》を刻むと、青い匂いが鼻の奥をつんとさせた。及川恭子《おいかわきようこ》は包丁を入れた野菜や焼き豆腐を手際よく皿に盛っていく。肉は奮発して和牛の霜降《しもふ》りを七百グラムも買った。

夫の快気祝いはすき焼きにした。病院食で十日あまりも脂っこいものから遠ざかっていた茂則《しげのり》が肉を食べたいと言いだしたからだ。子供たちは大よろこびで、恭子自身も支度がらくで助かった。

リビングでは茂則が子供たちと遊んでいる。両手は包帯を巻いたままだが、もう痛みはないらしい。入浴もさっき済ませた。腕ごとビニールを被せ、水が入らないようにバンデージでとめてやったら、一人で器用に頭も洗っていた。会社も早速明日から出勤することになっている。本社勤務になったことは病室で一度聞いただけだが、それ以上この話題に触れるのはやめにした。

「おかあさん、まだ？」健太《けんた》がキッチンをのぞいて催促する。

「もうすぐ。テーブルにホットプレート出してくれる」

「うん、わかった」

健太が流し台の下の棚から取りだそうとすると、すかさず香織《かおり》が駆けてきて同じように手伝おうとした。ぼくがやる、わたしがやると姉弟で言い争いをしている。

「じゃあ香織はお皿を並べてちょうだい」

二人の子供たちが楽しげに夕食の準備に加わるのを見て、茂則が「あれ。どういう風の吹き回しだ」とからかった。

「おとうさんのいない間、香織も健太も家のこと手伝ってくれたんだよ」

「そうかあ、二人ともえらいなあ。ご褒美《ほうび》にゲームソフトでも買ってあげようか」

茂則が相好をくずす。香織と健太が小躍りしてよろこぶ。そんな家族を見ながら、恭子はまるですべてが元どおりに戻ったような気になった。

すき焼きの鍋を囲んで、茂則はビールを飲んだ。勧められて恭子も飲んだ。血管の隅々にまでアルコールが行きわたり、頭が心地よく痺れた。コップ一杯のつもりだったが、茂則におかわりをねだった。

「おかあさん、顔赤い」香織に指を差され、みんなで笑う。

茂則が葱を食べようとしたら中の身がするりと抜けおち、またみんなで笑った。

「香織も健太も春休みの宿題はやったのか」と茂則。

「春休みは宿題ありませんー」香織が鼻の頭に皺を寄せて答える。

「そうか、香織は今度四年生になるんだ」

「ぼくは二年生」負けじと健太も口をはさんだ。

「じゃあまた新しい友だちができるな」

「残念でした。クラス替えは二年に一回ですー。おとうさん、なんにも知らないんだから」

香織にやりこまれて茂則が頭を掻く。本当にすべてがあの日の前に戻ったような団《だん》欒《らん》だった。

食べきれるかどうか心配だった肉だが、きれいになくなった。茂則に食欲があったので小さく胸を撫でおろした。自分はといえば、三切れも食べたら胃が求めなくなったのだが、無理をして押しこんだ。食欲がないと家族に心配されたくない。

夕食後は丁寧に流し台を磨いた。今夜はろくに使っていないので汚れはないのだが、もはやここ数日の日課になっていた。何かをしていないと落ち着かないのだ。

子供たちが風呂に入っている間、茂則はテレビのプロ野球中継を見ながら水割りを飲んでいた。「アルコールがずっと切れていたから」夫はそう言ってグラスや氷を自分で用意した。

カウンターを挟んだキッチンとリビングで言葉のやりとりはないが、さほど不自然ではなかった。四月からプロ野球が始まってよかったと恭子は思った。これが先月までなら、夫もすることがなくて困ったろう。自分も会話を捻りださなくてはならない。

子供が二階に上がる時間になって、恭子は風呂に入った。できるだけゆっくり浸かろうと、少し水を加えて湯の温度を下げた。寝室には布団が敷いてあるから、眠くなれば茂則は勝手に寝るだろう。浴槽のへりに頭を乗せて軽く目を閉じた。

とりあえず最初の夜はこれでほぼしのいだ。なぜかそんなことを思った。

そして一人になれた安堵を一瞬だけ味わうと、その油断をあざ笑うかのように、胸の中で黒い何かが首をもたげた。

昼間の記憶がよみがえる。思わず頭を左右に振ってみたがもう遅かった。胸に刺すような痛みが走り、たちまち暗い気持ちがふくらんでいく。

今日、病院の駐車場にいつもの刑事がいたのだ。二人とも背が高いのですぐにわかった。なんとか気づかないふりをしたが、背筋は凍りついていた。

さらに、もし自分の見間違いでなければ、カメラのレンズがあった気がする。ひとつはワゴンの中から、もうひとつは車の間から望遠レンズを向けられた。あれはいったい何だったのだろう。想像もつかないが、夫を被写体にしていることは確かに思えた。少なくとも、彼らは今日が茂則の退院日であることを調べていたのだ。

軽い目眩《めまい》を覚える。怖くなって湯船から出た。マットの上にうずくまった。
突然胃がせりあがり、こらえる間もなく恭子は嘔吐していた。ピンク色の吐瀉物《としゃぶつ》が
マットにはね散る。目を背け、手で胸をさすった。たらいでお湯をすくい、汚物を見
ないようにして排水口に向けて流した。
するとと今度はもっと大きな嘔吐感が襲ってきた。恭子は前屈みになり、腹部を押さ
えた。バケツをぶちまけるように、夕食のすべてが吐きだされる。酸っぱさが喉や口
を支配し、視界には銀粉が舞っていた。
涙が出てきた。滴《しずく》が頰をつたった。
やはり夫は警察にマークされている。その現実に恭子は打ちのめされた。
やりきれない思いで汚物を流した。ついでにお湯を頭から浴びた。
落ち着こうと自分に言いきかせた。まだ夫が犯人と決まったわけではない。警察は
何でも疑ってかかるのが習性なのだ。あの刑事だって家にやってきたとき、確かそん
なことを言っていた。今日だって、もしかしたら、事件当夜のことをあらためて聞き
たかっただけのことかもしれない。夫は唯一の被害者であり目撃者なのだから。
恭子はおそるおそる湯船に戻った。肩まで浸かり、呼吸を整えた。
でもだめだった。用があるのなら声をかけてきたはずだ。あの刑事たちはそれをし
なかった。とりわけワゴンの陰にいた男は明らかに身を隠していた。彼らは夫を見張

っていたのだ。

ひょっとして夫も気づいていたのではないだろうか、そんな思いがよぎった。だとしたら、夫婦で素知らぬふりをしていたことになる。いたたまれない気持ちになった。恭子の感情はまるで綱渡りをさせられているような不安定さだった。

その後、やけにだるい身体にムチ打って肌の垢《あか》をこすった。雑念を振り払うように力を込めてタオルを上下させた。ヘチマで踵まで磨いた。髪は念入りにトリートメントした。

結局一時間も入浴に費やし、浴室を出たのは午後十時を回っていた。その足でキッチンに向かうと夫はテレビの前にはいなかった。明日の朝食用の米を研ぎ、炊飯器のタイマーをセットした。一人でテレビも少し見た。

さすがにもうすることがなくなった。電気を消し、寝室へと歩く。茂則はまだ起きているのだろうか。考えてみれば、子供というクッションがなくなり、二人きりになるのは今日これが初めてなのだ。

夫が起きていて、もし話があるとでも言ってきたらどうしよう。動悸が徐々に早まっていった。

唾を呑みこみ襖《ふすま》を開けた。枕元のスタンドがついているだけで、茂則は横になって布団をかぶっていた。

何かを免れた気になった。それは安堵とは程遠いものなのだけれど。

無言のまま自分も隣の布団にもぐった。

眠れるかどうかわからないが、朝までずっと目を閉じていようと思った。


翌日はパート勤務の日だった。今日から新学期なので、子供たちの心配をしなくて済むぶん負担がひとつ減った。あしたからは給食も始まる。学校とはなんとありがたいところだろうと、こんなときだからこそ感じいった。

夫は品川の本社勤務となり、午前七時十五分には家を出るスケジュールになった。子供より先に発ってくれるのが、夫婦にあるまじき感情とわかっていても小さな救いだった。

夫はいつもどおりだった。それが自然なものなのか、演じているものなのか、恭子には判別がつかない。と言うより観察などしたくなかった。自分を保つことで精一杯なのだ。

いつもより早い八時半に家を出て、途中の喫茶店に寄った。ここで小室《こむろ》たちと会う約束をしていたからだ。互いに仕事も家庭もあるため、こんな時間にしか予定を合わせることができなかった。向こうは「朝早くからすいません」と言っていたが、恐縮するのはこちらの方だ。小室は多摩から車で駆けつけてきている。

この日は弁護士も同席していた。以前会ったことのある荻原《おぎわら》という人の善さそうな男だ。

「及川さん、がんばりましょうね」

人懐《ひとなつ》っこい目で会釈されたら、心がいくぶん軽くなった。

それ以外にも二人の女がいた。北多摩店と町田店のパートだと紹介された。小室に賛同して店側に要求を突きつけた主婦仲間だとすぐにわかった。

「小室さんから聞いたんですが、及川さん、倉庫勤務に回されたんですって」荻原が心配そうにたずねる。

「ええ。でも大丈夫です。こう見えても腕力ある方なんですよ」明るく答えられた。

「強いわあ」

小室が心から感心した様子で恭子を褒《ほ》めたたえた。

「わたしも及川さんを見習わなきゃ」

「そうそう、店側に負けてなんかいられないわよ」

ほかの女たちも口々に賛辞を唱える。ややくすぐったかった。

「スマイル本城店の様子はどうなんですか。店側は慌ててますか」荻原が聞いてきた。

「榊原《さかきばら》という店長がいて、ただ苛立っているだけです。あと池田さんっていう課長がいて、この人はやさしいんですけど、なだめて引き下がらせようとしているみたいで」

「だめよ。その手に乗っちゃ」小室が横から言う。「こっちの味方になんかなるわけがないんだから」

「ええ、わかってます」

「それで、こちらの作戦なんですが」荻原がメモ帳を開いている。「いきなり労働基準監督署に持ちこむという手もあるにはあるんですが、それは切り札ですから最後にとっておきましょう。お役所というのは対応がスローモーということもあるので、切り札としてちらつかせるのが効果的かと思います。それから今一度確認しておきますと、我々としては最終的に有給休暇、賞与、退職金、雇用保険を勝ち取りたいわけです。で、とっかかりとして、まず有給休暇を認めさせるのを第一目標にしましょう。これだと絶対に負けることはないわけですから」

女たちはうなずきながら聞いていた。

「実のところ、たとえば退職金なんてのはむずかしいんですよね。就業規則で雇い入れ側が拒否すればできるものだから」

「あら、そうなの」小室が聞いた。

「そうなんですよ。罰則はないし。でもその代わり、有給休暇だけは労働基準法の第三十九条で定められてるし、同じく第百十九条で罰則規程も用意されてます。だから店側は逆らいようがないわけです。告発されれば懲役も罰金もある」

荻原の言葉を聞いて恭子は安心した。法律はやはり弱者の味方なのだ。

「一点突破全面展開ですよ。スマイルがどれほど法律書を調べてくるかわからないけど、うまくもっていけば退職金を勝ち取ることも夢じゃありません。あ、そうだ」恭子に顔を向けた。「及川さん、店側の用意した雇入通知書っていうのを見たと思うんですが、それには有給休暇について書いてありましたか」

「ええと、有給休暇の項目があって『無』の方に丸がうってありました」

「それ、本当ですか」

「ええ。ちゃんと確認しましたから」

「やったな」荻原がほくそ笑む。「連中は思ったより無知ですよ。年次有給休暇は法律で定められている以上、逃れられないんです。つまりそんな雇入通知書はこっちがサインしたところで法的には何の効力もないんですよ」

「じゃあ各店のパートの人たちも、サインして縛られたわけじゃないんだ」小室が顔をほころばせた。

「そうそう。意味のない紙切れですよ」

うれしそうな小室たちの顔を見て、なんだか恭子の気持ちもときほぐれていった。

「及川さんもよく落ち着いて見ておられましたね」荻原に褒められた。「ふつう、男に取り囲まれたら焦っちゃうもんなんですけどね」

自分が役に立っていると思ったら、笑みもこぼれた。

「及川さん。本城店のパートの人たちに、先に結んだ契約は法的に無効であると告げることができますか」

「ええ、大丈夫です。できると思います」

強くうなずくと女たちが白い歯を見せて拍手した。

「それじゃあ有給休暇に的を絞って各店で要求を突きつけたいと思います。連絡役は引き続き小室さんにお願いします。勝ったあかつきには祝勝会でも開きましょう」

荻原の明るい声を聞きながら、こんな頼もしい人間関係はいつ以来だろうと恭子は妙な感慨にふけった。ＯＬ時代は補助的な仕事ばかりでいつも輪の外だった。短大時代は仲良しグループがあっただけで緊張とも興奮とも無縁だった。主婦になってからはなおさらだ。頼られたことなど一度としてない。たぶん、高校時代にソフトボール部で地区大会に出たとき以来だ。試合の前には円陣を組んで「しまっていこう」と声をかけあった。みんなが互いを信頼しあっていた。あの心強さに似ていた。

始業時間が迫っていたので急いで細かな打ち合わせをし、それぞれが仕事に散っていった。

初めて会った二人の女が、別れ際、口々に「及川さんみたいな味方ができてうれしいわ」と身体を寄せてきた。店側に異議を唱えてよかったと心から思った。おとなしく言いなりになっていたら、今頃は茂則のことに頭の中が占拠され、日がな一日血の気を失っていたことだろう。

自転車を漕ぎながら、おなかにエイッと力を入れた。

晴れ晴れというには無理があるけれど、今の自分の心に少なくとも雨は降っていない。

スマイルに着くと、控室で早速パート仲間に店側の契約書は無効であることを告げた。「みなさん、ちょっといいですか」と、談笑中の主婦たちに声をかけ、みなが注目する中で立って話をしたのだ。

西尾《にしお》淑子《としこ》も岸本《きしもと》久美《くみ》も、口をぽかんと開けて恭子を見上げていた。有機野菜の磯田《いそだ》は無関心を装い、不機嫌そうに横を向いていた。

「……というわけで、わたしはスマイルに対して有給休暇を要求することにしました。そして、できれば賞与や退職金や雇用保険についても今後要求するつもりでいます。もしもご賛同くださる方がいらっしゃるのなら、午後二時にここに集まってください。わたしと一緒に店長のところへ行って——」一人で充分と思っていたのに、勝手に口が動いていた。「団体交渉しましょう。怖がることはないと思います。法律はわたしたちの権利を認めてくれてます。言いなりになっていたら、向こうのいいように使われるだけですから」

言いながら、気持ちが昂《たかぶ》った。みなの敬遠するような態度も感じた。でも、陰口など好きなだけたたけばいい。本当の味方が数人いれば、敵が何人いようが怖くはないのだ。八方美人でいる方がずっと孤独だ。

話し終えると、好奇の視線を背中に浴びながら控室を出た。

用意しておいた軍手をはめ、倉庫へと向かう。そこにはすでに搬入のトラックが来ていて、若い従業員たちが缶詰の箱を棚へと移し換えていた。

「おはようございます」明るく声をかけた。

何人かが恭子を見る。ぎこちない会釈を返しただけで、声を発する者はいなかった。

「わたし、何をすればいいですか」

若者たちが目配せしている。

「あ、おれら、よくわかんないから、課長さんに聞いてもらえますか」

二十歳ぐらいの男がぼそりと言った。

「じゃあ、とりあえず、積むのを手伝います。みんなより背が足りないから、下の段をわたしがやるね」

そう言うと恭子は缶詰の入った箱を棚に積んでいった。今日はパンツにスニーカーという服装だからずっと動きやすい。ハンカチもタオル地のものを選んできた。

若者たちが働くのを見ていたら、作業手順もわかった。新しく搬入されたものは奥へ、古くからあるものは前へと置き換えるのだ。

やってみると、腰を屈めるぶん、下の段の方が力が必要だった。仕方がないか、自分で言い出したことだし。もしかしたら二の腕やウエストが細くなるかもしれないと前向きに考えることにした。

たちまち額に汗が滲みでて、恭子は軍手の甲でそれを拭った。なんだ軍手はこういう使い方もできるのか。ひとつ利口になった気がした。

作業が一段落すると、倉庫の隅で若者たちはたばこを吸いはじめた。水を張った一斗缶を灰皿の代わりにして、競うようにして紫煙をくゆらせている。それを見ていたら自分もたばこを吸いたくなった。

「ねえ、おばさんにも一本くれない？」

自分のことをおばさんと言った。近所の子供相手以外では初めてだったが、違和感はなかった。自分の中から気負いとか見栄とかが消えている。

一人の男の子が照れ臭そうにマイルドセブンを差しだす。一本抜いてくわえたら、ライターで火も点けてくれた。少しは警戒を解いてくれたようだ。幼い表情がいっそう幼く見えた。

十何年ぶりかでたばこを吸いこむと、咳きこみはしなかったが一瞬頭がくらっときた。でも悪くない感覚だった。

「みんな、この近くに住んでるの？」

「あ、はい。多摩に寮があるから」

たばこをくれた男の子がそう答えると、リーダー格とおぼしき若者が「おい」と低く声を発した。

「あ、すいません」男の子はなぜか恭子に対して謝っている。

彼らの雰囲気からだいたいのことは察した。

「店長が、倉庫番のパートとは口を利くなって言ったわけだ」

「あ、いえ」蚊の鳴くような声で下を向く。

「いいよ、それならそれで。おばさん、店長とちょっと喧嘩してるの」何事でもないようにさらっと言った。相手は一回り以上歳の離れた若者たちだ。臆する気持ちはどこにもなかった。「たぶん辞めさせたいんだと思う。それでレジを外されちゃったの。ここにいるとわたし邪魔？」

「あ、いえ」

「そんなことないです」

それぞれが真顔で首を左右に振っている。

「店長がわたしのことをなんて言ってるか知らないけど、わたし間違ったことはしてないの。雇う側と雇われる側は対等じゃなくちゃいけないと思うし。異議を唱えたぐらいで怒りだす方がどうかしてると思うの」

「あの店長」リーダー格の若者がぼそっとつぶやいた。「陰険だから」

途端に若者たちの表情が緩み、肩を揺すって笑いはじめた。

「缶詰なんかは重いからぼくらがやります。おばさんは菓子とか海苔とか、そういうのをお願いします」

「ほんと。ありがとう」

胸がじんわりと熱くなった。言ってよかったと心から思った。言葉とはなんと力のあるものなのだろう。黙って暮らしていた今までが馬鹿みたいだ。

それ以降の作業は苦痛でもなんでもなかった。むしろ若者たちが自分を労《いたわ》ってくれているのがわかり、単純な仕事なのに充実感があった。

昼食も彼らと一緒に食べた。男の子の一人が事務の女の子に気があるようで、みんなからしきりにからかわれていた。そんな話題を耳にしたのは何年ぶりだろう。自分まで若くなった気がした。

午後二時になって恭子は控室に戻った。早番のパート主婦たちが帰り支度をしている。誰も恭子と目を合わせようとしないので、賛同者がいないことがすぐにわかった。

落胆はなかった。もともと期待などしていなかったのだから。

それでも淑子と久美だけは恐る恐る声をかけてきた。

「及川さん、ごめん。わたしたち――」

「いいの。気にしないで」

「ほら、わたしなんか近所だから、買い物もここでしてるし」淑子が口をすぼめる。

「だからいいの。わたし一人でも大丈夫だし」

「わたしはできれば正社員にしてもらいたいと思ってるし」と久美。

「ほんと、気にしないで。こういうのって人に押しつけるものでもないから」

「でも倉庫っていうのはひどいよね」淑子が眉間に皺を寄せて言った。

「ううん、平気。男の子たちと仲良くなれたし」

「強いなあ、及川さん」久美がため息をつく。

「ねえ、及川さん」淑子が声をひそめた。「今朝、あなたが控室で言ったことは、もうお店には伝わってるからね」

「そうなの」

「課長がバックヤードに来て言ってた。これ以上騒ぎが大きくなるようだと、全員、一旦解雇することになるかもしれないって」

「そんなことできるわけないのに。誰がレジ打ったりお総菜作ったりするのよ」

「たぶん磯田さんだよ、告げ口したの」

そんな気もしていた。逆恨みもいいところだ。

ほかの女たちはかかわりを恐れてか、ふだんならお茶を飲んでおしゃべりしているのに、この日は着替えるとさっさと帰ってしまった。淑子も久美も、短い会話を終えると、そそくさと部屋を出ていく。

残された恭子は一人でお茶を飲んだ。ひとつ息をつく。とくに緊張はなく、落ち着いている自分を確認した。タイムカードを押して通路に出た。事務室へ向かうところで、正面に池田課長が立ちはだかっているのが見えた。

「及川さん」甘えたような声だった。「お願い。今日は勘弁して」強引に回れ右をさせられる。そのまま背中を押されて、階段のところまで戻された。

「離してください」池田の手を振り払う。

「まずいんですよ、今日は」懇願する口調だった。

「榊原店長はいらっしゃるんですか」

「いるけど、取り込み中だから」

「じゃあ待ちます。今日にも回答をいただけるって約束でしたから」

「予定変更。社長が来てんの。本店から」

「だったらちょうどいいです。社長さんにも聞いてもらいたいし」

「あなた、なにを言ってるんですか。どうしてパートさんにいちいち社長が会うの。常識で考えてくださいよ」

「常識って……」大企業の社長じゃあるまいし。なにを大物ぶってるんだ。そんな言葉が出かかった。

「それにうちの社長、ちょっとクセのある人だから。怒らせると、及川さん、いきなり馘とかになっちゃいますよ」

できるものならしてみろと言いたかった。法律は自分の味方なのだ。

「おい、池田」そのとき廊下の奥からよく透る声が響いた。「なにやってんだ。早く仕入れの帳簿を見せろ」

背の低い、よく太った男がそこに立っていた。

「はい、社長。ただいま」池田が弾かれたように背筋を伸ばす。「だから及川さん」声をひそめ、目配せした。「この件は、あとでぼくが相談にのりますから」

「早くしろ、この野郎。パートさんといちゃついてる場合じゃないだろう」

冗談めかして目をぎょろつかせる。顎の肉が揺れる。伸びたパーマはぼさぼさで、従業員と同じ作業着を身にまとっていた。見た目だけなら誰も社長とは思わないだろう。

「社長さんでいらっしゃいますか」恭子は首を伸ばし、声をあげていた。これは願ってもないことなのだ。

「あ、なんだ、おたく。パートさんじゃなかったの」

「パートです。及川といいます」

「お願いだから、及川さん」池田が耳元で低く言う。顔を歪めていた。

「ちょっと話を聞いていただきたいのですが」

「うん？ なんだ」女に対して失礼だと思わないのか、社長は恭子を正面から見据え、野太い声を発した。

「いえ、なんでもないんです」池田が一人で焦っている。「ほら、及川さん、そろそろお子さんの学校が終わるころでしょう」

「パートの待遇のことで」

「あん？」社長はやくざのような凄み方をした。「パートの待遇だと」

「いや、そうじゃないんです」と池田。

「うるせえ。おまえは黙ってろ。及川さんとか言ったな、待遇がどうしたって」

「パート労働法に認められた有給休暇を、わたしたちにもいただきたいと」

心臓がどきどきしたけれど、声はうわずったりしなかった。

「おいっ」

「はい」池田が甲高い声で返事する。

「てめえら嘘つきやがったな。本城店は解決済みとかぬかしやがって」

「ですから、それは……」

「やかましい。本店から専務を呼びだせ。てめえら全員グルだろう。ほんとはなんにも解決なんかしてねえんだろう」

池田が青い顔で事務室へ駆けてゆく。

「及川さんとやら」社長が険しい顔で睨んでいる。「ちょっと来てよ。座って話そうじゃないの」踵をかえすと事務室へと歩いていった。

恭子はあっけにとられてそのうしろ姿を見ている。スマイルの社長を見るのは初めてだが、こんなに柄の悪い男だとは思わなかった。すぐ我にかえり、慌てて後を追う。

「やい、榊原」社長は部屋に入るなり店長を怒鳴りつけた。「おまえらが自由に働けるようにおれはなるべく口をはさまないようにしてきたんだ。それをいいことに隠し事ばっかしやがって」

すでに池田から耳打ちされていたのだろう、榊原は直立不動でうなだれている。四十を過ぎた店長がまるで子供のようだった。

「こっちへ来い」

言われて榊原と池田が応接セットの長椅子に腰をおろす。恭子もうながされ、端に座った。事務室の全員が緊張しているのがわかった。

「専務はどうした。連絡とれたか」

「今、物流センターの方へ出かけておられまして」池田が額の汗を拭いている。

「ほんとのことを言え。多摩も北多摩も町田も片づいてねえんだろう」

「他店のことは、わたくしには……」榊原はしどろもどろだ。

「ふん」社長が鼻を鳴らした。「どいつもこいつも、情けねえ連中だ。雇用問題ひとつ解決もできねえで。……社長、わたくしどもで処理しますので」誰かの声色を真似ていた。「どうかお任せください、社長が手を煩《わずら》わすほどのことではございません、だと。専務の野郎はいつもそうだ。最後はおれにケツをもってくるくせに」

社長はポケットからたばこを取りだすと、フィルターをテーブルに打ちつけ、口にくわえる。ヤニで黄ばんだ歯と金むくの腕時計が目に飛びこんだ。

「で、及川さんとやら」恭子の方に向き直った。「うちの待遇に不満があるわけ」

少し考えたのち、思いきって「ええ」と答えた。恐れることはない。自分に言い聞かせる。「とくに労働条件が悪いとは思いませんが、有給休暇を認めないというのはおかしいと思います」

「なあ、及川さん。うちは強制収容所なわけ？」

「はい？」

「あんたを無理やり連行して働かせてるわけ？」

「いえ、そんなことは」

「だったらよそへ行けばいいじゃない」ぐいと身を乗りだした。「なにも頼んで来てもらってるわけじゃないでしょう。よそであんたの理想の職場を探してよ。有給休暇があって、時間が自由で、やさしい社員がいて、たくさんお金がもらえるところを。簡単なことじゃないの。辞めればいいんだよ、辞めれば」

「社長」池田が眉間に皺を寄せ、うめくように言う。「それはまずいですよ」

「なにがまずいんだ。労働基準監督署か。市役所か。役人がなんだっていうんだ。気にいらないんなら今すぐパチンコ屋に売るぞ。どの店も駅に近いいい土地なんだ。売ってくれって話はいくらでもあるんだ。でもそうなりゃあ困るのは住民と役人だろうが」

「そんな、社長」

「及川さん」社長が低く言い、口の端を持ちあげる。仕草のひとつひとつが芝居がかっていた。「人間ってそういうものじゃないよ。金勘定ですべてを割りきっちゃいかんよ。もしもね、損得だけで判断するんなら、とっくに身売りするなりなんなりしてるよ、この店。もう充分稼がせてもらったんだ。家も建てたし伊豆に別荘もあるし、何もしゃかりきになって働くことはないんだもん。息子に継がせるつもりはない。うちの息子はどういうわけか国立大学を出て商社に入ってね。近所の主婦相手に十円二十円の商売する器じゃないらしいんだなあ、これが。だからいつパチンコ屋に売ったってわたしは困らないわけ。たぶんアメリカの経営者ならそうするだろうね。さっさとリタイアして、フロリダあたりで釣り三昧ってなもんよ。……しかし、だ。わたしはそんなことはしない。経営者責任ってものがあるんだ。ここにいる社員と、その家族の、生活を支えていかなければならない。日本の経営者はそういうことまで考えてるわけ。わかる？　すべてを契約でやってるわけじゃないのよ。そんなギスギスした人間関係じゃなくて、もっとゆるやかな、融通の利く関係でやっていきたいわけよ」

「でも、それって――」正社員だけの話でしょうと言おうとしたら、社長がひとつしわぶき、また大きな声で話しはじめた。

「それから、あんたは先駆者のつもりかもしれないけど、こういうの、別に初めてじゃないんだよね。もう十年も前になるかなあ、ここにいる池田がまだ入ったばかりのころだ。アカがどこからともなく入ってきて、組合を作るとか騒いだのよ。あ、言っとくけど、スマイルは組合、ないから。わたし、そういうの大っ嫌いだから。で、そんときもアカが従業員を扇動《せんどう》してあれこれ要求してきたけど、わたしはそれなら店を畳むって言ったわけ。これ、脅しじゃないんだよね、悪いけど。こっちはそんな要求を呑んでまで商売を続けたいとは思わないもの。もうロックアウトどころじゃないよね。さっさと弁護士呼んで廃業の手続き始めちゃったわけ。そしたら、こんな馬鹿には付き合ってられないって、アカどもは慌てて逃げてったよ。あっはっは」

社長が愉快そうに笑う。唾がテーブルの上に飛び散った。

「昭和四十二年」恭子を見て、社長が講談のような口調で言う。

「はい？」

「スマイルを始めたの。それが昭和四十二年。それまではただの乾物屋。親父が結核で死んで、二十五でいきなり跡取りになって、さてどうしようかって思ったとき」

「あのう……」そういう話じゃなくてと言いたかったが、社長は身振り手振りをまじえ、かまわず話を続けた。ほとんど社史と言えるものを、一方的に。中小企業のオーナー社長とはこういう生き物なのだろう。人の話は聞かないのだ。

「……それでバブルの頃なんかは銀行が毎日のようにやってきて、やれ店舗を増やしましょう、やれ事業を拡大しましょうってそそのかすわけ。でもわたしは四店舗以上は増やさなかった。わたしはダイエーの中内さんじゃないからね。これでも自分の器はわきまえてる。適正規模ってものがわかってる男なわけ。わたしのやり方だとこれが限度だろうって。組合もなくて、従業員を怒鳴りつけて、顎でこきつかって。はっきり言ってわたしは暴君だよ。なあ、榊原」

「あ、いえ」店長の榊原がひきつった笑みを浮かべている。

「でもね、及川さん。わたしは自分を信じてついてきてくれた人間にはそれなりのことはするよ。たとえスマイルを畳んだとしても、次の商売で榊原と池田は使うよ。紙切れでつながってるわけじゃないからね。人間対人間ってそういうものなのよ。だから及川さん、権利とか、法律とか、つまんないこと言っちゃいけない。そういうの、角が立つばっかでいいことなんかひとつもないの」

「でも、わたしたちは、身分が保障されてないわけですし」恭子がやっとのことで言葉を発する。

「だめだめ、保障なんてこと言いだしたら」すぐに遮《さえぎ》られた。「今の世の中、どこに保障なんてものがあるのよ。こっちだって近くに大型店ができたらイチコロなんだから。もっともそんときはさっさと商売替えるけどね。要するにわたしはそういう覚悟で毎日を生きているわけですよ。及川さんも、もっと独立独歩で生きていってもらいたいなあ。こんな仕事やってられないと思ったら、さっさと次を探せばいいんですよ。だあれも邪魔なんかしません。あなたの自由だ。もしもあなたに何らかの能力があるのなら、雇う側が放っておかないでしょう。給料百万出すからうちに来てくれって引っぱりだこだ。ねえ、及川さん」

突然、指を差される。「でも、ふつうの主婦に能力とかおっしゃられても……」

「じゃあそれはあなたの責任だ。我々の責任じゃない」

もちろん納得などできないが、言いかえそうにも言葉が出てこなかった。

「とにかくうちはアカは絶対に入れませんよ。有給休暇とか、最初は小さなことを言っておいて、やがて内部に入り込んで組合を作ろうとするに決まってる」

「アカだなんて」

「じゃあ何ですか」

「考え過ぎだと思います。わたしはただ――」

「全然考え過ぎじゃないね」社長は大袈裟にかぶりを振って見せた。「だって四つの店で同時に起きてんだもの。及川さん一人の考えじゃないわけでしょう。裏で誰かが糸を引いてるわけでしょう」

「とにかく」自分を落ち着かせようと、恭子が唾を呑む。「有給休暇が認められない場合は、労働基準監督署に訴えることになると思いますので」

「どうぞ」社長はあっさり言った。「お好きなように」ソファにもたれかかり、新しいたばこに火を点ける。

榊原と池田はただ下を向いて黙っていた。

「わたしは絶対に屈しないね。罰金刑が下りようが懲役に服しようが、絶対に引かない。そんときはスマイルを畳む。パチンコ屋に売る。ここ、商業地域だからまったく問題ないんだよね。学校もないし。そうなったら、失業者、たくさん出るだろうなあ。この地域の主婦たちも困るだろうなあ。全部あんたらの責任」

「そんな……」

「ああそうだ。及川さん、パチンコ屋で働いたら？　スーパーよりは間違いなく給料多いよ。もっともパートで雇ってくれるかどうかは知らないけど」

予想もしなかった展開に恭子は軽い目眩を覚える。人種がちがうと思った。

「とにかくこういう人間だから、来るなら刺しちがえる覚悟でどうぞ。引きませんよ、わたしは。町田店で、地回りが駐輪場に露店を出させろって言ってきたときも、わたしは頑として断った。翌朝、ガラスを五枚も割られましたよ。一枚十万円もするやつを。それでも引かなかった。親分のところへ直接乗りこんで、狭い駐輪場なんだから露店なんか認められるかってタンカをきって……」

社長の自慢話はあまり耳に入ってこなかった。それより声の大きさに圧《お》され、身を縮めるようにして長椅子の端で固まっていた。逃げだしたくなるほどの不快な声だ。

頭にガンガンと響いてくる。

額をてからせた中年男を見ながら、こういう人間が世間で成りあがるのだろうな、と場違いな感想を抱いた。すべてを自分のペースで進め、人に好かれようなどとは最初から考えていない。茂則にはとうていできない芸当だ。なぜか夫と比較していた。まがりなりにもふくらんでいた気持ちはとうにしぼみ、胸の中の空気は重く澱んでいた。

小室や弁護士の荻原なら、この社長に対抗できるだろうか。少なくとも、いまの自分ほど無力ではないだろう。でも、楽観的ではいられなかった。また大声でまくしたてて、煙に巻くに決まっているのだ。

「で、どうします？　及川さん」社長が顎を突きだした。「いまなら元の鞘《さや》に戻れますよ。わたしはこう見えても人情家なんだ。ここでわたしの頼みを聞いてくれたら、悪いようにはしませんよ」

そう言ってわざとらしく相好をくずす。黄ばんだ歯を見せつけられ、思わず視線をそらした。

「いいえ」せめてここだけははっきり言おうと思った。「弁護士の先生とも相談して、近々、労働基準監督署に訴え出ることになると思います」

「いや、及川さん。それはちょっと考え直したほうが……」隣の池田が遠慮がちに口をはさんだ。

「うるさい。おまえは黙ってろ」たちまち社長の叱責が飛ぶ。そして首の骨を鳴らすと、目をいっそう大きく見開いた。「何度でも言いましょう。どうぞご自由に。わたしは絶対に屈しませんから。ええ屈しませんよ」

社長が立ちあがる。「おい、仕入れ帳簿だ。早くしろ」肩を怒らせ、歩いていく。事務室は静まりかえり、社員たちは全員が硬い表情で机に向かっていた。

ここは彼の王国なのだと恭子は思った。民主的に運営するなどとは、この社長の頭には元々ないことなのだ。

大きな脱力感を抱え、恭子は廊下に出た。いきなり高い壁が眼前に立ちはだかった気がした。ため息をつく。家に帰るのもいやになった。

「及川さん」

池田があとを追ってきた。恭子の腕をつかみ、洗い場へと引っぱっていった。

「頼みますよ、ほんとに」手には力がこもっている。声には怒気が含まれていた。「あの社長、本気でこの店を畳みたがってるところがあるんですよ。レンタル倉庫のほうが人件費がかからず簡単で儲かるとか言って、一度、銀行と業者を呼んで見積りまで出させてるんですよ。ほんと、あの社長、奥さん亡くしてからどこかヤケになってるっていうか、ブレーキが壊れたっていうか……」

「そんなことわたしに言われても」痛かったので腕を振りほどいた。「でも、あなた、どうせここで一生働く気なんかないわけでしょう。いいところが見つかればよそへ行くだろうし、家計にゆとりができれば辞めるだろうし。どっちにしろ十年二十年と働くわけじゃないでしょう。だったらいいじゃないですか。そっちの気まぐれな正義で人の職場をかきまわさないでくださいよ」

「気まぐれって――」

「そうでしょう。市民運動だかなんだか知らないけど、主婦の生きがい探しでやられちゃたまんないよ。こっちは生活かかってんだよ」いっそう語気が強くなった。「リストラされたらどうしよってビクビクしながら生きてんだよ。あんた、ほんと……」

興奮したのか言葉に詰まっている。

「でも、課長さんは、社長に面倒みてもらえるわけでしょうから」

「誰が信じますか、そんなこと。創業以来の大番頭だって体《てい》よく取引先に移籍させてるんですよ。社長の金遣いをたしなめたばっかりに。こっちはねえ、おたくの旦那さんみたいに大きな会社に勤めてるわけじゃないんですよ。実態は個人商店なんですから」

茂則の顔が浮かぶ。大きな会社だなんて。それに茂則の立場は微妙なのだ。

「だったら、課長さんたちも、社長に対してもっと民主的に経営してほしいって要求すれば」

「ご冗談を。この不況のおりに、誰が自分の首を危なくするようなことをしますか。マンション、買ったばかりなんですよ。うちは」やってられないといったふうに腰に手を当てた。

「とにかく、この件はもう勘弁してもらえませんか。お金がご入り用なら店長とぼくでなんとか工面しますよ。和解金という形で」

「お金なんかいりません」

そんな返事をしながら、恭子は別の想像をしていた。茂則が会社を辞めさせられたら、自分たちはどうなるのだろう。以前、家まで来た本社の人の態度では、少なくとも安閑としていられる状況ではないのだ。

「じゃあどうすればいいんですか。どうしても労働基準監督署に行くつもりですか」

池田の問いかけが耳を素通りする。刑事だって茂則をマークしている。それは厳然たる事実だ。ゆっくりと血の気がひいていった。いまの自分の生活が風前の灯火《ともしび》のように思えた。

「ちょっと、及川さん。聞いてるんですか」

「あ、はい」

でも、もう何も耳に入ってこなかった。あの家に、これからもずっと住めるのだろうか。子供たちは、今までどおり学校に通えるのだろうか。

胸が締めつけられた。唇が震える。呼吸までしづらくなった。

「……どうか、したんですか」

たぶん自分の顔は青ざめているのだろう。「いえ、なにも」目を合わせないで首を横に振った。

「とにかく、社長に会ってわかったと思うんですが、うちはこういう会社なんで、余計なことはしないでもらいたいんですよ」

池田は声を荒らげたことを悔いたのか、やや口調をトーンダウンさせた。そして「最後のお願いです」と言って深々と頭を下げた。

つられて自分も頭を下げる。この男は悪い人間ではない。茂則と同じように、気の小さなサラリーマンなのだ。

息苦しさを覚えたまま店をあとにした。

おくびがいっそう激しく口から吐きだされる。なんとか花壇造りに頭を切り替えようと思った。今日は水をまいて雑草を抜いて……。玄関に新しくプランターを飾ってみようか。ポット苗を買ってくれば簡単に育てることができる。

また園芸センターに行こう。花を見ていれば、少しは気が紛れるかもしれない。

自転車を漕ぎながら、恭子は何かを懸命にこらえていた。

夜になって小室に電話を入れた。小室は恭子の話を聞くと、まったくひるむことなく「望むところだわ。こうなったら団体交渉よ」と受話器の向こうで鼻息を荒くしていた。「及川さん、社長を引っ張りだしたのね、さすがだわ」と褒めるようなことも言った。

少しだけ救われた気がした。

茂則は少し酒の匂いをさせて午後十一時過ぎに帰ってきた。誰と飲んだのかは聞かなかった。自分で追い焚きして風呂に入り、そのまま床についた。寝息が聞こえるところをみると、茂則は眠りにつくのに困っていないように思えた。

どうして夫が眠れるのかわからなかった。酒にはそんな力があるのだろうか。

恭子は目を閉じ、布団の中でじっとしていた。

午前二時過ぎになって、やっと睡魔を捕まえることができた。

それはとても浅い睡眠だったけれど。

21

新学期が始まって渡辺裕輔《わたなべゆうすけ》は髪をブリーチした。茶髪も飽きたし、メッシュにしたところで学校ではさほど目立たないので、思いきって色を抜いたのだ。ついでに短くして、銀髪をとがらせるように逆立てた。

父親はまるで汚いものを見るかのように顔をしかめていたが、母親は「髪が傷むわよ」と小さくつぶやいただけだった。

生活指導の教師は「おまえはブラッシーか」と、すでにあきらめたのか明るく笑っている。なんでも昔、そういう銀髪のプロレスラーがいたのだそうだ。

三年生になり、もうインネンをつけてくる上級生がいなくなったこともある。これまでは生意気だと言っては体育館裏に呼びだされたり、開かれもしないパーティーの券を買わされたりしてきたが、これからは逆の立場になるのだ。

入学式の日も、早速生意気そうな一年生数人に目をつけた。おいおい呼びだして可愛がってやるつもりだ。

ただし、退学になるような派手なことは控えようとも思っている。一応大学を受験することにしたからだ。ろくな大学にはいれないことはわかっているが、四年間遊べるのならそれもいいかと考えるようになった。遊び仲間の弘樹や洋平を見ていても、中退者に未来があるとは思えない。

裕輔はさっきから誰もいない化学室で、実験テーブルの上に腰かけ、仲間と食後のたばこを吸っていた。缶コーヒーの空き缶が灰皿がわりだ。教師は薄々気づいているようだが、誰も踏みこんではこない。これ以上退学者を増やしたくないのだろう。入学時の生徒数は、すでに三分の二に減っている。

「裕輔。顎はもういいのか」同級生が聞いてきた。

「ばっちりよ」

もう絆創膏は貼っていない。ハンバーガーにもかぶりつけるようになった。

「じゃあ学校終わったら麻雀やろうぜ」

「だめだ。バイトがあんだよ」

「まだピザ屋でやってんのかよ」

「いろいろ欲しいもんがあってな」

裕輔は水道の水で手を濡らし、髪を少し湿らせた。

「その頭、いくらしたんだよ」

「八千円」

「高ぇー」

窓に映る自分を見ながら、指先でヘアスタイルを整えた。

「おまえよォ」同級生が言った。「進学するんだって?」

「おう。親が行けってうるせえしよ」

「いいよなあ。甘い親がいるうちは」

「おまえはどうするんだ」

「おれか。おれはフリーターよ。就職すんのはかったるいしよォ」

進路指導の教師によると、今年の卒業生の半数は進学も就職もしなかったらしい。学校側は頭を抱えているようだが、偏差値五十の都立高校なんてどこもこんなものだ。どう頑張っても名のある大学には行けないし、就職先もしれている。これで夢を持てと言う方がどうかしている。

「センパーイ」そのとき扉が開いた。二年の後輩が顔をのぞかせる。「ちょっといいですか」

「なんだ」見ると、後輩のうしろに一年生らしき連中が三人いた。

「生意気な新入生がいるんスよ。ちょっと先輩、行儀仕込むの手伝ってくださいよ」

「馬鹿野郎。そんなもんテメエでやれ。なんでおれが中坊に毛の生えたような奴の相手しなきゃなんねえんだよ」

新しいたばこに火を点けた。口の端だけで笑って煙を吐く。年上の余裕を見せておこうと思った。

「でもこいつら、上級生にガン飛ばすんスよね」

「花粉症なんじゃねえのか。目薬でも差してやれよ」

同級生と笑う。入り口にいた一年生たちに目をやると、裕輔たちを静かに睨んでいた。かっとなった。あきらかに喧嘩を売る目つきだった。

「ぼくちゃんたちよ。誰に向かってガン飛ばしてやがんだ」

脅すように言うのだが、一年生たちは睨むのをやめようとはしなかった。

「おい。こっちに連れてこい」

裕輔は声を荒らげた。一年生たちが裕輔の前まで歩いてきて、五十センチほどの間をおいて睨みあう形となった。向こうはやけに落ち着きはらっていた。

「ここは中学じゃねえんだぞ。どこで番ハッてたのか知らねえけどな、高校入ったらまずは先輩の靴磨きからやんなきゃなんねえんだよ」

テーブルから降り、たばこを落として靴で踏み消した。

「先輩。ぼくら、ナメられてんですか」はじめて一年生の一人が口を利く。

「言うねえ、このガキが。ピストルでも持ってんのかよ」相手に鼻を寄せた。自分の顔が熱くなるのを感じた。

「年下だからってあんまりナメないでくださいね。ぼくら曼荼羅の松村さん、知ってるんですからね」

地元では名の知れた暴走族のアタマだった。うしろで後輩の顔がこわばるのがわかる。裕輔は言い澱むことなく大声を発した。

「曼荼羅の松村がどうしたァ。ここへ連れてこい」ついでに目の前の一年生の鼻をつまんで力まかせに捩《ねじ》った。「おれはなァ、清和会の大倉《おおくら》さん知ってんだよ。本職のやくざだぞ。ガキを集めてつるんでるような馬鹿とは格がちがうんだよ」

一瞬ののち、リトマス試験紙を薬液に浸したように、一年生たちが青ざめる。同級生と後輩は驚いて裕輔を見ていた。

「組の事務所にも出入りさせてもらってんだよ。いっぺん引っぽってってやろうか。おらァ、どうした。何とか言ってみろ」

さっきまでの威勢のよさはたちまち消えさり、揃って目を伏せている。相手がまるで子供に見えた。

「てめえら学校の廊下も歩けねえようにしてやろうか」

一年生たちが唇を震わせる。

「おい。ここに一列に並べ」

一年生たちは言われるままに、ぎこちない動作で一列に並んだ。そのおどおどした態度を見ていたら、ますます凶暴な気分になった。

ものも言わずに、まず一人目の頬にパンチを繰りだす。

「おれは渡辺っつうんだ、覚えとけ」

続けて二人目を殴りつける。三人目を殴ったときは不思議な恍惚感があった。

これで一年間は自分の天下になるなと、裕輔は、心の中でほくそ笑んでいた。

放課後はピザ屋に直行した。配達地域の裏道もわかり、仕事にはすっかり慣れた。バイト仲間からは、三年生だろう、受験勉強しなくていいのか、と言われたが、「そんなもん余裕よ」とはぐらかした。いまさら勉強したところで焼け石に水で、四流大学が三流大学になるぐらいのものだ。

その日は仕事が暇だった。待機室の壁には地図があり、配達先に赤いピンが刺されている。その数がいつもよりまばらだ。どうせ時給は変わらないから歓迎すべきことだが、まだ若い店長の機嫌は悪い。「ノルマがこなせねえよ。誰か家に電話して出前とってもらってくれないかなあ、半額にしてもいいから」としかめっ面をしていた。これで大学出だというから、自分の将来に照らし合わせてもいやになる。

安物のソファに腰かけてたばこを吹かしていたら、店長が入ってきた。「おい、渡辺」とむずかしい表情で顔を寄せてくる。

「おまえ、なんかやったのか」耳元でささやいた。「警察の人が来てるぞ。言い忘れてたけど、昼ごろ問い合わせの電話があってな。そちらに渡辺裕輔っていう高校生がバイトしてないかって。はいおりますがって答えたら、じゃあ結構ですって言うから、そのままにしておいたんだけど。どうやら警察からの電話らしかったな。裏に来てんだ。ちょっと呼んでくれって」

急なことにうまく言葉が出てこなかった。

「交通違反とか、そういうんじゃないよな。まずいんだよな。デリバリーのバイトが違反キップ切られると、本部から小言を言われちゃうんだよな」

「それはちがいますよ、違反なんかしてないし」

「じゃあ何よ」

「いや、よくわかんないッスけど」

また被害届の件だろうか。憂鬱な気持ちが首をもたげた。あれから数回、刑事の家庭訪問を受けている。親では埒があかないと思って、直接自分のところに来たのかもしれない。

戸惑いながら腰をあげた。通用口から外へ出ると、軒下に眼鏡をかけた若い男が一人、ズボンのポケットに両手を突っこんだまま立っていた。

「おまえが渡辺裕輔か」男が低い声で言った。

「……そうッスけど」

「ずいぶん印象がちがうな、前に見たときとは。なんだおまえ、その頭は」男ははなから威圧的だった。

「関係ねえだろう、あんたには」少しむっとした。

「おい、小僧。口の利き方に気をつけろよ。おれは交通課《コウツウ》でも生活安全課《セイアン》でもないからな。本城署の刑事課の者だ。凶悪犯を追っかけてんだよ。てめえみたいなガキ、その気になりゃあ――」

男は歩み寄ると裕輔の胸倉をつかみ、通りへと連れだそうとした。

「何すんだよ」抗議の声をあげた。

「やかましい。高校生のくせしやがって。一丁前の口を利くな」

裕輔は男に引きずられるようにして通りを渡ると、停めてあった車の後部座席に押しこまれた。男も隣に乗りこむ。前の席に人はおらず、この男は一人でやって来たらしかった。「小僧、おれの顔は覚えてるか」耳を引っぱられる。

「痛えよ」

「三月十六日未明、新町の路上でおまえが私服刑事にゴロまいたろう。そんとき止めに入ってやったやさしいお兄さんだ。よく顔を見ろ」

言われて目を見開くと、確かに見覚えがあった。自分の顎の骨を折った刑事と一緒にいた、たぶん張り込みの相棒だ。

「おまえ、その夜、線路の反対側でおやじ狩りやってたんだろう。正直に答えろ。とぼけんなよ」

反射的にかぶりを振った。「知らねえよ、そんなもん」

「嘘つくんじゃねえ。帰宅途中の会社員を高校生風の三人組が襲って金品を強奪してんだよ。おまけに暴行を加えて怪我まで負わせた」

「おれらじゃねえって」

「いいや、おまえらだ」男が鼻息荒く身体を押しこんでくる。裕輔はドアと男にはさまれ、おまけに首までつかまれて息が苦しくなった。「会社員から被害届はもう出てんだ。診断書付きでな。全治十日間だとよ。立派な強盗傷害罪だな」

「ちがうって言ってんじゃん」やっとのことで声をふり絞る。

次の瞬間、全身を激痛が駆けぬけた。みぞおちに男の拳がめり込んでいた。

「まずはおまえの口の利き方からたたき直してやる」男は顔を真っ赤にしていた。

「何度も言ってんだろう。少年係の物分かりのいい刑事さんとはちがうんだよ。貴様らの悩みなんかに耳を貸す気もねえ。人生相談には応じねえんだよ」

裕輔が咳きこんでいると、今度は腕をねじあげられた。

「ちょっと、痛いッスよ」

「おれの名前は井上様って言うんだ。言ってみろ」

「何なんスか」

「いいから言ってみろ」いっそう力を込められた。

「……井上様」声がかすれる。

「よし。次は、わたしはすべてを正直に話します、だ」

「……わたしはすべてを正直に話します」

「ようし」やっと腕を解放された。男の息が荒かった。「意気がるのもいいかげんにしろよ。こっちは機嫌が悪いんだからな」

脅しではなく、本当に不機嫌そうだった。目が据わっている。

「じゃあ、もう一回聞くぞ。三月十六日未明、刑事にゴロまく前に、仲間二人と会社員を殴りつけて金品を奪ってるな」

「……知りません」目は合わせなかった。

「じゃあしょうがねえ。任意同行して被害者と面通しだ。そこでおまえが犯人となったら情け容赦なく逮捕するからな」

胸が圧迫された。額に汗も滲みでる。

「そうなったらおまえはまちがいなく退学だ。聞いてんだぞ、進学することに決めてんだってな」

口の中が一気に乾く。唾を呑みこんだら唇が細かく痙攣した。相手の迫力に圧倒されていた。

「ほら。やったんだろ」

声が出てこない。

「じゃあほかの二人も道連れになるな。三人揃って家庭裁判所送りだ」

弘樹《ひろき》と洋平《ようへい》の顔が浮かぶ。それだけは避けたいと思った。

「余罪をいっぱい付けて保護監察程度じゃ済まないようにしてやる。ここんとこ駅前で自販機がたくさん荒らされてるが、あれもおまえらの仕業だろう」

「いいえ」

「いいや、おまえらだ。おれにはわかってんだ。調書取って腕ずくでもおまえの拇印を押してやる」

膝が震えた。この男の目は憎しみに満ちている。

「小僧。そこで取引だ。おまえが以前、刑事に殴られて顎の骨を折ったとかで被害届を出してるな。あれを引っこめろ。そうしたら強盗傷害の件は忘れてやる」

「いや、それは」

「わかってんだ。花村にそそのかされて訴えでたんだろ。慰謝料ふんだくれるぞとか言われて。あきらめろ。だいたいおまえらが刑事から金を取ろうなんてこと自体が太え話なんだ」

「いや、でも」

「でも何だ」

裕輔が口ごもる。まさか清和会の大倉の名を出すわけにはいかなかった。

「もう一度言うぞ。おまえが被害届を取り下げたら、強盗傷害の件はなかったことにしてやる。しかし取り下げねえっていうんなら、そんときは逮捕だ。高校中退だ。おまけに被害者に慰謝料も払わなきゃなんねえぞ。一発三十万だ。おおかた花村にも言われたろう。それが示談の相場だ。さあて、貴様は何発殴ったのかな。十発か、二十発か」

「いや、そんなに」つい言ってしまった。

「こっちのさじ加減でなんとでもなるんだよ。最低でも百万は覚悟しておけよ」

「いや、だから」

「だから何だ」

言葉が出てこない。どうして自分はこんな目に遭うのか。

「花村が怖いのか」

「あ、いえ」花村とかいう刑事じゃない。そのうしろにいるやくざが怖いのだ。

「じゃあ何を迷ってんだ」

「あの、おれ、もうバイトに戻んないと……」

「だったら首を縦に振れ」

もう一度襟首をつかまれる。思わず裕輔はうなずいていた。先のことなど考えられなかった。

「ようし。最初っから素直に言うこと聞いてりゃあよかったんだよ。慰謝料なんかに目がくらみやがって」男が身体を離し、後部座席のドアを開ける。「今夜、バイトがひけたら本城署に来い。二階の刑事課の井上だ。待ってるからな、逃げんなよ」車から降り、通りに立って首の骨を鳴らしていた。「大丈夫だ。花村はいない。やっこさんはとっくに自宅待機だ」

裕輔は暗い気持ちで車を出ると、睨みつけてくる刑事から目をそらせたまま通りを渡った。逃げるように通用口に入りこむ。

動悸が収まらなかった。刑事たちといいやくざといい、親や教師とは種類のちがう大人の怒りに裕輔は翻弄されていた。そしてこれからのことを思い、ますます気分が落ちこんでいった。

被害届を取り下げたらどうなるのだろう。考えるのもいやだった。

夜の七時を回ったころ、バイトを早引けして裕輔は新町へとスクーターを走らせた。腹痛がすると店長に申しでて、了承されたのだが、店長はまるで信じていない様子だった。「これから忙しくなるんだろうが」と、聞こえよがしにつぶやいていた。

路地をすり抜け、古びた雑居ビルの前にスクーターを停める。ここに来るのは二回目だ。つい先日、大倉に連れられて、初めてやくざの事務所に足を踏みいれたのだ。

扉には会社名が書かれていたが、事実上は暴力団事務所だ。そのときは弘樹も洋平も一緒で、大倉は陽気に出前のカツ丼をふるまってくれた。帰り際には小遣いだと言って一万円ずつくれた。断りたかったが、一見笑っている眼の奥底にある狂気のようなものに気圧《けお》され、礼を言って受けとった。

気が重かった。自分の被害届にどのような事情があるのか想像もつかないが、警察とやくざが綱引きをしていることだけは理解できた。

エレベーターに乗りこみ、一人ため息をつく。数字を示すランプが、よくないことへのカウントダウンのように思えた。

「大倉総業」のプレートを横目にインターホンを押す。「どちらさんで」というドスの利いた声が聞こえた。名前を告げ、「大倉さんはいますか」と聞いた。

鉄の扉が開かれ若い舎弟が顔を出す。そのうしろには「清和会」と筆文字で書かれた提灯が壁に並んでいた。

「なんだ、この前の高校生か」と舎弟は言った。「まあ入れ」顎でしゃくって中に招きいれた。正面奥の机にはポロシャツの襟を立てた大倉がいる。足を机に乗せて爪を磨いていた。

「おお、渡辺だったよな、確か」大倉が親しげにほほ笑む。「なんだ、またカツ丼喰いに来たのか」

「あ、いえ」汗が出た。

「遠慮することあねえぞ。カツ丼ぐらいいつでも喰わせてやるぞ」

「いえ、そうじゃなくて」

裕輔の硬い表情を見て何か感じたのか、大倉が「どうした。相談ごとか。どっかのチンピラにからまれてんのならウチの名前出してもいいんだぞ。前にも言ったろう」と立ちあがった。

「まあ座れや」

促されてソファに腰をおろす。大倉は正面に座り、たばこをくわえた。すかさず舎弟がライターで火を点ける。大倉の吐きだす紫煙を見ていたら胸がざわざわと騒いだ。

「なんだ、言ってみろ」

「あの、実は」覚悟を決めた。「被害届、取り下げるとまずいッスか」

「なんだと、おい」大倉の顔色が変わる。

「いや、その」血の気がひいた。「今日バイト先に井上っていう刑事が来て、取り下げないと、別のおやじ狩りを事件にしてパクるぞって脅されて。そうするとおれ、退学になるし。そうなると……」

「おまえ、まさかおれの名前は出してねえだろうな」大倉が射るような目で言った。

「ええ、出してないです」

「それで」

「だから、被害届……取り下げようかと」

「ナメんじゃねえぞ、このガキが！」

突然、落雷のような怒声が正面から降ってきた。思わず身をすくめる。大倉はこめかみを赤く染め、顔を近づけると、裕輔の胸倉をつかんだ。

「てめえ正座しろ。ここに正座しろ」引っぱられてソファから転げ落ちた。「おれをコケにするとはいい度胸じゃねえか。あ？　親をここへ呼べ。いますぐ呼べ。おのれじゃ話にならん。親からケジメ取ってやる」

裕輔の全身ががたがたと震えた。歯が嚙みあわない。

「サツとやくざを天秤にかけるんならよおく考えろよ。いいか。警察はおのれなんぞ守っちゃくれねえぞ。用が終わればハイそれまでだ。でもなア、やくざはちがうぞ。追いこむときはとことん追いこむぞ。絶対に逃がさねえんだよ。わかってんのか、こらア」

迷った自分が馬鹿だった。やくざは人を脅すのが商売なのだ。

こんな恐怖を味わうくらいなら、留置場に入った方がましだと思った。

もっとも翌日になるとその気持ちもぐらついた。警察は警察で、充分すぎるほどしつこいのだ。

校門を出てしばらく歩くと、道の先に背広姿の男が立っていた。車にもたれかかってたばこを吹かしている。遠くからでもそれが誰であるのかすぐにわかった。

急所がひょいと持ちあがる。裕輔は反射的に踵をかえし、来た道を戻ろうとした。気づかれないよう、走りたい気持ちを抑えて。

だが遅かった。背中に靴音が聞こえる。その甲高い音が間隔を狭め、うしろから襟首をつかまれるのに時間はかからなかった。

「やい、小僧。ゆうべはどうして来なかった」井上という刑事が唸る。険しい形相で顔を寄せてきた。「遅くまで待ってたんだぞ。おれに恥をかかせる気か」

唾が顔にかかった。答えようにも首を締めあげられている。

「てめえが被害届を取り下げねえと、まずいことになんだよ。人ひとりの人生がかかってんだよ。わかってんのか、おい、こら」

刑事が目を血走らせていた。なんのことだか見当もつかないが、顎が勝手に上下していた。

「これ以上ナメた真似しやがると、絶対にてめえを強盗傷害でパクるからな」なおも刑事は不機嫌そうにわめいた。「そうなりゃあ退学だ。大検の準備はできてんのか」

「昨日はちょっと……」自分の声がかすれている。

「昨日は何だ」

「バイトが忙しくて」

「じゃあこれから署に来い。車で連れてってやる」

「いや……今日もこれからバイトで」

「遅れますって電話入れろ。なんならおれが話してやる」

「いや、でも」

「うるせえ。おれを怒らすなよ」

胸倉をつかまれ、引きずられる形で車のところへ連れていかれた。下校途中の生徒たちが何事かとこっちを見ている。ドアの前で一旦解き放たれた。

「おい。自分で乗れ」刑事が言った。見ると顎をしゃくっている。

ノブに手を伸ばしながら逡巡した。このまま警察に連れて行かれれば、いやおうなく被害届を取り下げさせられることになる。やくざの大倉の顔が浮かんだ。肘から先が小刻みに震えた。

「早く乗れ。おまえの意志で乗るんだ」

乗るわけにはいかない。警察とやくざを秤にかければ、やくざが怖いに決まっているのだ。

「ほら、乗れよ。これは任意なんだ。ガキにはわかんねえことだろうがな」

次の瞬間、裕輔は駆けだしていた。鞄を胸に抱え、夢中でアスファルトを蹴った。

「おいっ。待て、こら！」

刑事の怒声がうしろで響いている。校庭のフェンスに沿って懸命に走った。金網の中からは野球部のノックの音が聞こえてくる。平和でいられる彼らが羨ましかった。

四つ辻を曲がり、突然目の前に現れた自転車と衝突した。前につんのめりながらも、なんとか倒れることなく体勢を立てなおす。小さな女の子の泣き声が聞こえ、自分がなぎ倒した自転車が少女のものであることがわかった。

かまっていられない。うしろを振りかえる。刑事が迫ってきた。少女を助け起こすのではないかという期待があったが、眼鏡の刑事はまるでハードルのように転んだ少女を飛び越えただけだった。

「このガキゃあ」

刑事は完全に頭にきている様子だった。つかまればただでは済みそうにない。

咄嗟に鞄を投げつけていた。ただ平べったいだけの革鞄は、フリスビーに似た飛び方をして、運がいいのか悪いのか、刑事の顔面にヒットした。

「くそガキがあ」

真っ赤に紅潮した刑事の顔が目に飛びこんでくる。ますます退路を断たれた気分になった。

裕輔は路地に入ると、さらに歯を喰いしばり、右へ左へと住宅街を駆けまわった。心臓の鼓動が鼓膜を内側から鳴らしている。駅とは逆方向なので地理の見当がつかなかった。三叉路の突きあたりで公園の柵を乗り越えた。公園と思ったら実は保育所で、幼児たちの遊びの輪の中を突っきる形になった。

保母たちがあっけにとられている。わずかの時間差で、背中に「あなたたち、何ですか」という非難の声が聞こえた。まだ追いかけてくるのだ。

もう一度柵を乗り越えると、そこは墓地だった。通路を無視し、墓石に手をつきながら斜めに走り抜けていく。花を踏みつけ桶を蹴飛ばしたが、逃げることしか頭になかった。

いつの間にか寺の境内《けいだい》に出ていた。もう心臓は破裂しそうだ。鶏のように首を振ると、賽銭箱《さいせんばこ》の隣に自転車が停めてあるのを見つけた。一も二もなくハンドルをつかんでいた。しかし鍵がかかっている。

「待て、こらあ」刑事の怒声が樹木に覆われた境内に響きわたった。

右足でフロントフォークに付けられた鍵を蹴った。震える足で二度三度と蹴った。カチャンという音をたてて鍵が外れる。

自転車を押し、走りだした。刑事は目前に迫っていて、その口元が血に染まっているのが視界の端に映った。

助走をつけて飛び乗る。刑事の伸ばした手が背中をかすった。

懸命にペダルを漕いだ。前傾姿勢で、ハンドルに顎を乗せるようにして。

たちまち刑事との距離がひろがる。

門をくぐると急なスロープになっていて、自転車はいっそう加速した。

一瞬だけ振りかえる。刑事は門の下で膝に手をつき、肩で息をしていた。声も出ない様子だった。もう数十メートルは離れているはずなのに、なぜか刑事の憎しみのこもった目が見えた。

しばらく自転車を漕いだ。もう追ってはこないとわかっても、とにかくその場を遠く離れたかった。油が差し足りないのかギアの軋む音が等間隔で鳴っている。

逃げおおせたという安堵感はどこにもない。喉がからからに渇いていた。

どこだかわからないバス停で自転車を乗り捨て、たまたま来たバスに乗った。いちばんうしろのシートに腰をおろし、足を投げだす。さっき缶ジュースを飲んだせいで玉のような汗が噴きでた。ポケットをまさぐったがハンカチはなく、仕方がないので上着の袖で汗を拭った。

ため息をつく。今日はバイトに行けないなと思った。あの井上とかいう刑事がやってくるに決まっている。そして家も安全ではないことに考えが及び、自分の置かれた立場に嫌気がさした。

刑事に鞄を投げつけたのはいかにもまずかった。しかも怪我をさせてしまった。法律には無知でも、それが何かの罪になることは容易に想像がついた。

学校は退学になるのだろうか。すべてを放りだしたい気分になった。

この一ヵ月でかかわった刑事たちは、交通課や少年係の警官とは明らかにちがっていた。手加減がなかった。裕輔の将来など眼中にないという態度だった。

一人で顔を歪める。自分はまだ高校生だぞと言いたくなった。

途中、駅前で停車したのでそこでバスを降りた。不安をわかちあいたくて携帯電話で洋平に連絡を入れた。洋平も腕を折られていて、確か警察に訴えたはずだ。弁当の配達のバイトをしている洋平は、いつも三時を過ぎれば暇になる。

呼びだすとすぐに応答した。

「おい、おまえンところ、刑事は来たか」

いきなり用件を切りだす。洋平は「いいや」と呑気な声を発した。

「なんでだ。被害届、おまえも出したんだろう」

「行ったよ、一応。でもな、受け取ってもらえなかったんだよ。怖え刑事が出てきてよォ、てめえふざけた真似するんじゃねえぞって追いかえされた。もう一人、やさしい刑事もいて、そのおっさんは、うちへ帰ってもう一回考えなさいって言ってたけどな」

「それで」

「それだけよ」

「花村っておやじはいなかったのかよ」

「そうそう、あのおやじ、そのあと大倉さんのところへ報告に行ったら、横で花札やってんの。あいつ、ロクな刑事じゃねえな」

「どういうことだよ」

「知るかよ、おれに聞いたって。で、追いかえされましたって言ったら、『ま、しょうがねえか』って。渡辺一人がいればいいかって、そんなことも言ってたぜ」

「ほんとかよ」髪を掻きむしった。

「裕輔、どうかしたのか」

「したよ。井上っていう刑事に待ち伏せされて、無理やり警察に連れていかれそうになったよ」

「逃げたのか」

「おう。鞄投げつけて、刑事に鼻血まで出させちまったよ」

「やるじゃねえか」

「馬鹿野郎。それどころじゃねえよ。これって公務執行妨害とかだろう。今夜うちに帰れねえよ」

「とりあえず大倉さんに連絡入れたらどうだ。きっと相談にのってくれるぞ」

「冗談じゃねえよ。おれ、昨日、被害届を下げたら承知しねえぞって、さんざん脅されてよォ」

「おれにはやさしいぞ。飲みに連れてってくれたし、小遣いもくれたし。なあ裕輔、おれ、大倉さんの舎弟になろうかと思ってよ」

「馬鹿かおまえ。やさしいなんて、そんなもん最初だけだろうが」

「そりゃあそうかもしんねえけど、弁当屋は飽きたしなあ。おれ、やくざに向いてる気もしてきたし」

「信じらんねえよ。おれが困ってるときに、何呑気なこと言ってんだよ」

「情けねえ声出すなよ」

「人の身にもなれ」携帯に向かって怒鳴りつけた。

「とにかく、新町で会おうぜ。いつもの喫茶店。もうすぐ仕事終わっからよ」

電話を切る。またため息をつく。駅に向かう足どりが重かった。

どうして自分がこんな目に遭うのかわからなかった。いくつかの悪さをしたのは事実だが、それは相応の罰を受ければいいだけのことで、今の自分の窮状《きゅうじょう》は、どう考えても納得がいくものではなかった。

大人のくせして高校生相手に本気になるなよ。そんな泣きごとを心の中で叫んでいた。

切符を買い求め、改札をくぐる。初めての駅でホームに立つと、よその学校の不良がかった身なりの集団がガンを飛ばしてきた。

相手をする気分ではないので目を合わせないように下を向く。ホームの端へと移動した。すると気の弱いカモと思ったのか、男たちが靴を引きずって近づいてきて、裕輔を取り囲んだ。

「おめえ、見かけねえ顔だな。どこの学校だ」中の一人、長髪の男が凄んで言う。

「うるせえ。あっちへ行ってろ」そう吐き捨て、睨みつけた。

「おろ。かわいくねえなあ、この兄ちゃん」顔を寄せてきた。「やっちまうぞ。銀色なんかに髪染めやがって。てめえはガイジンか。それとも老人かァ」

「おまえらナメんじゃねえぞ」裕輔が低く声を発する。相手は五人いたが怖くなかった。ただうっとうしかった。

「おいおい、どこ押せばこんな強気な台詞が出てくんだァ」

「喧嘩の達人かァ、君は」

「わかった。空手やってんだ、こいつ。通信教育で」

男たちが口々に裕輔をからかい笑っている。

「おい、銭出せ」長髪が真顔で言った。「ただしこっちは五人いっからよォ、五千円以下だとやっちまうからな」

「やってみろ」ホームに唾を吐いた。男たちの顔色が変わる。「おまえらおれを誰だと思ってやがんだ。こう見えてもおれは清和会の大倉さんを——」

顎に衝撃が走った。続いて腹部にも。

「この野郎。なに意気がってんだよ」

そんな罵声を浴びせられ、次々とパンチや蹴りをくらった。手で避けようとするのだが、五人を相手に抵抗できるわけもなく、裕輔はその場にうずくまることになった。

脇腹に蹴りがめりこむ。背中を何度も踏みつけられた。

「よそへ来てでかいツラするんじゃねえぞ、このタコが」

不良たちが捨て台詞を残して去っていく。なんとか立ちあがり、手の甲で口元を拭ったら、唇が切れていて血がべっとりと付着した。

ハンカチは持っていない。仕方がないので上着を脱ぎ、シャツも脱ぎ、Tシャツをズボンから引っぱりだして顔を拭いた。ホームの客が裕輔の様子を盗み見ているのがわかったが、不思議な開き直りがあり、人の目も気にならなかった。

ついてねえな。口の中でつぶやく。電車を一本やりすごし、ホームのベンチでたばこを吸った。吐いた煙を目で追いながら、ついてないどころじゃねえだろうと自分に茶々をいれた。目を閉じる。事態の深刻さに気が滅入るばかりだった。

新町に着くと待ち合わせの喫茶店へと向かった。誰でもいいから知り合いの顔が見たかった。一人では身がもたないと思った。

ところが喫茶店の玄関をくぐると、奥のテーブルには、洋平と一緒に柄の大きな中年男がいた。目を凝らすまでもなく花村だとわかった。花村は裕輔を見つけるなり口の端だけで不敵に笑い、「井上と追いかけっこしたんだって」と太い声を出した。

「あ、いえ」

顔がひきつる。洋平を見ると、「おれが大倉さんに電話したんだよ。そしたら花村さんがいたから」と、もうギプスの取れた右腕を陽気に振った。

何か言いたかったが、花村の手前、顔色を取り繕うことしかできなかった。小遣いぐらいで懐《なつ》くなと、腹の中で毒づく。洋平の隣に座った。

「どうしたんだよ、その顔」洋平がのぞき込む。

「おい、井上にやられたのか」花村は腰を浮かせた。「だったら医者へ行け。診断書取ってこい」

「いえ、ちょっと駅でよその学校の連中に」

「ほんとかよ。じゃあ仕返しに行こうぜ」洋平が言った。

「ああ、今度な」

「それより井上にやられたことにしろ」と花村。

「そんなこと、できませんよ」

「いいんだ、そんなもん。おれが裏から手を回してやる。刑事課にはまだおれの息のかかったやつがいるんだ」

「いや、もう勘弁してください」辛そうに顔を歪めた。「刑事さん。おれ、被害届下げないとまずいッスよ。退学になっちゃいますよ」

「馬鹿野郎。いまさら何言ってやがんだ。おまえはおれの切り札なんだぞ。日和《ひよ》りやがったらただじゃおかねえぞ」

「でも、ほかでやったおやじ狩りが事件にされそうだから」

「ただの脅しよ。びびることたあねえ」

「いや、あれは本気ッスよ」

そのとき喫茶店の扉が開き、大倉が入ってきた。花村に軽く会釈して裕輔の正面に座る。ポケットからたばこを取りだしくわえたら、洋平がまるで舎弟気取りで火を点けた。不機嫌そうに吸いこむ。

「おい渡辺」口を開くと煙がもれた。「しばらく部屋住みでもするか」

「はい？」

「うちの事務所に住まわせてやるってことよ」

大倉は冷たい目で裕輔を見据えている。

22

午後六時、ハイテックス本社玄関口に現れた及川は、能面のような表情をしていた。もっとも一人で歩いていれば、誰だってこんな顔なのだろう。周囲の通行人と比べても変わったところはない。真っすぐ前を見て、駅の方角に向かっている。

「行きますか」隣で服部《はっとり》がつぶやいた。「ぼくは目立つから、少し離れて歩きます」

自分の身長が尾行に邪魔なことは充分知っているらしく、軽く九野《くの》の背中を押し、先に行くよう促した。

九野がゆっくりと歩を進める。及川のグレーのスーツと、全体に華奢な印象のうしろ姿を頭にたたき込み、視線はそれより下の足元に向けた。九野はスーツをやめてジーンズにジャンパーといういで立ちだった。色の薄いサングラスと野球帽も用意した。面が割れているので、無茶な尾行はできない。

もっとも見失ったところでさしたる支障があるわけではなかった。及川が家族を置いて逃走するとは思えず、再犯の可能性も考えにくかった。

及川が駅の改札を抜け、九野も警察手帳を提示してあとに続く。見失わないよう、及川のうしろ姿に集中した。ホームでは十メートルほど離れて斜め後方に立った。

服部は隣の車両に乗りこむつもりなのか、さらに離れた場所にいる。

売店で夕刊紙を買い求め、読んでいるふりをした。開幕ダッシュに失敗した巨人を皮肉る見出しがぼんやりと目に映った。

電車がホームに到着する。目の端で及川を確認し、別の扉から乗りこむ。久々の満員電車だった。運悪くすぐ脇に女子高生の集団がいた。耳障りな甲高い声を聞きながら、九野はこっそり顔をしかめる。

本城署に設けられた捜査本部は、いつのまにかみすぼらしいものになっていた。放火事件にしては過剰とも思えた四十人の捜査陣は、説明もないまま縮小され、会議に出席する顔ぶれは半分ほどに減っていた。清和会の幹部の鼻骨を折ったという捜査員は、あたり前のように消えていた。今ごろは本庁で机に足を乗せ、鼻毛でも抜いていることだろう。

管理官の機嫌はすこぶる悪い。ハイテックスの会計監査の一件を知らされるなり、年上の坂田《さかた》刑事課課長を怒鳴りつけ、始末書を出せと息巻いたらしい。当然、坂田も激怒している。

九野と服部に直接の叱責はなかった。外されるかなと思ったがそれもなかった。報復はきっと別の機会にやってくるのだろう。ただハイテックスへの調査は本庁の別の班が当てられ、九野と服部は及川の朝夕の行確《コウカク》だけを受け持つことになった。面が割れている捜査員をわざわざ当てるところが、もしかすると嫌がらせなのかもしれない。

服部はそれでも涼しい顔をしている。本庁にいたころの知り合いに探りを入れたところ、刑事部長と刑事一課長のラインに乗っていて、四課の管理官など怖くもないのだそうだ。

及川の所属が本社総務部人事課に移ったのは、本城支社に問い合わせたらすぐに判明した。退院後の出社予定日を聞くと、事務の女子社員が無防備に教えてくれたのだ。これでハイテックスの腹はわかった。服部は「警察からのガードも含めて、監視下に置くつもりでしょう」と呑気に言っていた。職場でどんな時間を過ごしたのかわからないが、針のむしろであろうことは容易に想像できた。警察組織の例からしても、たぶん仕事は与えられていないはずだ。

及川は、吊り革につかまって車窓から外の景色に目をやっている。その目にはいったい何が映っているのだろう。容疑者の気持ちを思うことなどあまりないのに、今回に限っては、胸の中で頻繁に湧きおこった。

電車はターミナル駅に吸いこまれ、及川は本城市へと向かう私鉄に乗り換えた。九野と服部もあとに続く。乗客はほとんどが帰宅途中のサラリーマンやOLになり、どこか緩んだ空気が漂っていた。新聞で顔を隠したまま様子をうかがう。及川は空いた席に腰かけていた。中空を見つめているが、何を見ているというふうでもない。服部を探すと、隣の車両から窓越しに鋭い視線を向けていた。

二つ三つと駅を通過していく。知らずに乗ったが急行らしく、このぶんでいくと本城には三十分ほどで到着しそうだった。

腕時計を見る。及川の行確はたやすい任務だ。帰宅後まで張り込むつもりはない。八時前には解放されそうだ。

そう思ったとき、及川が座席から立ちあがった。車内アナウンスでは次に停車する駅名を告げており、それに連動して電車が速度を緩めはじめた矢先だ。

どうするつもりかわからなかった。服部を見ると、訝しげに眉間に皺を寄せている。

本城より手前の駅で電車は停まり、及川は、まるでそこが自宅からの最寄り駅であるかのように、ごく自然に降りていった。

気づかれたのかと一瞬緊張した。車両を移動することも考え、九野は車内に残ったまま乗降口から及川の背中を注意深く目で追った。

及川は何喰わぬ顔でホームを歩くと、帰宅客の群れに混じって階段へと向かっていく。その挙動に変わった様子は見られなかった。

仕方なく九野はあとを追った。階段までは駆け足で進み、姿を確認するとまた二十メートルの距離を保った。

及川が改札を抜ける。駅舎の前でほんの数秒立ちどまり、どちらに行くか迷ったような素振りののち、右手の繁華街に歩いていった。駅前ロータリーに吹きこむ春の宵風が、九野の頬を撫でている。

「誰かと会うのかな」

いつのまにかうしろに来ていた服部から声がかかった。

「いや、ちがうでしょう」

なんとなく確信があった。及川は目的がある歩き方ではなかった。

「服部さんは」九野が駅前の派出所を顎でしゃくる。「そこの交番で待っててください。二人も必要ないでしょう」

「いいんですか」

「なんかあったら携帯で知らせます」

そう言い残し、九野はアーケードの中に入った。及川の行動が無目的ならば、突然方向を変える可能性が大いにある。それを考えると行確は一人の方がよかった。

及川は通りの真ん中をぶらりぶらりと歩いていた。ときおり飲食店の前で歩を緩め、ガラス越しに中の様子をうかがっている。

そんなことを何度か繰り返し、やがて「お食事処」という暖簾《のれん》が下がった一軒の店に入っていった。

少し間をおいて、九野が近づく。暖簾の端をつまみあげて中をのぞくと、及川は一人でカウンターに腰かけていた。及川は斜め上を見ている。その視線の先には、巨人戦を映しだす備え付けのテレビがあった。

暖簾を戻し、携帯で服部に状況を告げた。服部は、「じゃあこっちもコンビニのおにぎりでも喰うかな」と気の抜けた声をだしていた。九野が周囲を見まわす。斜め前にラーメン屋があったのでそこに入ることにした。

いちばん通りを見やすい席を確保し、何の変哲もない醬油ラーメンをすすった。この店にもテレビがあり、こちらでは全員が同じ顔に見える少女のグループが、忙しく踊り唄っていた。帽子をとって団扇《うちわ》代わりにあおぐ。ハンカチで汗を拭い、コップの水を飲み干した。ラーメンのスープは残した。化学調味料の味ばかりが強かった。

隣の客がたばこに火を点けた。紫煙がこちらに漂ってくる。その匂いがやけに甘く感じ、一度はやめたたばこだが、また吸い始めようかとぼんやり思った。

水をお代わりしてガラス戸の外に目をやっていると、三十分ほどして及川が定食屋から出てきた。九野も急いで勘定を済ませ、外に出る。

及川は駅とは反対の方向に歩きだしたが、九野は驚かなかった。そんな気がしていた。

ゆっくりとした足どりだった。自分より二つ三つ年上の男の背中が、青白い街灯の光に照らされ、ゆらゆらと頼りなげに揺れている。

少し先にあった書店に及川が入っていった。奥の通路でラックから雑誌を取りだし、パラパラとめくっていた。九野は表のスタンドで同様に週刊誌を眺めた。

十分ほどで書店を出た。何も買ってはいなかった。九野のすぐ脇を擦り抜けたが、こちらにはまったく気づいていなかった。再びアーケードの下を歩く。通りの斜め前方ではパチンコ店のネオンが瞬いていて、入るかなと思ったら、及川の足は本当にそちらに向かっていった。

看板の陰にかくれて携帯で連絡を入れた。服部は「コーヒーと茶菓子が出ました。ここはサービスがいいですよ」と軽口をたたいていた。本庁捜査一課の警部補は、派出所で王様のように扱われているのだろう。

念のためにリバーシブルのジャンパーを裏返した。パチンコ店の中に入る。及川はすぐに見つかった。雑多な客層に混じって玉を弾いている。虚ろな目で盤面を見ていた。

九野は店内を一周して裏口がないかを確認した。出入り口は通りに面した一ヵ所しかない。どうするかなと少し思案し、出入り口に近いところで自分も打つことにした。

パチンコをするのは十年ぶりだった。聞き馴れない電子音が店内のあちこちに響き渡っている。勝手がわからず、たちまち三千円をすった。自販機でコーヒーを買い求め、一息ついた。今度は台を移って弾いてみたが、それでも玉は減るばかりだった。

ふと思いたち、残りの玉を持ってフロントへ行った。マイルドセブンとライターに替える。台に戻ってたばこをくわえ、火を点けた。

軽く吸いこむ。辛さだけが口の中に広がった。早苗《さなえ》が妊娠したときたばこをやめた。だから、ほぼ八年ぶりの味だ。懐かしくもなんともない。ただまずいだけだった。

それでも一本を半分ほど吸う。肺の中に濁った気体が広がり、消したあとになって、手足の先まで何かが滲《し》みていく感じがした。

時計の針はまだ八時半にも届いていない。閉店までいるつもりなのだろうか。九野はひたすらガラス扉に映る及川を目で追っていた。当たり台にめぐまれないのか、及川は頻繁に台を移動した。その都度、盤面で弾ける玉をじっと見つめている。

九野は二本目のたばこに火を点けた。今度はやや味がなじんだ気がする。続けて三本目も吸った。そろそろ辛さが消えていた。こうしてまたたばこを吸いはじめるのかと吐息混じりに思った。

結局、及川は十時近くまでパチンコ店にいた。手ぶらで出ていくところを見ると、戦果はなかったのだろう。いいかげんにやっていた九野でさえ一万円ほどすっていたので、及川はもっとつぎ込んだはずだ。さぞや痛い出費だったにちがいない。

及川は駅に向かって歩きだした。見るからに重そうな足どりだった。すでに通りに人影はまばらで、多くの店がシャッターを降ろしていた。帰宅を急ぐＯＬのハイヒールの靴音が、アーケードの天井に響いている。

駅前に着くと、派出所の服部を迎えにいった。服部は待ちくたびれた様子で、眠そうな目を向けて「お疲れさん」と言った。

若い巡査が敬礼をする。九野は目礼だけを返した。

「やっこさんは？」と服部。

「もう駅に入りました」

「じゃあ、行きますか」億劫《おっくう》そうに腰をあげる。「一応、仕事だし」

二人で改札をくぐり、ホームにいた及川を確認した。

距離を充分にとったので表情はわからない。ただ血色がよくないことだけは全体のたたずまいから想像できた。その肩は落ちていて、背広までくたびれて見えた。

電車が来て、二人とも隣の車両に乗った。混んではいないが座席は埋まっている。

「結局、及川は飯喰ってパチンコをしただけですか」

服部が吊り革の上の鉄パイプをつかんで言った。

「ええ」小さくうなずいた。

「帰宅拒否症ってやつかな。哀れなもんだ」

その言葉には答えないでいた。ガラス越しに及川を見ると、中吊り広告にぼんやり目を向けている。

「女房は問い詰めたりしてないのかな」

「さあ、どうなんでしょう」

「でも、あれだけ我々に揺さぶられて、夫婦の間に何も話し合いがないっていうのはおかしいでしょう。とっくに冷えきってたっていうのなら別ですが。……きっと明日もパチンコだな」服部はつぶやくと、凝りをほぐすように頭を左右に振った。「会社では仕事なし、家に帰ってもいる場所なし。また手前の駅で降りるんじゃないですかね。……となると、あの派出所に手土産でも持ってくかな」

たぶんそうなるのだろうと九野も思った。行くところのない及川は、今夜と同様またどこかで時間をつぶすのだ。

「服部さん」九野が言った。

「なんですか」

「及川の部下がいたでしょう。本城支社の経理課の」

「ええ、佐藤とかいう小柄な若い奴」

「このあと、行ってみませんか」

「どうして」

「会社ではどんな噂になってるのか、ちょっと知りたくて」

「やめましょうよ」間髪いれずに服部が答えた。「余計なことはしないほうがいいでしょう。あの管理官、血管ぶち切れてしまいますよ」

管理官を怒らせたのは自分だろう。そう言いたかったが言葉を呑みこんだ。

本城駅に到着し、及川は降りた。今度はどこにも寄り道せず、駅前ロータリーのバス乗り場に並ぶ。腕時計を見ると午後十時十分を差していた。

同じバスに乗るわけにはいかないので、九野たちはタクシーで先回りすることにした。もう寄り道するところはないだろうと踏み、及川の自宅近くで張り込む。

午後十時二十五分、すっかり静まりかえった住宅街に及川が現れた。街灯に照らされ、その顔が余計に青白く見えた。

自宅玄関の呼び鈴を押し、しばらくののち、扉が開く。及川の妻、恭子の白い腕だけが隙間から見えた。


「いくらなんでも、この時間はないでしょう」

案の定、パジャマ姿の佐藤はマンションの玄関口で顔をこわばらせ、目の前の刑事たちに抗議した。二人の体格に圧倒されてか、三和土《たたき》に降りてこようとしない。渋った服部だったが、結局九野に従った。署に戻って車に乗り換え、深夜の訪問となったのだ。

「まあまあ、こっちも失礼なことはわかってます」九野がとりなそうとする。「着替えなくていいから、ちょっと表の車までお願いできませんか」

「昼間、会社にくればいいじゃないですか」

「会社だと、いろいろ話しにくいこともあるでしょう」

「ありませんよ。現に今日だって刑事さんが来てたし」

「それとは別に話を聞きたいわけですよ」

「いやです」佐藤が九野を見据えて言った。「だいいち、ぼくなんかに聞いてもしょうがないでしょう。会社のことなら本社に聞いてください」

「おや、いいわけ？」服部が横から言う。「おたくの支社で商品を横流しした件も聞くことになりますよ」渋々ついてきたせいか、ぞんざいな口の利き方だった。

「あれはぼくの勘違いでした。そういうことはありませんでした」

佐藤が頰をひくつかせる。目を合わせなかった。

「あんた、ふざけちゃいかんよ」

「いえ、別にふざけてなんか」声が小さくなる。

「おたく、何人社員がいるんだ。全員が口裏合わせられるとでも思ってるのか。だいいちこの前は横流し先まで言ってただろうが。裁判になったら、あんた、絶対に証言台に立たせるからな。そこで嘘つきゃ偽証罪だ」

「そんな……」佐藤が顔を歪め、絶句する。

「嘘なんかどっかでほころびが出るもんなんだよ。業務上横領で警視庁が捜査に乗りだしたら、会社なんてもんは最後には社員を切り捨てるぞ。組織が守ろうとするのは組織なんだよ。誰が一介の社員を守る？　馬鹿をみるのはあんた自身だよ」

「刑事さん、協力者には絶対迷惑をかけないとか言ってたでしょう」佐藤が声をひそめた。

「最後まで協力すればの話だよ」

パジャマ姿の若い男が、口を半開きにしたまま言葉を失っていた。

「佐藤さん、今回は我々に貸しを作ってくださいよ。必ず返しますから」九野が笑みをつくってなだめた。「佐藤さんの悪いようには絶対にしない。市内での違反キップぐらいならなんとかするし」

佐藤は大きくため息をつくと、「着替えます」と力なく言った。

うなだれる佐藤を促して外に出た。

車には服部と佐藤が後部座席に乗り、九野は運転席から話しかけた。

「まず最初に。ハイテックスでは箝口令《かんこうれい》がしかれてるわけですよね」

「箝口令っていうのは、ちょっと」

「でも、警察に余計なことは言うなと」

「……ええ。それとマスコミにも」

「ブン屋も来てるんだ」

「新聞記者どころか週刊誌まで来ましたよ」

「週刊誌？」

「ええ。支社長が応対しましたけど」

九野が服部と目を合わせる。

「そりゃそうか」服部がふんと鼻を鳴らした。「暴力団の放火なら記事にならなくても、社員の狂言となりゃあ喰いつくわな。こりゃあますます時間の問題だ。新聞とちがって平気で飛ばし記事を載せるから。佐藤さん。おたくの会社、シラは切りとおせないよ」

「そんなことぼくに言われたって」

「で、会社では噂になってるんですか、及川氏のこと」九野が話を続けた。

「いや……」二、三度目をしばたたいたのち、口を開いた。「少なくとも表立ってその話はしませんよ。みんな何事もなかったような顔してますよ。でも、同僚同士が集まればするんじゃないですか。ぼくなんかは直属の部下だったから、本社の同期から電話がかかってきて。おい、火を付けたのはおたくの課長なのかって」

「会社はかくまうつもりなんですかね」

「知りませんよ、そんなこと」

「本社移転でどうせ取り壊しになる社屋だから、燃えた損害はたいしたことがない。それより会社のイメージダウンのほうが怖いと」

「いや、ほんと、ぼくに聞かれても」

「横流しで、及川氏は個人的にいくらぐらい着服したのかな」

「知らないんですよ、嘘じゃなくて」佐藤が懸命にかぶりを振る。

「あんたねえ」服部が佐藤の肩に手をまわした。「ここまできて協力してくれないわけ？　噂でもなんでもいいから。だいいちあんたは及川の部下だったんだ。見てりゃあだいたいのことぐらいわかるだろうが。それとも横流しの話はあんたから出たって本社に言ってやろうか」

「ちょっと。刑事さん、それって……」さすがに憤慨したのか、佐藤は顔を紅潮させた。

「おおよその金額でいいんですよ。一千万？　二千万？」と九野。

「冗談でしょう。アルミホイールだのエアロパーツだので、そんなに大金が動くわけがないでしょう。うちらの商売なんて小さなもんですよ」

「じゃあいくら」

「せいぜい二、三百でしょう」吐き捨てるように言った。

「薄々気づいてたわけ？」

佐藤が黙る。荒い鼻息を吐きながら、窓の外に顔を向けていた。

「頼みますよ。答えてくださいよ」

「……今にして思えばってやつですよ」ぽつりと言った。「在庫数と伝票が異様に合わないなんてことが何度かあったんで」

「金遣いが荒くなったとかは」

「いいえ。とくには。麻雀の打ち方が荒っぽくなったぐらいじゃないですか」皮肉めかして口の端を持ち上げる。「だいいち豪遊できるほどの金額でもないでしょう」

「及川氏は、商品の横流しで社員旅行の費用を捻出《ねんしゅつ》するうちに、自分の小遣い稼ぎもするようになったと」

「さあ、どうなんでしょうね」

「そして本社の会計監査が入ることになって慌てた」

「ぼくに聞かれても。とにかく、会社じゃもうその件についてはタブーなんで。……みんなだって触れるのが怖いんですよ。人間ってそういうもんでしょう。いやなことはなるべく見ないようにするでしょう。経営陣だって、本社を新築移転して、いよいよ東証二部に上場しようって矢先にこんな事件があったんじゃあ……」

佐藤が髪を掻きあげる。ふてくされたような目で九野を見ていた。

「上場するんだ」服部がシートに背中を押しつけ、小さく笑った。「そりゃ間が悪いこった。もみ消そうって気持ちもわかるわな」

「とにかく」佐藤がひとつ咳ばらいした。「ぼくのところへ来るのはこれで最後にしていただけますか」

「まあそう言わないで」一転して服部が親しげに言う。「今度、飯でも奢るよ」

「結構です」

「二回目の犯行が余計だったね」服部がにやついていた。

「何のことですか」

「あんたの上司だよ。愉快犯の犯行に見せるつもりだったんだろうけど、他人の車を燃やしちゃったからね。これが自分の会社の敷地内だけの出来事なら、まだ収めようがあるんだけどね。ああ、ありがとう。もう帰っていいよ。悪かったね、こんな時間に」

佐藤が憮然とした表情で車を降りる。サンダルを引きずりながら、マンションの玄関へと消えていった。

服部は助手席に乗り換えると、腕をヘッドレストのうしろで組む。小さく伸びをしながら「ついてねえ男だ」とつぶやいた。

「過去に清和会とのいざこざがなければ、本庁が出張《でば》ることもなかったし、マスコミが注目することもなかったわけでしょう。ベタ記事にもならない事件だったのに」

「ええ、そうですね」エンジン・キーを捻り、車を発進させた。

「もっともそれだと、さっさと鎮か。……となると、ついてるんだか、ついていないんだか」服部は一人で苦笑いしている。「しかしまあ、二、三百の金で火を付けることはないだろうに。子供が授業いやさに学校に放火するのと同じだな」

服部はすっかりリラックスしている様子だった。上層部が時間稼ぎをしている間、及川の行確をすればいいだけなのだから、それも当然のことだろう。

「及川、カミさんにはどう言い訳してんのかね」いつもの仁丹を口にほうり込む。

九野は及川の妻のことを思った。

あの恭子という女こそ、最大の被害者なのかもしれない。一家の大黒柱と頼った男が、会社でつまらない不正を働き、火を放った。これが明るみになった時点で、恭子は今の暮らしのすべてを失うことになるのだ。いくら夫を信じていたとしても、平常心ではいられないだろう。心は揺れているはずだ。恭子は、自分と同じように、眠れない夜を過ごしている——。

アクセルを吹かした。低い排気音がうしろで響いている。

署に戻り、日報を書いていると佐伯《さえき》が刑事部屋へふらりと現れた。

「よお、遅くまでご苦労だな」うっすらと髭が浮いた顎を撫で、けだるそうに声を発する。

「当直ですか」

「ああ、さっき夫婦喧嘩の仲裁に駆り出されたばかりだ」

「災難ですね」九野が苦笑した。

「いっそ民営化して金でも取った方がいいんじゃねえのか、警察は」

佐伯はそんなひとりごとを言いながら、自分でお茶をいれている。

「ああ、そうだ」振り向いてひとつしわぶいた。「課長の机の上の週刊誌、見てみろ。明日発売の号だ。ハイテックスの例の第一発見者のことが出てるぞ」

「もう、ですか？」驚いて顔をあげた。

「週刊誌は遠慮なしだ。実名さえ出さなきゃ憶測でも平気で書きやがる」

課長の机に行き、週刊誌を手にした。ページをめくると、いかにも締め切り間際に突っ込んだと思われる小さな記事が載っていた。見出しには「ハイテックス放火事件で新事実、警察のとんだ勇み足」とある。

記事は証拠もなく清和会を痛めつけた警察を揶揄《やゆ》するもので、及川について詳しく触れられてはいなかったが、それでも第一発見者が新たに捜査線上に浮かんだことをはっきりと示唆していた。ひととおり記事を読んで席に戻った。

「管理官はゆでダコになってるぜ」佐伯が向かいのデスクに腰をおろす。「課長は青くなってるがな」

「もう任意で呼んだ方がいいでしょう」

「そうもいかん。こうなると引っぱるには何か物証が欲しいだろう」

「じゃあなおさら。記事を見たら証拠隠滅の恐れありですよ」

「……ああ、そうだな」

「横領の方で引っぱれるでしょう」

「それがな、ハイテックス本社の総務部長、海外出張だってよ」鼻でふんと笑った。

「総務担当の役員も一緒に」

「なんて奴らだ。逃げ切れるもんでもないでしょう」

「それから、保険会社には火災損失の保険金請求をしたそうだ」

「苦渋の選択ってやつですか」

「本庁が問い合わせたそうだ。そうなりゃあ請求しないと疑われるしな」

「じゃあ保険会社も調査に乗りだすわけですね」

「いいや。やらねえさ、連中は」佐伯が投げやりに言う。「無視して支払わねえんだよ。保険会社は自分から裁判を起こさないんだ。顧客が起こすのを待ってそれから腰をあげるのさ。それが連中の常套《じょうとう》手段よ。だから時間稼ぎにはなるわな」

「まったく、どいつもこいつも」

「知らんよ、おれは。もうどうだっていいだろう、こんなヤマ」

佐伯が背もたれに身体をあずけ、たばこに火を点けた。それを見て、九野も自分のたばこを取りだす。

「なんだ。おぬし、たばこ吸うのか」

ええと軽くうなずいた。「本庁にいたころは吸ってたんですよ」

「ふうん……ところで花村だがな、清和会のガサで借用書が出てきたってよ。まったく間抜けな野郎だ」

「そうですか」昨晩の、怒りに燃えた目を思いだした。

「これで懲戒は固いな。おとなしく辞表を書けばよかったものを」

「ああ、そうだ」九野が書類を書く手を休めた。「わたしの辞表はちゃんと止まってるんでしょうね」

「うん？　何の話だ」訝しげに九野を見る。

「なんだ、知らないんですか。坂田課長に言われて書いたんですよ。先月、ガキ共に怪我をさせた件で」

「嘘だろう」

「いえ、ほんとです。課長の指示で暴力犯係から調書も取られました」

みるみる佐伯の顔全体が赤くなった。「課長がか」

「ええ、そうですけど」

「宇田《うだ》係長は知ってんのか」

「そりゃあ知ってるでしょうよ」

佐伯は立ちあがると課長の机に向かい、引き出しを勝手に開けはじめた。

「何するんですか」

「決まってんだろう。そんなもん破っちまうのさ」

「まずいッスよ、それは」慌てて駆けより、佐伯を押さえた。

「馬鹿野郎。おぬし、こんな真似されて平気なのか」

「平気じゃないですけど」

「じゃあ怒れよ。騒げよ。何を澄ましてやがんだ」

「別に澄ましてなんか」

「うろっとしてると受理されちまうぞ。そんなことおぬしだってわかってんだろうが」

「主任、声が大きいから」部屋に居残っている数人の刑事たちがこちらを見ている。

「聞こえるように言ってんだよ。おれたちは将棋の駒じゃねえぞ。血が通ってんだぞ。てめえらの保身のために切り捨てられてたまるもんか」

佐伯の荒い息が九野の顔にかかった。「とにかく、落ちついて」懸命に押し戻す。

「いいか。絶対に辞めんじゃねえぞ。死んでも辞めんじゃねえぞ」

佐伯が血走った目をして唸っていた。

23

朝、茂則がゴミ袋を片手に家を出た。夫がマイカー通勤ではなくなり、バス停まで歩くことになったので、ついでとばかりに集積場に置いてくれるよう頼んだのだ。いってらっしゃいと玄関口で見送り、台所へと踵をかえしたところで、及川恭子はもうひとつゴミ袋があったことを思いだした。子供部屋から出たゴミをそのまま二階に放ってあった。

慌てて取りに走り、サンダルをつっかけて外に出た。茂則の姿は通りのずっと先にある。仕方ない、自分で捨てにいくか。そう口の中でつぶやいたとき、斜め前にワゴン車が停まっているのに気づいた。運転席の男と目が合う。男はさっと視線を避けた。

途端に胸騒ぎがした。後部座席にも人影が見えた。あきらかにビデオカメラらしきものを肩に担いでいた。そのレンズは茂則の背中に向けられている。退院した日と同じだ。警察だろうか。背筋に冷たいものが走る。うしろにも似たようなワゴンがあった。数人の男たちが乗っている。

振りかえると、バス停とは反対方向の路上にもワゴンが停めてあった。計三台だ。頭がぐるぐると回る。警察ではない。テレビ局だ。なぜか確信した。茂則の顔を撮るために、朝から自宅前に張り込んでいたのだ。

いちばん手前のワゴン車がエンジンをかけた。恭子は無意識のうちに駆けだし、その前に立ちはだかっていた。ゴミ袋を地面に置き、ボンネットをばんばんと叩いた。得体のしれない感情が溢れでてきた。

車内の男たちが一斉に顔をこわばらせた。運転手が窓から顔を出し、「すいません。どいてもらえませんか」と遠慮がちに声を発した。恭子はすかさず運転席の横に移動する。

「あなた方、ここで何をしてるんですか」強い口調で聞いた。

「いや、道に迷っただけですが」運転手がみえすいた嘘をつく。

「じゃあ、そのカメラは何ですか」

「ロケの帰りなんですよ」

「そんな嘘ついたって――」

「嘘じゃないです」

「あなたたち、うちの主人を撮ってたんでしょう」

「そんなことしてません」

「おい、いいよ」

そのとき、奥からリーダー格らしき男が身を乗りだして運転手に言った。後部座席のスライド式ドアが開き、口髭の男が降りてくる。「及川さんの奥さんですよね」そう言って名刺を差しだした。

「中央テレビの者です。昨日発売の『週刊ジャパン』はご覧になりましたか」

「いいえ……」

「ああ、そうですか。実はご主人のことが出てまして、失礼とは思ったんですが、ちよっと……」

「ちょっと何ですか」

「その、取材ということで」

「やっぱり夫を撮ったんですね」

詰問しながら男の言ったことが頭の中でふくらむ。週刊誌に茂則のことが載っていた？　全身の血が下りてゆく。顎がかすかに震えた。

「まあ、撮らせていただきましたけど……。でも撮ったっていっても、うちらの世界ではよくあることで、たとえば清和会の幹部連中の顔だってすでに撮ってあるわけです。もちろん流したりはしませんよ。その、なんて言うか」

「及川さんですか」

横から声がかかった。別のワゴンから降りてきた若い男がいつのまにかそばに来ていた。

「おまえら、あっち行ってろよ」口髭がとがった声を出す。「及川さんはうちと話をしてんだよ」

「いいじゃないですか。こっちも混ぜてくださいよ」

足音がして反対側に停めてあったワゴンからも男たちが近づいてきた。しかもビデオカメラを肩に担いでいる。

「なんですか、あなた方は。勝手に撮らないでください」

咄嗟に手で遮った。七、八人ほどの男たちに取り囲まれ、喉がからからに渇いた。

「おい、カメラは止めろよ。今日は亭主を撮るだけだってさっき取り決めたじゃねえか」口髭の男がいきなり乱暴な口を利きはじめる。

「だったら中央さんだけ抜けがけはしないでくださいよ」

「この人から話しかけてきたんだろうが。そもそも最初に来たのはおれらだぞ。あとから来ておいて勝手なこと言ってんじゃねえよ」

「及川さん、放火のあった日は、もともとご主人の宿直予定じゃなかったそうですが」カメラを向けられ、思わず身体をのけぞらせる。

「やめろって言ってんだろう」口髭が声を荒らげる。

「あんた黙ってろよ。音声が被っちまうだろう」

「馬鹿野郎。制作会社の下っ端がえらそうなこと言うんじゃねえ。デスク連れてこい、デスクを」

男たちはまるでチンピラのように言い争っていた。ふと我にかえり、周囲を見回す。隣家の主婦が窓から外の様子をうかがっていた。斜め前の家からは老婆が門扉のところまで出てきて、遠慮のない視線を向けていた。

目眩がした。ますます震えがひどくなった。

「及川さん、どうですかねえ、少しお時間をいただいて個別に話をお聞かせいただけませんか」誰かが言っている。「すぐに流すようなことはしません。わたしら、こう見えても人権には配慮しているつもりですから」うまく耳に入ってこなかった。

子供を放りっぱなしにしていることを思いだした。朝食の途中で外へ出てきたのだ。

恭子は男たちを押しのけ、ゴミ袋を拾いあげた。

「あ、ゴミなら我々が捨ててきますよ」口髭が言った。

「そうそう。だからお時間を」と別の男。

「おい。おれはそういうつもりで言ってんじゃねえよ」

「いいじゃないですか。なにも中央さんが仕切ることないでしょう」

「おまえら、あさましい真似すんじゃねえ」

「おまえらって言い方はないでしょう」

「うるさい」恭子は金切り声をあげた。自分の声の気がしなかった。

ゴミ袋を目の前の男めがけて振りおろした。

「ちょっと、何するんですか」

「うるさい、うるさい」

今度は顔が熱くなった。そうやって順に男たちにゴミ袋を打ちつけた。

もはやこの騒ぎが隠し通せるわけもなく、近所の人たちが通りに出てきた。目を合わせられなかった。

「おい、撮るなよ」

誰かの声にカメラが回っていることを知った。こんな屈辱はないと思った。カメラを担いでいる若者に体当たりすると、恭子は一目散に自宅へと駆けこんだ。

玄関に鍵をかけ、その場にへたりこんだ。心臓が口から飛び出そうだ。

「おかあさん、どうしたの」居間から香織が顔をのぞかせた。

「ううん。なんでもない」なんとか明るく返事をする。全身にびっしょりと汗をかいていた。「もう朝ご飯食べたの？」

「うん。健太はまだだけど」

「じゃあ食器は流しに運んでおいてね」

香織が奥へと消えていく。恭子は一回深呼吸すると、再び外に出た。子供の顔を見たら、これだけはしておかなければならないと思ったからだ。

まだ通りにたむろしている男たちに近寄った。

「子供が学校へ出かけるとき、絶対に撮らないでくださいね」感情を押し殺して告げた。

「あ、ええ……も、もちろんです」恭子の険しい表情に気圧されたのか、口髭の男がつかえながら答える。

斜め向かいの家の老婆が、男たちの輪の中にいた。遠慮がちに会釈してきた。おおかた情報収集をしているのだろう。この老婆によって、今朝の噂は町内に広まるのだ。

ぎこちない足取りで家に戻る。奥歯をかみしめ、拳を握りしめた。

いまは子供を送りだすことに全力を尽くそう。子供にうろたえた母親の姿を見せたくない。そう自分に言い聞かせて台所に立った。

「おかあさん、どうかしたの」

香織が不安げな表情で聞いてくる。上の子だけあって、母親の異変に気づいたようだった。「ううん。別に」笑って答える。声が少しか細かったけれど。

「今日、おかあさん、用事があるから児童館で遊んでてね。六時までには帰るから」

「うん」「わかった」香織と健太が交互にうなずく。

「冷蔵庫にケーキあるから、帰ったら食べてね」なんとか普通に言うことができた。

だが長くはもちそうにない。お茶を出してやり、「忘れ物しないように」と言って洗面所に置いてある洗濯機の前まで歩いた。洗濯物を中に入れ、洗剤を振りかける。スイッチを押すと水が音をたてて流れだした。

あらためて震えがきた。まるで体温が奪われてしまったかのようだ。

テレビ局の男は週刊誌に書いてあったと言っていた。いったい何が書いてあるのだろう。そういえば茂則の宿直のことについて聞かれた気がする。とにかく週刊誌を買い求めよう。読みたくもないけれど、読まないと余計に怖い。

恭子は朝食を摂らないで、ずっと洗濯機の前にいた。八時に子供たちが出かけると、急いで自転車を駆って近くのコンビニまで行った。テレビ局の男が言っていた週刊誌をその場でパラパラとめくる。なかなか見つからなかった。サラリーマン向けの週刊誌などめったに読まないので、目次を探すのも一苦労だ。細かく並んだ見出しを目で追っていく。「放火事件」の文字が見つかり、ひと呼吸おいてからそのページをめくった。

三分の一ページほどの小さな記事だった。ざっと目を通す。「ハイテックス」の会社名が書かれている。茂則の名はない。どちらかというと、証拠もないのに暴力団をたたいた警察をからかう内容だった。もっと凄いことを想像していたので、最悪の事態だけは避けられた気がした。

買おうかどうか思案し、やめることにした。こんな忌まわしいものを手元に置いておきたくない。

さてどうしようか。このままスーパーへ行くにしては時間が早すぎるし、家には帰りたくない。

とりあえず自転車を漕ぎ、たまたま目についた公園の前で停めた。中に入り、ベンチに腰かける。

時間が早いせいか子供を遊ばせる主婦たちもいない。恭子はぼんやりと空を見上げていた。仕事を休みたいがそうもいかない。今日はパートがひけたあと、小室と弁護士の荻原と伴って社長に面談を求める予定になっている。

難問山積だな。ため息をついた。今日は何日だっけ。四月の十五日だ。もうすぐゴールデンウィークだ。北海道旅行はすでに申し込んでしまった。はたして自分たちは北海道に行けるのだろうか。そのころ自分はどうしているのだろう。

あの週刊誌ははたしてどのくらいの影響力があるのか。見当もつかない。けれど心当たりのある人間が読めば、たちまち噂として広がるのだろう。恐らく茂則の会社でも。

全身が落ち着かない。身体の中で虫でもうごめいている感じがした。

週刊誌か……。やはりこれは決定的な出来事だ。濁流が、とうとう堰《せき》を越えはじめたようなものなのだ。

恭子がベンチから立ちあがる。ひょっとしたら自分の読み落としで、茂則の名が出ていたのではないか。そんな気がしたのだ。じっとしていられない。急いで自転車を走らせ、さっきと同じコンビニに戻った。

また雑誌コーナーに立ち、週刊誌をめくる。夫の名前はなかったが、ハイテックスの本城支社に当日、会計監査が入る予定だったことが書いてあった。だめだ。誰が読んでも第一発見者が怪しいと思う内容だ。

どうしてさっきは多少なりとも安堵したのだろう。自分が信じられなかった。これこそ最悪の事態ではないか。だいいち、この記事を読んでテレビ局が押し寄せたのだ。

ふと横を向くと、大きな鏡に自分が映っていた。すぐさま目をそらした。そこには青い顔をした三十女がいたからだ。

週刊誌を買うことにした。どうせ気にかかってしょうがないのだ。夫の目に触れないよう、そのページだけ破って持っていればいい。

子供たちは大丈夫だろうか。不意に頭に浮かんだ。親が週刊誌を読んで、吹き込む可能性は大いに考えられる。

いやになった。今日がはじまることも、明日があることも。

恭子は一旦自宅に戻るために自転車を漕いだ。青い空がうらめしかった。

スーパーで仕事をしていても落ち着かなかった。倉庫の男の子たちは普段どおりなので、たぶん週刊誌のことは知らないのだろう。淑子や久美もいつもと変わらないが、いずれは全員に知れ渡るのだろうなと思った。小さな職場で、この噂が広まらないほうがおかしい。そうなったらどうしよう。今以上に居づらくなる。

いっそパートを辞めたらどうだろうと考えた。抱えている問題のひとつはそうするだけで簡単に解決する。いやそれはできない。小室たちに申し訳ないし、そもそも今は一人になりたくないのだ。家に一人で置かれたら、ますます気が滅入ってしまう。

荷物の積み降ろしをしながら、恭子は身体の奥底から湧いてくる不安感と戦っていた。地に足が付かず、腕にも力が入らなかった。

「及川さん」

背中に声をかけられ、振りかえると課長の池田が立っていた。

「今日、なんかたくらんでるみたいですね」

顔を曇らせている。恭子は質問には答えず、額の汗を軍手で拭った。

「荻原とかいう弁護士から本店に電話がかかってきて、今日どうしても社長に時間をとっていただきたいと言ったそうですよ」

「そうですか」

「そうですかって、及川さん、あなたもそのグループの一員なわけでしょう」

「ええ、そうですけど」

「ひとつ確認しておきたいことがあるんですけどね。及川さん、もしも要求が通ったとしたら、このままうちで働き続けるつもりですか」

「……そのつもりですけど」

「そうかなあ」池田がぎこちない笑みを見せる。「ぼくにはそんな気はないように思えるんだけどなあ。人の職場、かき回して、さっさと辞めちゃうんじゃないですか」

「そんなことは――」

「だって居づらいでしょう、普通の神経なら。及川さん、そんなに図太い人でしたっけ」

「とにかく、働かせてもらうつもりですから」目を合わせないで答えた。

「でも、いいんですか、こんなことに熱中してて。及川さん、うちのことの方が大変でしょう」

恭子が顔を上げる。背筋が凍りついた。

「ご主人のことを心配なさった方がいいんじゃないですか」それだけ言って池田がこの場を去ろうとした。

「ちょっと待ってください」背中に声をかけた。「どういうことでしょうか」

「どういうことって……」池田が立ち止まり、口ごもっている。

「週刊誌に書いてあったことでしょうか」今度は顔が熱くなった。

「まあ、そうですけど……」

「あんなの嘘ですから、信じないでください。勘ぐって、いいかげんな噂、流さないでください。うちの主人は潔白です。マスコミなんか、証拠もないのに憶測だけでものを言うし、面白ければいいって無責任なこと平気で書くし」自分でも驚くほどの大声だった。剣幕に圧されてか池田は黙っている。周りの男の子たちが作業の手を止めてこっちを見ていた。「松本サリン事件だって、こんなふうにして無実の人が犯人扱いされたでしょう。こういうのって一旦疑われたら、わたしたち普通の市民はどうすることもできないし、ほんとに困るんです。課長さん、噂が人を傷つけるとか考えたことはないんですか」

「あ、いや……ぼくは別に」

「とにかく、勝手な噂話をしないでください。知りたいことがあるのなら直接わたしに聞いてください」

池田が目を伏せ、逃げるようにして去っていく。男の子たちがまだ恭子を見ていたので彼らにも言った。

「君たちも週刊誌、読んだの？」

「あ、いや、おれらは読んでません」リーダー格の男の子が遠慮がちに答えた。

「でも課長さんから聞かされたんだ」

「あ、はい」

「なんて言ってたか知らないけど、全部嘘だから。ほんと、全部でっちあげなんだから」

「はい……」

ひとしきりまくしたて、恭子は荒い息を吐いた。そうか、やっぱりみんな知っていたのか。知らないふりをしていただけなのだ。淑子も久美も。

いよいよ来るべき日が来たな。そう思い、すぐさま自分の中で打ち消した。来たのではなく、これが始まりなのだ。たぶん今日、何かに向けてのカウントダウンが始まったのだ。それが何かは考えたくもない。


仕事を終えると、そのまま待ち合わせの喫茶店へと自転車を漕いだ。ここで合流し、小室の用意した車で本店へと向かう手筈《てはず》になっている。到着して中に入ろうとしたとき、ちょうど小室たちが車でやってきた。てっきり自家用車だと思っていたのに、目の前に停車したのは屋根に拡声器がついたマイクロバスだった。

「及川さん、行くわよ」小室が助手席から顔を出す。マイクロバスの中をのぞくと、知らない人も含めて七、八人の男女が乗っていた。

蛇腹《じゃばら》式のドアが開き、弁護士の荻原が降りてきた。「さあさあ、早く乗って。いよいよ団交の日が来ましたよ」そう言って白い歯を見せた。

背中を押され、乗車した。小室が早口でメンバーを紹介した。一度会った他店のパートもいて、笑顔で会釈をかわす。それ以外の人はどうやら小室の市民運動の仲間らしかった。口々に「よろしくね」と握手を求められた。

「ねえねえこの人でしょ。スマイルの社長相手に一歩も引かなかった人って」

いかにも積極的そうな、目に自信が溢れている三十くらいの女が言った。

「そうよ。わたしがスカウトしたの」自慢げに小室が答える。

「頼もしいわあ。及川さん、一緒に頑張りましょうね」今度は肩を揺すられた。

恭子は戸惑いながらも笑みを返す。ふと足元を見たら段ボール箱に詰まったビラがあった。「スーパー『スマイル』の労基法違反を糾《ただ》す！」という勢いのある手書き文字が見えた。どきりとした。小室はこれを配るつもりなのだろうか。前の座席のコンソールボックスにはハンドマイクもあった。自分が思っていたより、事はずっと大きくなっているようだ。

「及川さん」荻原が声をかけてきた。「学生時代、弁論大会に出たとか、応援団にいたとか、そういう経験はありますか」

「いいえ」

「じゃあ、最初は緊張するかもしれませんが、一度大声を出すとあとはもう慣れますから」

「はい……」

「快感よ」小室が振りかえって弾んだ声を出した。「うしろにいる大野さんなんか、初めは足が震えてたの。でも、マイク持って『社長、出てこーい』って叫んだら、だんだん声が大きくなって、最後は大演説はじめちゃったの」

「そうなの」今度は、その大野という、年配なのに髪を三つ編みにした女が親しげに恭子の腕をつかんだ。「及川さんもきっと病みつきになっちゃうから」

もしかすると、自分はマイクで何かをしゃべらされるのだろうか。そんな話は聞いていない。団体交渉といっても、あくまでも経営者側と膝を突きあわせて談判するものだと思っていた。

もっとも恭子の中に臆する気持ちはなかった。それどころか、望むところだという感情もあった。どうせ朝からめちゃめちゃな一日なのだ。

車の中は賑やかだった。それぞれがどこかハイになっていて、社長は絶対に法廷の場に引きずり出そうとか、この次は『赤旗』に記事にしてもらおうとか、ふだん恭子が耳にすることのない勇ましい台詞が飛び交っていた。

そんな彼らの様子を見ながら、恭子の気持ちも徐々にときほぐされていった。こういう世界があることに驚きつつ、あらためて自分のいた場所の閉塞性を思った。

これまで、自分の得にならないことは何ひとつやろうとはしなかった。面倒なことはすべて関わりを避けてきた。でもここにいる人たちはちがう。信念を持っている。戦うことはきっと怖くない。戦わないから、いつまでたっても臆病なのだ。淑子や久美は助けにならなかった。恨む気持ちはないけれど、どこか見下したのも事実だった。女の仲良しなんて、所詮はおしゃべり相手にすぎないのだ。

十五分ほどで多摩の本店に到着した。業者用の駐車場にマイクロバスを入れ、総勢九人で通用口へと向かった。

そこでは制服姿の警備員が待ち構えていた。体格のいい男が二人、入り口を塞ぐようにして立っている。そのうしろには背広を着た初老の社員が顔をこわばらせ、両腕を広げている。若い社員も数人いた。

「社長はいるか」荻原がよく透る声を響かせた。いきなりの喧嘩腰に恭子は驚いた。ついさっきまでの柔和《にゅうわ》な表情が嘘のようだ。

「社長はあなた方とはお会いしません」痩せた初老の社員が頬の筋肉をひきつらせて言った。

「おまえは誰だ」

「わたしは専務の小林です」

「おまえに雇用に関する決定権はあるのか」

「ええ、あります」

「嘘だ。おまえじゃ話にならん。社長に会わせろ」

荻原が前に進もうとする。警備員が前に立ちはだかり、胸を反らした。

「なんだ、どきなさい」かまわず歩を進める。身体と身体が接触した。警備員が押しかえし、荻原はよろけて尻餅をついた。それはわざと倒れたように見えた。「暴力だ、暴力だ。どこの警備会社だ。名を名乗れ」

「ちょっと、何をしてるんですか。勝手に撮らないでください」

専務の声が裏返る。うしろを見ると仲間の一人がビデオカメラを回していた。その用意周到ぶりに恭子は呆気《あっけ》にとられている。

「撮られて都合の悪いことでもあるのか」

「いや、とにかく、ちょっと……」

「社長を出さないと店の前で演説することになりますよ」

小室がたたみかけるように声を張りあげた。専務はうろたえているだけだ。

「ビラも用意してあるんですよ。このあとすべての店舗前で配ることになります。それでもいいんですか」

小室は相手を睨みつけていた。これまでとはまるで別人だ。ほかの仲間も口々に「社長を出せ」「団交に応じろ」とがなりたてている。声を出していないのは恭子だけだった。

これではいけないと思い、一声あげた。

「社長を出せ」

自分の声なのに鼓膜の外側から聞こえた。もう一回。

「社長を出せーっ」

声を振り絞る。何かが腹の中からすうっと抜けでた気がした。緊張がいっきに解けた。

「パート労働法で認められた権利を踏みにじるつもりか。主婦がいつまでも言いなりになっていると思ったら大まちがいだぞ」

すらすらと言葉が出た。小室がちらりとこちらを見た。表情に変化はないが目で分かりあえた。自分は仲間として認められたと思った。

「とにかく、帰ってください」専務が顔を歪める。前髪がぱらりと垂れ、頭の地肌が見えた。「あんたらむちゃくちゃじゃないか。いきなり押しかけてきて、大声出して」

「ちゃんと連絡したじゃないか。経営側としての責任を果たせ」と荻原。

「おまえみたいな犬じゃ話にならん。飼い主を出せ」と小室。

「犬とは何だ、犬とは」髪を直しながら、専務が顔を真っ赤にした。

「犬は犬だ。餌《えさ》をもらうためなら何でもやるんだろう」

「そうだそうだ。犬らしく三べん回ってワンと言ってみろ」

「ふざけるなっ」専務の声が裏返った。「お、おれは」声が震えている。「三十年間、この仕事をやってるんだ。真面目にやってきたんだ」

「それがどうした。犬の一生など聞きたくもないぞ」

「人を侮辱するなっ」

「侮辱してるのはそっちだ。法律も守らないでえらそうなことを言うな」

専務が何か言おうとして口をパクパク開けている。目は怒りに満ち、こめかみには見事な青筋が立っていた。

「ほら、脳溢血《のういっけつ》を起こす前にどいたどいた。可愛い孫と遊べなくなるぞ」

小室は容赦がなかった。うしろにいる若い社員たちはまるで役に立たない。おそらく社会に出て初めての体験なのだろう。蒼白の面持ちで立ちすくんでいる。いつのまにか搬入の業者たちが遠巻きに眺めていた。

「どうするんだ。このまま店舗前での抗議行動に移ってやろうか」荻原がここぞとばかりに一歩踏みだす。「困るのはそっちだぞ。時間をやるから社長と相談してこい」

「う、うるさい。貴様らの指図は受けん。帰らんと警察を呼ぶぞ」専務がやっとのことで口を開いた。「おい、一一〇番だ」部下に怒鳴り散らす。興奮しきっている様子だった。

「一一〇番か……」荻原が急に口調を変えた。「そいつは困ったぞ」腕を組み、何やら思案している。「ここはスーパーの敷地内になるわけだし、街宣をするにも道路使用許可は取ってないし……」

「そうだ。あんたら不法侵入だろう。わかればさっさと帰れ」

「いや、待てよ。呼んでもらってもいいかな」荻原が顔をあげた。「この前の通り、いつも駐車違反の車でごったがえしてるんだよな。ここのスーパー、駐車場がないから。警察はこのことをどう考えているのか、一回聞いてみるのもいいかな。いや、前もね、こういうことがあったんだよ。大型ディスカウント店が駐車場も持たないでやってるものだから、前の道路がいつも違法駐車の車だらけで。それで調べてみたら店側が地元署に毎年付け届けをしてたのがわかってね……」

みるみる専務の顔が青くなった。

「じゃあ呼びなさい。ちょうどいい。一石二鳥だ」

「あ、いや、それは」専務がしどろもどろになった。

「おいっ」荻原が一喝する。「さっさと社長を出せ。くだらん時間稼ぎなどするな。おまえみたいな犬っころに我々の相手ができるとでも思ってるのか」

警備員を押しのけて中に入ろうとした。小室たちがあとに続く。仲間の一人が恭子の腕を取った。みんなでスクラムを組むような形になって前に進んだ。

警備員が慌てて入り口を塞《ふさ》ごうとする。押し合いがはじまった。

「金で雇われれば何でもするのか」と小室。

「そうだ。どっちが正しいか自分の頭で考えてみろ」恭子も大声を発した。

そのとき通路の奥に人影が見えた。ズボンのポケットに手を突っ込み険しい形相をしている。社長だとわかった。伸びたパーマ頭が白菜の葉のように立っていた。

「みなさん、あれが社長ですよ」恭子が身を乗りだして指さした。「あの太った人がここの社長です」

「こらァ、太った人とはなんだ」社長が怒鳴り声をあげる。顎の肉が揺れた。血相を変えて近寄ってきた。

「社長、ここはわたくし共に」専務が身体の向きを変え、社長を止めようとする。

「やかましい。わたしにお任せをって言うから任せてみりゃあ、てめえ、ババアどもにやり込められてるだけじゃねえか」

「ババアですって」

「うるさい。てめえら、おれの店がいやならさっさと辞めりゃあいいだろう。有給休暇が欲しい？　退職金よこせ？　何を寝言ぬかしてやがる」

「あんた、いまおれの店と言ったな」荻原が社長と向き合った。

「言ったがどうした」

「自分の思いどおりにしたいなら会社なんか作るんじゃない。個人商店のまま乾物でも売ってろ。会社にした以上は従業員に対しても社会に対しても責任が生じるんだ。そんなこともわからんのか、この馬鹿社長が」

「馬鹿社長？　なんだと、このアカが」社長が荻原につかみかかろうとする。「てめえだな、裏で糸を引いてるって弁護士は」

「いけません。相手になっちゃ」専務が抱きかかえた。

「離せこの野郎。もう頭にきたぞ。いい歳して共産主義なんかにかぶれやがって。おまえら雇われる側だから勝手なこと言ってやがんだ。経営者になってみろ。真っ先に悲鳴上げるに決まってんだ。虫喰いのジャガイモつかまされたとき、おまえら助けてくれたか。総菜で食中毒出したとき、おまえら給料返上したか。涼しい顔して家に帰っていくだけだろうが」社長は猛り狂っていた。目を剝き、歯をぎりぎりと鳴らしている。「手形が落ちなくて眠れねえ夜があったか。地回りと揉めて女房子供を実家に帰したことがあるか。取引先に小馬鹿にされて、帰り道、夕焼けを見ながらああおれは孤独だと思ったことがあるか。ありゃしめえ。おまえら餌が少ないってブーブー鳴いてる豚と一緒だ」

「おい、許さんぞ。いまの発言は」荻原がつばきを飛ばす。

「何が許さんぞだ。ビラなんぞ撒いてみやがれ。とっとと店畳んで不動産屋に売り飛ばしてやる。そうなりゃあパートからも近所の主婦からも恨まれるぞ」

「そんなくだらん脅しに誰がのるか」

「じゃあやれ。好きなようにしろ。おれは絶対に屈しないぞ。一生暮らせるだけの金はあるんだ」

「もうおまえは絶対に許さん。意地でも法廷に引っぱり出してやる」

「だからその前に店を畳むって言ってるだろう」

「社長、お願いですから……」専務は泣きそうな顔でおろおろとうろたえている。

「うるさいっ」

社長は専務を振りほどくと、通用口へと消えていった。残された社員たちはその場に立ちつくし、口が利けないでいた。

「なんだあの男は。よくあんな態度で会社をもたせてきたな」

荻原は怒りで顔を紅潮させている。耳たぶまで赤かった。

「弁護士さん」専務がこれまでとはうってかわった懇願調の声で言った。「なんとかご勘弁いただけませんか。うちの社長はああいった性格で……」泣きそうな顔で深々と頭を下げた。

「だめだ。なんならあんたらも救ってやるぞ。明日にでも組合を作れ。わたしが相談にのってやる」

「このとおりです。なんとかご勘弁を」荻原にすがりついた。

「だめだめ。あんたらが言いなりになってるから、長い年月をかけてああいう異常な人格ができあがるんだ」

「そこをなんとか」

初老の男が必死に頭を下げていた。また髪が垂れ、地肌があらわになる。その姿を見て恭子は気の毒になった。でも悪いのは自分たちではない。あの社長が部下までをも苦しめているのだ。

「じゃあ、みなさん。早速抗議行動に移ります」荻原が向き直って言った。「車を移動してください。店の前でビラを配りましょう。マイクは小室さんにお願いしていいですか」

「任せて。わたしたちを怒らせたらどうなるか思い知らせてやるわ」

「ほんとに、なんとかなりませんか。社長に内緒で、パートのみなさんには別の手当を付けてもいいし、和解金を払ってもいいし」

「もうおまえに用はない。帰って社長の靴でも磨いてろ」

本当に犬でも追い払うように手をひらひらさせた。専務は顔を歪めている。

荻原の先導で店の前に回った。ビラを渡され、スーパーの入り口付近に陣取る。敷地内には入らないようにと荻原の指示があったので歩道で客に配った。ふと見ると、ワゴンの横っ腹には横断幕が吊るされていた。「パートは奴隷ではない」という大きな文字が見えた。これだけでもスマイルが大きな打撃をこうむることは容易に想像できた。小室がマイクを握る。

「ご通行中のみなさん。少しだけお騒がせします。みなさんが毎日利用なされるスーパー、スマイルは、法律で定められたパートタイム労働法を守っていません。パートの有給休暇を認めないばかりか、満足な雇用契約すら結ぼうとしません」

丁寧な口調だが、その声は力強さに溢れていた。原稿もないのにすらすらと言葉が紡《つむ》ぎだされていく。場数を踏んでいることはすぐにわかった。聞き惚れるほどだった。

恭子は口元に笑みを作ってビラを配った。その方が効果的だと思い、自らそうした。不思議な充実感があった。

「ねえ、及川さん」小室がそばにやって来た。「あなたもマイクで何か言いなさいよ」

「いえ、そんな、わたしは」慌ててかぶりをふった。そんな経験、子供のころからずっとない。

「大丈夫よ。乱暴でもいいんだから。社長は隠れてないで出てこいとか、それくらいのこと言ってみなさいよ」

「でも、わたし」

「勇気出して。最初だけ、緊張するのは」

無理矢理マイクを押しつけられた。頭がぼうっとした。肩から上に血が昇っていくのがわかった。背中を押され、ワゴンの横に立つ。「わたしは……」拒むつもりだったのに声が出た。誰かに操られているような感じだった。

「もっと大きく」小室が人懐こい笑みを見せる。

「わたしは」おなかから声を出した。「本城店で働いているパート従業員です」

拡声器から流れた自分の声が、建物に跳ねかえって響いていた。

「このスーパーのパートに対する待遇は少しおかしいと思います」

「そうそう。その調子、その調子」小室が手をたたいていた。

「法律によってパートにも有給休暇が認められているにもかかわらず、スマイルはそれを与えようとしません。異議を唱えると、わたしはレジ係から倉庫の肉体労働に回されました。これはあきらかないやがらせです。家庭の主婦相手に商売をしているスーパーが、実は主婦の敵だったのです。ここの社長は客をナメてます。近くに競争相手がいないことをいいことに、少々勝手をしても客は逃げないとたかをくっているのです」

通行人に見られているはずなのに、なぜか気にならなかった。うわずっていた声もすっかり落ちついている。

「それから、ここで売っている肉の内容量はトレイ込みの重さです。ネギトロは本当のトロではありません。余った赤身に油を混ぜて練ってあるだけです。これってインチキだと思います」

荻原が腹を抱えて笑っていた。ほかの仲間たちも顔をほころばせている。周囲をうかがう余裕も出てきた。立ち止まって恭子の演説を聞いている人がいる。店の中からは従業員たちが困惑顔でこちらを見ていた。

「みんな、人に嫌われるのがいやで、ついつい我慢してると思うんです。自分が我慢すれば波風は立たないって。でも、黙っていると世の中何も変わらないと思うんです。一人一人は弱くても、みんなが力を合わせれば変えられるはずなんです。たとえば、これから一週間スマイルでは買い物をしないって決めて、多少不便でも隣町のスーパーへ足を運ぶとか、それだけでもスマイルは慌てて商品の値段を下げたり、グラム数をごまかさないようになったりするはずです。大事なのはわたしたちは馬鹿じゃないぞって思い知らせることで……」

ずいぶん話がそれてるなと思ったが、止まらなかった。それより自分が堂々としていることに驚いていた。自分だって捨てたものじゃない。これまで戦う機会がなかっただけのことなのだ。

足元で何かが砕ける音がした。同時に液体のようなものがズボンにかかった。何だろうと思う間もなく、白い物体が恭子めがけて飛んできた。反射的にそれを避けた。

ワゴンの窓に当たる。振りかえると卵がひしゃげていた。

「おい、何をするか」荻原の怒号が飛ぶ。

「うるせえ」

社長が真っ赤な顔をして入り口付近で仁王立ちしていた。手には卵のパックを持っている。この男が投げつけているのだとやっとわかった。

「中学生みたいなこと言いやがって。世間は学級会じゃねえぞ。てめえらの亭主だって小さな嘘ついて、ごまかしやって、他人を蹴落として、そうやって給料を稼いでんだ。てめえらはその金で飯喰ったり服買ったりしてんだぞ。汚れたことのねえ奴がきれいごとを言うんだ」

口角泡を飛ばしてわめいている。慌てたのは恭子たちよりスマイルの社員だった。専務が顔をひきつらせて社長を取り押さえ、若い男たちも加わって社長を奥に連れていこうとする。あたりは騒然となった。

「哀れな男……」横に来ていた小室が汚いものでも見るような目をして言った。「これで勝ったも同然ね」

「あ、はい」

「でも油断しちゃだめよ。あの社長は徹底的に糾弾してやるんだから」

社長は社員の手で奥に連れ去られ、マイクは再び小室が握った。スマイルがパート差別している実情を繰りかえし説いていた。演説している小室は輝いて見えた。そうすることが生きがいでもあるかのように。

恭子は百枚以上のビラを配った。これで心が晴れるわけもないが、その最中は何もかも忘れていられた。荻原からは当分抗議行動を続けるが参加できるかと聞かれ、恭子は二つ返事で了承した。自分も心のどこかでそれを期待していた。小室や荻原に引っぱっていってほしい。このままどこかへ連れ去ってもらいたいくらいだ。

24

及川が急行のひとつ手前の駅で降りるのは、もはや日課となっていた。時間も決まっている。午後七時十分に到着し、無表情のまま、駅前商店街へと向かうのだ。

当然、会社は定時に退社していた。いつも一人で、同僚らしき社員と口を利くこともなかった。及川の会社での日常がどんなものであるか、その不安定な背中を見ていれば容易に想像がついた。及川のうしろ姿はどこか緊張感が漂い、家に帰ってくつろぐだけの人々の群れの中で、あきらかに異質なものとして映った。

九野薫は行確を続けながら、頭から感情を追い払う努力をしていた。及川をただの対象物として見たかった。居場所がどこにもない中年男を尾行するのは、憎悪よりも哀れみが先にたつ。

ここ数日で、捜査本部の雰囲気はますます悪くなった。本庁の四課から来ている捜査員たちは完全に白けきり、清和会を散々たたいた後始末を本城署に押しつけようとしていた。もちろん彼らは、元凶が同じ本庁の服部だということを承知している。だから余計に怒りのやり場がないのだろう。

服部は面の皮がよほど厚いのか平然としている。どうせあと一週間もすればハイテックスが屈して及川を業務上横領で告発し、その勾留期間中に本件も自白するだろうと、まるで他人事のように解説した。

今夜も、服部は駅前派出所で待機だ。代わりましょうか、とも言わなかった。

及川はいつも同じ定食屋で夕食をとった。すなわちそれは、九野がはす向かいのラーメン屋でラーメンを食べるということだった。

食べ終わると九野はたばこに火を点ける。ニコチンがだんだん身体に馴染んでいくのが自分でもわかった。とくに後悔はない。早苗に言われてやめたたばこだが、今は健康すぎても困るだろうという思いがある。

九野は自分の先行きを想像するのがいやだった。平均寿命まで生きるとしたらあと四十年もある。早苗のいない人生――。考えるだけでもむなしい気持ちになる。

及川が爪楊枝をくわえて店を出てきた。九野も勘定を済ませ、通りに出た。アーケードを駅とは反対の方向へと歩いていく。またパチンコにでも行くのだろう。もう三日連続となるが、及川は一度も勝っていない。景品交換所へ足を向けていないからだ。

九野も合計で五万円ほどいかれていた。ろくに盤を見ていないのだから仕方がないが、経費で落ちそうもないことを思うと気分が暗くなる。

歩きながら尻ポケットの財布に手をやった。今日は一万円までにしておこうと思う。どうせ裏口はないのだから、すったあとは表で待てばいい。

ところが及川はパチンコ屋の前を通り過ぎた。横目で中の様子をうかがっただけで、立ち止まることもなく歩を進めたのだ。

どうするつもりかと訝っていると、及川は二軒隣の小さな映画館に入った。おそらく今夜は最初から映画館で時間を潰すつもりだったのだろう。及川は自然な足どりで入り口をくぐっていった。

通りの手前から看板を見上げた。聞いたこともない洋画のタイトルが、見たこともない役者の似顔絵に被さっている。外で待つか中に入るか少し迷い、自分も入ることにした。服部にはその旨を携帯で知らせた。

切符売り場で身を屈め、プラスチックボードの穴に千円札二枚を差しいれた。

事務服を着た中年の女がぎょっとした顔をした。

「もう始まってますよ」

「あ、そう。それでもいいですよ」

「でも、これ、本日の最終回ですよ」

そう言われて目の前の時間割を見る。始まってすでに一時間近くも経っており、入っても二時間の映画の後半部分しか見られないことがわかった。

「それでもいいから」

たぶん、及川にも同じことを聞いたのだろう。二人続けて変な客が来たのだ。女は信じられないといったふうにお釣りと入場券を差しだすと、感情を害したような目で九野を見つめていた。

売店で缶コーヒーを買った。プルトップを引き、一口つける。それを手にしたままドアを開けた。

本当に小さな映画館だった。席は二百ほどしかなく、スクリーンも小さい。暗闇に慣れようとしばらくうしろで立つことにした。

客の頭は数えるほどしかない。たぶん二十人ほどだ。見渡すと、及川はすぐに見つかった。中程の席に浅く腰をおろしている。スクリーンの光でその横顔が白くなったり赤くなったりした。目は正面に向けられているが、どこにも焦点が合っていないように見える。

九野はいちばんうしろの端の席に腰を深く沈めた。スクリーンでは男と女が言い争っている。途中なのでストーリーはわからない。どうやら軽い感じのラブコメディらしかったが、客席からは何の反応もなく、映画の音声ばかりが甲高く空間に響いていた。

パチンコよりは安上がり、か。口の中でそうつぶやいた。

毎晩時間潰しに一万円以上を費やしていたら、今の及川の財布などたちまち空になってしまうのだろう。これからは残業代もつかないにちがいない。そしてその先のこととなると……。

考えまいとしていたことなのに、九野の頭に及川の今後のことが浮かんだ。

いつになるのかわからないが、まちがいなく及川は逮捕される。となれば、及川の家族は大きな波にのみこまれることになるだろう。子供は学校でうしろ指をさされ、妻の恭子は地域から孤立する。あの買ったばかりの家に住み続けるのも、かなり困難と言わざるをえない。だいいち及川は仕事を失う。それどころか放火は重罪で、実刑は確実だ。

ささいな窃盗でも、家族の暮らしは簡単に崩壊する。そんな例はいくつも見てきた。この国では、犯罪者を出せば家族も同罪なのだ。

目を閉じる。てのひらで顔をこすった。

警官になって十年以上。若いころは何とも思わなかったことが、近ごろやけに身に滲みた。平凡な人間が魔がさして犯した罪は、解決を見たとしても後味が悪い。

映画は九時過ぎに終わった。場内の明かりが灯る前に外に出た。携帯で服部に報告する。及川は映画館を出ると、腕時計に目をやり、その場でしばらく考えごとをしていた。

まだ時間が潰し足りないのか、及川は駅には向かわず、さらにアーケード下を奥に進んだ。商店はあらかた閉まっている。いつ方向転換するともしれないので、九野は追うのをやめて路地の陰から眺めていた。しばらく歩き、立ち止まり、天井を見上げ、また歩を進める。まさに行くあてのない男の足どりだった。

途中、赤提灯の店をガラス越しにのぞいた。内ポケットから財布を取りだし、札を数えている。入るのかなと思ったが素通りし、今度はけばけばしいネオンが瞬く店の前で止まった。九野が少しだけ近づく。「ビデオ個室鑑賞」という看板の文字が見えた。千五百円という値段も書いてある。

及川はそのビルの細い階段を上がっていった。今の及川がアダルトビデオを見たい心境とは思えないので、財布と相談したのだろう。

服部に連絡するのはやめた。残酷に笑うに決まっている。

九野は路上の目立たない場所で待った。たばこを何本も吹かす。通行人はすでにまばらで、アーケード内に流れるＢＧＭもやんでいた。ときおり、スナックからカラオケの音が漏れてくる。通りを風が吹きぬけていった。目を細めてその風を浴びた。

斜め向かいの食堂で、初老の女が暖簾を外していた。その姿を見たら急に義母の声が聞きたくなった。ポケットから携帯電話を取りだす。

この夜はすぐに義母が出た。ただし夜分の電話だけに警戒したような声だった。

「おかあさん。薫《かおる》です」

「ああ、薫君」安堵の息がもれるのがわかる。

「まだ変な男から電話かかってくるんですか」

「ううん……もう平気」

その明るい答え方を聞いて九野も安心した。笑顔まで想像できた。

「風邪とか、ひいてませんか」

「元気よ。だいいちもう暖かいじゃない」

「それはそうですけど」

「薫君は元気なの？」

「ええ、元気ですよ。あ、そうだ。そろそろ早苗の花を替えないと。昼間は時間があるんです。明日あたりそっちに行きたいんですけど」

「あら、そう。じゃあ家にいるようにする。どうせならお昼、食べてってよ」

「そうですね。では遠慮なく」

「何が食べたいの」

「面倒じゃなかったらちらし寿司がいいんですが」

「うん、わかった。薫君、ちらし寿司が好物だものね」

「不動産屋、まだ来るんですか」

「あれからは来てないけど」

「売るなんて言わないでくださいね」

「ふふ……そうね」

義母は機嫌がよさそうだ。「じゃあ明日」と言って電話を切った。

義母の声を聞いたせいで、少しだけ憂鬱な気持ちが薄まった。

明日は一度、養子縁組の話をしてみようか。そんなことを考えた。本当の家族になれば、義母だって老後が安心なはずだ。

またたばこに火を点けた。及川の入ったビルをぼんやり眺めながら紫煙をくゆらせた。

首の骨を鳴らす。たばこの赤い火種に目をやり、これで当分は喫煙者だなと乾いた気持ちで思った。

午後十時過ぎに及川は出てきた。急ぎ足でその場を離れ、すぐさまゆっくりした歩調に戻った。そのまま駅まで歩き、改札をくぐった。

駅前で合流した服部がホームで伸びをした。欠伸をかみ殺し、「映画のあとは、またパチンコですか」と聞いてきた。

「ええ」顔を見ないでうなずいた。

「奴さん、勝ってるんですか」

「いいえ」

「踏んだり蹴ったりだな」ひとりごとのように言って肩を揺すった。

ホームに立つ及川を柱の陰からうかがっていた。いつもはホームの真ん中あたりなのに、今夜はずっと進行方向のうしろの位置を選んでいた。

九野は斜め後方から及川の青白い顔を見ている。

「ああ、今日中には帰れるから……」隣では服部が妻に電話をかけていた。

遠くで踏切の警報機が鳴る音がした。続いてホームの拡声器が電車が来ることをアナウンスする。

そのとき、及川がひょいと一歩前に出た。

九野の胸の中で黒い何かがみるみる充満していく。

電車のまばゆいライトが向こうに見えた。警笛が一足先に飛びこんできて、ホームの屋根に響く。

及川がもう一歩前に出た。及川は電車を見ていなかった。虚ろな目でじっと前だけを見つめている。

九野の背筋が凍りついた。考える間もなくコンクリートを蹴っていた。

二十メートルほどの距離を駆け、及川の肩に手をかけた。

及川が驚きの表情で振りかえる。襟首をつかみ、渾身《こんしん》の力をこめて引っぱった。尻餅をついた。電車が轟音とともにホームに入ってくる。

「何だ。あんた、何をするんだ」

及川が九野の上でわめいた。九野は及川の下敷きになっていた。声が出なかった。とにかく、電車が停止するまでは押さえつけておかなければ――。

「おい、九野さん。どうしたんだ」上から服部の鋭い声が降ってきた。及川を九野から引き離そうとした。「離せって。何があったんだよ」

目の前を光の放列が走っていく。電車の窓が、映画のフィルムのように左右に流れていった。そのスピードがだんだんゆっくりになり、乗客の顔が見える。無表情に、それでも何事かといった様子でそれぞれがこちらを見ていた。

「九野さん、どういうつもりなんだよ」

「行確対象者、自殺未遂」声がかすれた。「いや、その、この男が電車に飛びこもうとしたから」

一瞬にして服部の顔色が変わる。「あんた。そうなのか」及川のネクタイをつかみ手前に引き寄せた。

「ふざけるな」及川が声を荒らげた。「あんたら、あんたら……」膝をついたままの姿勢で唇を震わせている。

「ちゃんと答えろ。あんた、飛び込むつもりだったのか」

「そんなことするわけないだろう」

服部が九野を見る。九野は反射的にかぶりを振った。

「いや、確かに、ふらふらと線路の方へ」

「おい、そう言ってるぞ」

「歩いたさ。歩いちゃいけないのか。黄色い線のずっと内側じゃないか」

及川が服部の手を払いのける。立ちあがると自分でズボンをはたいた。赤い目で九野を睨んでいる。

「あ、いや、我々のことは覚えてるよね」と服部。ひとつ咳ばらいした。「その、こっちも仕事の帰りでね。たまたまホームであなたを見かけたものだから」

及川はそれには答えないで荒い息を吐いていた。

「相棒がさ、ちょっと早とちりしちゃったみたいで。ほら、中高年の自殺ってここんところ多いもんだから」

場をやわらげようとして、服部がひきつった笑みを浮かべる。

及川は九野たちと目を合わせず、いつまでも背広についた埃《ほこり》を払っていた。汚れてもいない腕や肩のあたりまで、何かに憑《つ》かれたように小刻みに手を動かしている。その不自然な仕草に、ふと手に目がいく。及川はじっとしていられないほど震えていた。うつむいた顔面は蒼白だった。

「及川さん、あんたもう自首しなさい」思わずそう言っていた。

「おい、何を言いだすんだ」服部が九野を制しようとする。

「見ちゃいられないよ、あんた。家にも帰れないんだろう。奥さんはなんて言ってんだ。疑われてることぐらい知ってるわけだろう」

「やめろって」

「会社に行って毎日何やってんだ。どうせ仕事なんかないはずだ。周りから白い目で見られて、口も利いてもらえないで、こんな状態、いつまで続けるつもりなんだ」

「九野」服部が呼び捨てにした。

「週刊誌は読んだのか。今朝はテレビ局があんたの自宅を取り巻いてたぞ。少しは変だと気づいただろう。あんたを隠し撮りしてたんだよ」

「やめろって言うのがわからんのか」

服部に胸倉をつかまれた。

「あんたは黙ってろ」

「なんだと」

「そもそもさっさと任同《ニンドウ》すりゃあよかったんだよ。それをあんたが」

「今言うことか。それよりどういうつもりなんだ。おれは知らんぞ」

「そんなこと――」

及川が鞄を拾いあげ、この場を離れようとした。

「おい、待てよ」その背中に九野が声をかける。「今から署に行こう。洗いざらいしゃべっちまえ。らくになれるぞ」

及川が振りかえる。「令状はあるんですか」まだ声が震えていた。

「任意だ」

「だったら心外ですね。人を尾行したりして」頬も痙攣《けいれん》している。

「これは職務だ。明日も、あさっても、あんたのうしろにはおれたちがいるぞ。死なせるものか。家族のことを考えろ」

「おいっ」服部が九野の胸を突く。

「わたしは何もやってません。潔白です。だいいち証拠はあるんですか」

「お望みとあればいくらでも揃えてやる」勢いでそう言った。

「やってないのに、あるわけがないでしょう」

最後は泣きそうな声で言った。及川は右手で髪をなでつけると、呼吸を整えるように胸を反らせ、強い視線を送ってきた。泥酔でもしたような赤い目だった。

次の電車が到着した。及川が乗りこむ。真っすぐ前を見て、電車の中を車両から車両へと歩いていった。

九野と服部は乗らなかった。まばらな客を乗せた電車を黙ったまま見送った。

「あんた。ほんとにどういうつもりなんだ」

あらためて服部が九野に詰め寄った。険しい目で睨みつけている。

「だから電車に飛び込もうとしたんですよ、及川が」

「当人はちがうって言ってるだろう」

「いや、危険な状態でした。及川は放心状態でした」

「わかったようなことを」

「服部さんは見ていなかったからですよ。夢遊病者のようにふらふらと……」

弁解しながら気持ちがぐらついた。自分の早とちりなのか。いや、網膜にはまだあのときの残像がある。及川の挙動は確かに不審だった。

「それに、もしものことがあったら大失態でしょう」

「だったらそのあとの言い草はなんだ。尾行をばらすことはないだろう。あんた、明日からどうするつもりだ」

「続けましょう。なんなら並んで歩いて世間話をしたっていい」

「どうかしてるぜ、あんた」服部が天を仰いだ。「開き直らせちまったな、及川を。放火は現逮《ゲンタイ》以外は供述が頼りなんだぜ。わかってるだろう、それくらいのことは」

「吐かせますよ、あんなやつ」

「冗談じゃないよ、引っぱる権限もないくせに」これみよがしにため息をつき、かぶりを振った。「おれはこの場にいなかったことにするからな。トイレにでも行ってたことにさせてもらうよ」

「ご自由に。なんなら、明日からはぼく一人で行確を続けましょうか」

「ふざけるな」服部が目を剥いた。

「とにかく、今後は自殺の心配もしなければならないってことですよ」

「あんたの言うことが事実とするならな、もう及川は死なないよ。人間、一度死に損なうと、逆に妙な度胸がつくんだ。死より怖いものはないなんて思っちまうんだ」

服部はネクタイを緩めるともう一度九野を睨みつけ、「今日はお開きだ」そう言って踵をかえした。ポケットに手を突っこみ、長身を折り曲げるようにして、足早に去っていく。

九野はしばらくその場にいた。たばこを取りだして火を点けた。終日禁煙の看板が目に留まったが、構わず紫煙をくゆらせた。

及川は本当に死のうとしていたのか。考えてみようとしたが、わかるわけもないと早々に諦めた。目を閉じる。いつのまにか及川を哀れむ気持ちは失せていた。小悪党なら小悪党らしく、さっさと裁きを受ければいいのだ。

吐息をもらし、肩を回す。背中に張りついた疲労が生き物のように動いた。首を曲げると鋭利な痛みが背筋に走った。


署に帰ったのは午後十一時過ぎだった。刑事部屋には井上がいて、暗い顔で椅子の背もたれを軋ませている。九野を見るとゆっくりと身体を起こし、「お疲れのところなんですが」と憂鬱そうに口を開いた。

「例のガキ、取り逃がしました」

「そうか」上着を脱ぎ、長椅子に放り投げた。

「そうかって、ずいぶん呑気じゃないですか。こっちは佐伯主任に怒鳴られちゃいましたよ」

「ああ、すまない。おれのことなのにな」向き合って座った。

「家にも帰ってないし……。頭に来て学校にねじ込んでやりましたよ。出頭させないとてめえんとこの生徒、公務執行妨害でパクるぞって」

「おい、それじゃあ取引にならないだろう」

「かまやしませんよ。あんなガキ。……それより、ちょっと小耳にはさんだんですが」井上はそう言ってあたりを見回した。離れた机に別の係の刑事が一人いるだけだ。声をひそめる。「本庁の監察がやってきたみたいですよ」

「……そうなのか」

「署長が青くなってます。工藤《くどう》副署長も、坂田課長も」

「大袈裟だな。どうせ調べられるのは花村の服務規程違反とおれの一件だけだろう」

「いや、それが」井上がいっそう声を低くした。「連れてきたのは管理官らしいんですよ」

「本庁四課のか」

「そうです。もうすでに何人か、上の階に呼ばれてます」

「なんでだ。どういうことだ」

「さあ」肩をすくめている。

「呼ばれたのはこの部屋の連中か」

「いや、地域課《チイキ》も生活安全課《セイアン》も入ってます。ばらばらです」

「どういうことだ」

「だからぼくに聞いても知りませんよ」

「ああそうだ、坂田課長は？」自分の書いた辞表について聞いてみたかった。

「それがですね……実を言うと、課長も呼ばれたんですよ」

井上が困惑顔で九野を見つめている。

25

抗議行動の翌日も、及川恭子はパートの仕事を休まなかった。解雇か自宅待機を覚悟していたが、弁護士の荻原が先手を打っていた。本城店の榊原店長に対し、処分を下すなら文書で通知せよと連絡をとったのだ。そうなると店側は証拠を残したくない。荻原の話では、榊原は「現時点で処分は考えていません」と憮然としていたそうだ。

「及川さん、行ける？」昨日、荻原は恭子にそう聞いた。申し訳なさそうな物言いだった。休むのは相手の思うつぼで、居座ることが大事な戦略なのだ。

「大丈夫です」と恭子は躊躇することなく答えた。

荻原たちの役に立ちたかったし、家にいたくないという思いもあった。もしも一人で家にいたら、チャイムの音にも飛びあがってしまうにちがいない。何か用事があるというのは、いまの自分にとってありがたいことなのだ。

無論、荻原たちがそんな事情を知る由《よし》もなく、恭子はたちまち勇敢な同志として拍手を浴びることとなった。

「すごいわ、及川さん。わたしもう絶対に離さないから」

小室がいかにも感激したといった様子で恭子に抱きついた。今度市議会議員に立候補してもらいましょうよ、そんなことまで興奮気味に語っていた。

スマイルに到着すると、誰とおしゃべりするでもなく倉庫に向かった。昨日の出来事はとっくに伝わっているらしく、みなが目を合わせようとはしなかった。通路でも階段でも、年配の社員でさえ避けているのがわかった。

今朝も家の前にはマスコミがいた。夫を送りだし、外の様子をうかがうと、またしても見慣れない車が路上に停まっていた。中からスチールカメラの影が見えた。

夫が角を曲がるのを見て、恭子は近寄った。車の窓をたたいてやると、若い男が驚いた顔で苦しい言い訳をしていた。名刺を求め、出させた。週刊誌のカメラマンだった。

彼らの手口はだいたいわかった。被疑者の段階で映像や写真を押さえ、逮捕されたら一斉に流すのだ。これのどこが「人権に配慮」なのか教えてほしいものだ。

恭子は黙々と倉庫での作業をこなした。若い男の子たちは、そばに来ようとはしない。自分で勝手に仕事を探し、棚を整理したり、いらなくなった段ボールを畳んだりした。休憩時間も自分で決め、隅でたばこを吸った。

ふと、夫は会社で何をしているのかなと思った。たぶん自分と似たような境遇にいるはずだ。誰にも口を利いてもらえず、孤独に机に向かっているのだろう。夫婦揃って四面楚歌《しめんそか》か――。ひとり皮肉っぽく笑ってみた。

妻が耐えているのだから茂則にも耐えてもらわなければ困る。だからまるで同情はしなかった。

昼食時間、控室のテーブルでおにぎりを食べていると、磯田が声をかけてきた。今日は真っ黄色のブラウスだ。

「ねえ、及川さん」なぜかやさしい口調だった。「わたし、気になってるの」

「はい?」何のことかと思った。

「ほら、ここのところ及川さん、災難続きじゃない。ご主人が疑われたり、パートの待遇のことで店と揉めたりして」

「ええ……」

「わたし思うんだけど、これって水子の霊が影響してるんじゃないかしら」小声で言った。

「どういうことでしょうか」

「別にあなたに中絶の経験があるとか、そういうことじゃないの。誤解しないでね。先祖なの。先祖にそういうことをした人がいると、どうしても子孫に祟《たた》ってくるものなのよ」

「祟り？」

「そう」

ため息をついた。「……オーガニックじゃなかったんでしたっけ」

「オーガニックは入り口なの。自然とはどういうものかを知り、人がどこから来てどこへ行こうとしているのかを理解するための手段なの。でも、その先は別のステージがあって、霊的認識が必要なわけ」

「そうなんですか」

「そうなの。つまりオーガニックは下地。それをベースとして幸福追求が始まるの。及川さんの場合、頭のいい方だし、下地はできあがってると思うの。だから、もしも充分な幸福が得られていないとしたら、水子の霊の可能性が高いの」

「まあ、なんだか怖いですね」

恭子が頬に手をやる。磯田の目が光った。

「どうかしら、わたしの知り合いにその道に詳しい人がいるの。一度会ってみない。いろいろなアドバイスをしてくれると思うわ」

「そうですね。もし水子の霊ならお祓《はら》いしてもらわなきゃならないし」

「そうそう」身を乗りだしてきた。

「壺とか塔とか、そういうのを買って祀《まつ》った方がいいのかしら」

「ううん。うちはそうじゃないの。ピラミッドの置物なの。三角錐っていうのが家の悪霊を追い払って、御利益《ごりやく》のある霊だけをつなぎとめてくれるの」

「ふざけるな」静かに言った。

「え?」

「ふざけるなって言ってるの」

磯田の顔色がみるみる変わった。

「どこの宗教だか知らないけど、わたしはそんなのに引っかかるほどお人よしじゃないからね」磯田を睨みつけ、立ちあがった。「ねえ、岸本さん」テーブルの隅にいた久美の名を呼んだ。「磯田さんから売りつけられた水、わたしが突きかえしてあげるわよ。平気よ。こんなもの契約違反にもなんにもならないから。契約書、明日持ってらっしゃい。わたしの責任で破棄してあげる。これ以上、お金なんか絶対に払っちゃだめよ」

「ちょっと、及川さん……」磯田が絶句している。

「ほかにインチキな水とか野菜とか売りつけられた人はいませんか。解約したい人はわたしに知らせてください。本部でもどこでも乗りこんで、わたしが話をつけてきてあげます」控室にいたパートの主婦たちがあっけにとられていた。「大丈夫です。怖がることなんか何もありません」

「ひどいわ、及川さん。なによ、名誉毀損《きそん》だわ」

磯田が声を荒らげた。同じように立ちあがり、恭子と対峙する。

「じゃあ訴えなさい。こっちにはちゃんと弁護士がいるんですからね。法廷の場で決着をつけましょう。わたしがあなたの名誉を毀損しているのか、あなたが詐欺を働いているのか、いっそのことはっきりさせましょう」

「詐欺って……」唇を震わせていた。

「磯田さん、あなたこそ水子の霊に憑《つ》かれてるんじゃないの。あ、背中」恭子が指さし、磯田が思わず振りかえる。「そこに赤ちゃんの霊がいるみたい。人相悪いのが」

磯田が荒い息をはき、歯軋《はぎし》りしていた。「あんたなんか……あんたなんか……」うまく言葉が出てこない様子だった。「サンドリア様の天罰が下ればいいのよ!」

「何よそれ、馬鹿みたい」

磯田は目に涙を浮かべ、控室を飛びだしていった。途中、椅子をひっかけ、ドアが閉まるのとそれが倒れるのとが同時だった。鉄の音の余韻だけが控室に響いている。

小さく深呼吸をすると、恭子は再びおにぎりを食べた。久美がおそるおそる近づいてきて、「あの、ほんとに解約してくれますか」と遠慮がちに聞いてきた。うん、大丈夫よ。作り笑いして答えてやった。

それ以外、誰からも言葉が発せられることはなかった。静まりかえった控室で食事をしながら、恭子は矢でも鉄砲でも持ってこいという気になっていた。

午後二時に仕事を終えると、荻原たちのマイクロバスでまた本店へと向かった。彼らの明るい笑顔を見たら、いとおしさが込みあげてきた。

「ねえ、辛くなかった？」小室が心配そうに聞いた。

「ううん、平気よ」白い歯を見せ、かぶりを振った。

「ごめんなさいね、こんな損な役回りを押しつけて」

「全然平気だって。みんなわたしを怖がってるみたいなの」

「みなさん」小室が車内に声を響き渡らせた。「及川さんの頑張りを無駄にしないためにも、スマイルの社長を徹底的に糾弾しましょうね」

「そうよ、負けないわ」

「あんな社長、土下座させてやるわ」

威勢のよい声があちこちからあがる。自分の体温がじんわりと上がっていくのがわかった。小室や荻原と知り合えてよかったと心から思った。

本店に到着し、昨日と同じように抗議行動を開始した。社長との面談は求めなかった。

「相手が面談を求めてくるまで続けます。これからは、話し合いに応じてやるのは我々の側なんです」と荻原は言っていた。これが彼らの戦法なのだろう。

恭子は入り口付近でビラを配った。自分なりにコツをつかんだ。よろしくお願いしますと笑顔で言えば、たいていの主婦は手にしてくれるのだ。

恥ずかしさはまるでない。それどころかかすかな優越感すらあった。自分は、自宅とスーパーと公園を行き来するだけの退屈な主婦ではないのだ。夫も子供も知らない、もう一人の自分がここにいる。そしてもしかすると、これが本当の自分なのかもしれない。

この日の抗議行動を妨害する者はいなかった。警備員が二人、歩道に立っているだけだ。社長は姿を見せなかった。逃げたのならそれでもいい。相手が出てこられないというのは我々にとっての前進だ。

ビラがなくなり、マイクロバスのところまで補充に行った。なにげなく通りに目をやると、白い乗用車から男がカメラを向けていた。

動悸が早まった。なんて連中だ。どうして自分を――。

「及川さん、どうかしましたか」荻原が肩をたたく。

「あ、いえ。なんでも」

すぐに目をそらせたが、荻原は恭子の視線の先がわかったらしく「気にすることなんかありませんよ」と不敵な笑みを浮かべた。

「公安の低能どもですよ」

「はい?」

「公安警察。市民運動を目の敵にしている税金泥棒ですよ」

よく理解できなかった。

「我々が行動を起こすところ、ああやって常についてくるんですよ。まったく暇人どもが」

「そうなんですか……」

「あー、エンジン掛けっぱなしにして。税金の無駄遣いどころか空気まで汚してやがる」

なんだマスコミじゃないのか。恭子は胸を撫でおろした。

荻原は道の反対側に向かって「おいっ、駐車中はエンジンくらい止めたらどうだ」と一喝した。顔見知りなのか、運転席の男が苦笑いしている。

もしかすると、これで公安のリストに載ったのかもしれないが、どうでもいいことだった。むしろ警察すら恐れない荻原たちが頼もしかった。

店の前では小室がマイクを握っている。爽やかな弁舌だった。どうせなら自分もあれくらいしゃべれるようになろうと、恭子はそんなことまで思った。

そのとき、法被《はっぴ》を身にまとった従業員たちが、ワゴンを数台押しながら現れた。入り口横に並べ、シーツを外す。パック入りの卵が山と積まれてあった。

ハンドマイクを手にした初老の男がやってきた。確か小林とかいう専務だ。小室の言葉が途切れたのを見計って大声でがなりはじめた。

「えー、ご通行中のみなさま。毎度スマイル多摩店をお引き立ていただき、まことにありがとうございます。えー、当店では感謝の意味をこめ、ただいまより本日限りのタイムセールを実施します。商品は卵。卵十個入りワンパックがなんと五十円。消費税はいただきません。五十円ポッキリで販売させていただきます。数に限りがございますので、みなさまお早目に正面玄関横の特売スペースまでお越しください」

たちまち主婦の群れが店舗前に押し寄せた。恭子が人波に押し流される。ビラが手からこぼれアスファルトの上に散乱した。

「はい押さないでください。お一人様ワンパックとさせていただきまーす」

若い従業員の声も飛びかう。

恭子はあわててビラを拾い集めようと腰を屈めた。駆け寄ってきた主婦たちに押されてよろける。手をついたら誰かのサンダルに踏まれた。

「痛っ」思わず悲鳴をあげる。

「及川さん、大丈夫？」仲間の一人に助け起こされた。

手を踏んだ女は恭子には見向きもしないでワゴンへと突進している。

顔をしかめ、手の甲をさすっているとまたうしろから押された。背骨が軋む。

「ちょっと、こんなとこに立ってないでよ」年配の女に文句を言われた。

「あの、そちらこそ押さないで……」

「なによお、ビラ配りならよそでやってよ。邪魔なんだから」

誰かの買い物かごが顔に当たった。鼻の奥がツンときた。

なんてあさましい女たちなんだ。自分の得になることにしか関心がないのか。世の中がどうなろうと、自分さえよければいいのか。

「及川さん、怒っちゃだめだよ」小室が恭子の腕をとり、人だかりの外に連れ出そうとした。「ほら、青筋立ってる」そう言っておでこをつつく。

「これが大衆なのよ。体制側に飼い馴らされた人たちなのよ。でも見下しちゃだめなの。こういう人たちを目覚めさせ、立ちあがらせるのが私たちの運動なの」

「あ、はい……」

「敵もやるもんだ。こっちの抗議行動に合わせて特売セールをやるとはね」

「ええ……そうですね」

「十個パックで五十円だって。投げ売りじゃない。わたしも買おうかしら」

恭子は思わず吹きだしてしまった。

「でもこっちだって負けないわ。根比べよ」

つかんだ腕に力をこめられ、恭子は黙ってうなずいた。

山積みされた卵は十分とたたず売り切れた。卵がなくなると主婦たちはさっさといなくなった。足元にはビラが散乱している。

恭子はそれを拾い集めた。もう腹は立たなかった。考えてみれば、自分だってついこの間までは卵に群れる主婦だったのだ。面倒なことは他人にまかせ、自分は安全地帯にいたい口だったのだ。

帰りの車の中で恭子は自宅に電話を入れた。今日は児童館が閉館日なので、子供たちに留守を頼んでいた。

「これから帰る。留守番、大丈夫だった？」

「うん。マイちゃんが遊びに来てたから」香織が答えた。

「そう、よかったね。変わったことはなかった」

「新聞の人が来たけど」

どきりとした。「新聞の人って、集金？」

「ううん。配達のお兄さんじゃなくて、おじさんだった。うちの人はいますかって」

「それで？」暗い気持ちがみるみるふくらむ。

「いませんって言ったら、じゃあいいですって帰っていった」

「あ、そう」

平静を装いながら、冷や汗が流れた。新聞記者か。写真を撮るだけで飽きたらず、家にまで来るとは。

電話を切り、生唾を呑みこんだ。子供だけはなんとしても守らなければ。どんな噂も耳に入れたくはない。

新聞は記事にするのだろうか。まさか、証拠もないのに書くとは思えない。いや、自分が知らないだけでマスコミや警察は証拠をつかんでいるのではないか。

背中を悪寒が駆けぬけた。

「及川さん、どうしたの。顔色悪いけど」仲間の一人に言われた。

「うん？　ちょっと疲れたから」

「そうよねえ。ごめんなさい、負担かけて。今夜はゆっくり休んでね」

軽く笑みを返しながら、眠れるわけはないなと思った。このところ満足に睡眠をとったことなどないのだ。

ふとうしろを振りかえると、荻原が最後部の座席で一人ノートパソコンをいじっていた。

助けを求めてみようか。一人で抱えこむにはあまりにもつらすぎる。

通路を歩き、荻原の隣に座った。

「ちょっといいですか」

「ああ、いいですよ。何か」明るく小首をかしげる。

「実は、わたし、警察とマスコミにつけまわされて困ってるんです」言ってしまった。わりと抵抗なく。「先月、主人の勤める会社で放火事件があって、最初は暴力団の仕業と思われてたんですが、そのうち風向きが変わってきて……」

荻原は真顔になると、パソコンをたたみ、身を乗りだしてきた。恭子の訴えにうんうんとうなずいている。

「主人は潔白です。それなのにたまたま宿直で第一発見者だったという理由だけで何度も刑事に事情聴取されて、とうとう先日は週刊誌にそれらしいことまで書かれて……」

言葉がいくらでも出てきた。胸に閉じこめていた反動なのだろうか、これまでのいきさつをいっきにまくしたてた。

「警察が疑う根拠はほかに何かあるんですか」と荻原。

「いいえ」恭子がかぶりを振る。刑事が興味を抱いた会計監査の話とか、会社から聞かれた新車購入の金の出所とか、それは伝えなかった。

「じゃあ動機の点ではなはだ曖昧なわけだ」

「ええ」

「おまけに物証すらない」

「そうなんです」

「わかりました。わたしが追っ払ってあげましょう」荻原が胸をポンとたたいた。

「ほんとですか」思わず荻原の膝に手を置いていた。

「大丈夫です。奴らがやってるのは基本的人権の侵害です。警察に協力する必要などどこにもないし、マスコミには堂々と抗議すればいい。早速行動に移しましょう。まずは本城署の署長に面会を求め、今後、任意の事情聴取においてもすべてわたしを通すよう申し入れましょう。それから週刊誌には抗議の電話をかけましょう」

打ち明けてよかった。身体中の力が抜けるのがわかった。

「家の前で隠し撮りした社はわかりますか」

「ええと、何人かは名刺をもらってます」

「えらい。さすがは及川さん」

褒められてうれしくもあった。

荻原はお金の心配はしなくていいと言った。無料というわけにはいかないが、最低料金で引き受けると恭子を安心させてくれた。

「よし、明日にでも本城署に乗りこんでやる」

まるで楽しいことでもあるかのように両腕を前に突きだした。

「警察か。あいつら弱い者には威張りちらすけど、法律知識のある者にはからっきし腰抜けなんですよね。前に町田署の刑事を一人つるしあげたことがあったんですけどね。検問でトランクを開けなかった会社員を逮捕状もないのに署に連行したんですよ。あのときはうちの事務所の弁護士五人で乗りこんだら、真っ青になって、それこそ米つきバッタみたいに頭下げて……」

荻原が愉快そうに話す。その横顔は子供のようだった。

「マスコミにしたってね、叩きやすいところを叩いてるんですよ、連中は。普段はえらそうにしてますが、所詮はサラリーマンですから。我々が内容証明の一通も送りつけてやれば……」

ああそうか――。荻原の屈託のない話しぶりを聞いて、恭子はなんとなく謎が解けたような気がした。

この人たちは闘争好きなのだ。権力者や金持ちを屈服させることに生きがいを抱いているのだ。

でもそんなことはどうでもよかった。今は自分の唯一の味方なのだから。

「ねえねえ、及川さん」小室から声がかかった。「及川さん、映ってるわよ」

見ると、デジタル式のビデオカメラを手に持っていた。

席を離れ、近くまで行った。

「昨日の及川さんの演説。ほら、なかなか堂に入ってるじゃない」

恭子がマイクを手にしゃべっている姿だった。

「かっこいいわよ」

ほほ笑んで見せたものの、小さくショックを受けた。

自分が思っているよりずっと老けて見えたからだ。


夜、妹の圭子《けいこ》から電話があった。ゴールデンウィークの北海道旅行をキャンセルしたいという内容だった。

「ごめんね。うちの博幸《ひろゆき》さん、真ん中に接待ゴルフが入っちゃったのよ。それでまさかわたしと優作《ゆうさく》だけ行くわけにはいかないし」

嘘だと思った。どこかよそよそしい口ぶりでわかった。

圭子は週刊誌の記事を読んだのだ。そして茂則の先行きを案じているのだ。

「ううん。気にしないで。うちもいろいろ忙しいし」精一杯、ふつうに振る舞った。

「ほんと、ごめんね」

妹は申し訳なさそうに言って早々に電話を切った。

心のどこかで安堵していたのも事実だった。今の状態ではとても旅行を楽しめる気分ではない。

でも、子供たちにはなんて言おう。

茂則はこの夜も帰りが遅かった。どこで何をしていることやら。

夫婦の会話はまったくない。求めてもいなかった。

26

朝、及川が出社するのを見届けて、九野薫は八王子の義母のところへ向かった。

昼間はどうせ暇なのだが、緊急連絡があるといけないので、井上に行き先だけは伝えておいた。

途中、スーパーへ寄ってちらし寿司の材料を買った。イクラが安かったのでそれも買った。金糸たまごと一緒に振りかけてもらえばいっそう彩りも増す。義母もよろこんでくれるだろう。

及川の行確では、もう距離をとるのをやめた。どうせこちらの存在は隠しようもないのだ。

同じ車両に乗りこみ、視線も直接向けた。及川は目を合わせようとはしなかった。

無表情に前だけを見ていた。

この日発売の週刊誌に、またしても放火事件についての記事が載った。電車の中吊り広告を見て九野は知った。小さいけれど「ハイテックス放火事件に新事実？」という見出しが躍っていたのだ。

その広告は及川の頭の上にあった。おい載ってるぞ、と肩でも叩いてやりたい気分になった。

もっとも及川は否応《いやおう》なく知ることになるのだろう。目と耳を塞《ふさ》いで生きていくわけにはいかないのだから。

服部はほとんど口を利こうとはしなかった。ウォークマンで音楽を聴いていた。かすかに漏れてくる音はクラシックだった。

義母はいつもと変わらない笑顔で九野を迎えてくれた。春らしい薄いピンクのブラウスを着ている。

いつものようにまずは二階へ上がり、押し入れの布団を窓から干した。二階から眺める八王子の町は、春の太陽を浴びて静かに輝いている。こうして見れば緑も多いものだな。そんなことをひとりごちてみる。小高い丘に位置するこの義母の家を、不動産業者がほしがるのも当然かと思った。

一階に下り、台所にいる義母に聞いてみた。

「ねえ、おかあさん。不動産屋はまだ来るんですか」

「ううん。ここのところ来てない。来るとうるさいけど、来ないとちょっと淋しいものね」割烹着を身にまとった義母が流し台に向かっている。

「またそんな……。ああそうだ。ぼくが留守のとき、署まで来たらしいんですよ。おかあさんが教えたんですか」

「うん。そうなの」振りかえり、軽くほほ笑んだ。「義理の息子がいて、任せてるからそっちに行ってみてくださいって」

「なんだ。だから来たのか」

「薫君の好きにしていいから」

「いいんですか、そんなこと言って。この屋敷なら億の値段がつきますよ」

「屋敷だなんて。おとうさんが買ったときは安かったのよ。サラリーマンでも買えたぐらいだから。辺鄙《へんぴ》な場所だし」

「時代がちがいますよ。八王子っていえば今は立派なベッドタウンでしょう」

「とにかく、薫君に任せます」

義母が菜箸《さいばし》を手に鍋の煮物をつついている。居間で転がっていようかとも思ったが、もっと話をしていたかったので、自分も横で手伝うことにした。

「酢飯はぼくが作りましょう」

「ああ、そう。ありがとう」

木の桶を用意し、炊いたばかりのご飯をあけた。合わせ酢を振りかけ、しゃもじで手際よく切っていく。空いている左手で団扇《うちわ》をあおいだ。

「まあ、器用だこと」義母がうしろからのぞき込み、感心している。

「慣れですよ」

「だめよ。男の人が料理になんか慣れちゃ。ますます結婚と縁遠くなるでしょう」

「しませんよ。結婚なんて」

「おかあさんはしてほしいなあ。孫も見てみたいし」

そうか、孫か。考えたこともなかったが——。

「ふふ。でも変ね。薫君の子供はわたしの孫じゃないのに」

「おかあさんの孫ですよ。どうせぼくは九州の実家とは疎遠だし。ああ、そうだ」切りだすにはちょうどいい機会だと思った。「前から考えていたんですが……ぼくと養子縁組しませんか。その方がおかあさんも安心だと思うんですよ」

義母が黙る。顔を見たらおかしそうにほほ笑んでいた。安堵した。義母はこの話をけっしていやがってはいない。

「もちろんおかあさんはまだ若いし、元気だし、一人で平気でしょうけど。でも、十年先のことを考えると、やっぱりそばに誰かいた方がいいと思うんですよ。介護保険とかスタートしたけど、ああいう国の政策ってあまりあてにならないし、最後はやっぱり肉親なんじゃないですかねえ。ぼく、ここに引っ越してきてもいいし。あ、おかあさんが一人がいいって言うなら別ですけど」

「ふふ。ありがとう。おかあさんのこと考えてくれて」

「じゃあ、いいんですね」思わず声のトーンが上がった。

「でもその前に再婚すること」義母がいたずらっぽく顎を突きだす。

「だから再婚は……」

「早苗もそれを望んでると思うんだけどなあ」

「そうですか」

「そうよ。あの子、自分のしあわせより人のしあわせを願うタイプだから。ましてや薫君のこととなれば……」母が鍋の火を止めた。「さあ、具ができたから混ぜるわよ」

たっぷりと味の染みた具が酢飯の上に乗せられた。九野が手早く混ぜていく。いい匂いが桶から立ちあがった。

皿に盛りつけ、金糸たまごとイクラをふりかけた。黄色と赤の鮮やかさに満足した。居間のテーブルに運ぶ。お茶も用意した。

「うん、おいしい」義母の顔がほころぶ。

「具の味付けがいいからですよ」

「ううん、酢飯がおいしいの。ちらしはやっぱりご飯がおいしくなくっちゃ」

しばらく二人で黙って食べた。今日は不思議と食欲もあった。

「実はね」九野が口を開く。「一人おせっかいな上司がいてね、見合い話を勝手に進めるんですよ」

「あら、いいことじゃない。どんな人なの」

「その上司の親戚で呉服屋の娘だそうです」

「会ったの」

「ええ、一度だけ」

「チャンスだから逃しちゃだめよ」義母は屈託なく笑っている。

そのとき庭で人影が動いた。縁側の戸は下半分が磨《す》りガラスになっている。そこに何か動くものが映ったのだ。

「誰かいるのかしら」

「さあ、ちょっと見てきます」

立ちあがり、外を見た。庭では男が一人、腰を低くして門へと駆けていく。そのうしろ姿には見覚えがあった。

見まちがいか。だいいちこの家に連れてきたことはない。場所は知らないはずだ。

玄関にまわり、靴を履いた。九野も駆けていた。前の道路に出て鶏のように首を左右に振った。

坂の下に車が一台停まっていた。その運転席に人が乗っている。車のエンジンがかかった。発車寸前に追いつき、ドアピラーに手をかけた。

「おい、井上。ここで何やってんだ」ガラスをノックした。

井上は硬い表情で目を伏せている。

「おい、開けろよ。どうしたんだ」今度はやや強くガラスを叩いた。

しばらくの間があり、窓がモーター音を唸らせゆっくりと下りていった。

「あ、どうも」井上は顔をひきつらせていた。

「どうもじゃないだろう。おまえ、ここで何やってんだ。緊急か。おれを探しに来たのか」

「いや、その……」

「おれに用事があって来たんじゃないのか」

「ええと、あの……」井上はしどろもどろだった。顔中に汗をかいている。

「はっきり言え。おれに用か」

「ええ、まあ」

「おかしな野郎だな。携帯鳴らせばいいだろうが」肩を軽くつついてやった。「でも、どうしてこの家の場所がわかったんだ。教えたことはないだろう」

「九野さんのあと、つけてきました」

すぐには意味がわからなかった。

「……つけてきた？」

「及川の行確ののち、いったんご自宅に戻るだろうと思ったので、マンション前で張ってました。それで九野さんのアコードのうしろをずっと……」

井上はまだ目を合わせようとしない。緊張した面持ちでハンドルに手を置いている。

「おれに行確がついたのか」

「いいえ、ちがいます。佐伯主任が九野さんのことを心配して」

「佐伯主任が？」思ってもみない回答だった。

「はい、そうです。おまえ、ちょっと見てこいって……」

「わけがわからんな。おれの何が心配なんだ」

「ここのところお疲れのご様子なので」

「なんだおまえ、馬鹿っ丁寧な言葉遣って。普段通りにやれよ。……ま、いいや。せっかく来たんだから上がれよ。飯喰ってたんだ。おまえも喰うか、ちらし」

「いえ、おなかは減ってないんで」

「とにかく車から降りろ」

九野がドアを開ける。井上の腕をとり、車から降ろさせた。井上はひとつ息を吐くと首の骨を左右に鳴らした。初めて目が合い、互いに苦笑した。だが井上の笑みはぎこちない。

二人で坂をのぼった。空ではひばりが鳴いている。

「どうだ。いいところだろう、このへんは」

「ええ、そうですね」

「義理の母が住んでんだ。おまえにも紹介してやるよ」

「ええ……」

門をくぐり、玉砂利の上を歩く。玄関に入ると土間から奥に向かって声をかけた。

「おかあさん。署の後輩が来たんですよ」

応答がない。靴を脱いで上がった。居間の戸を開ける。

「あれ、どこへ行ったんだろう」

義母の姿がなかった。テーブルにはちらしの皿が二つ並んでいる。

「トイレかな」

廊下に出てまた声をあげた。それでも義母がいる様子はない。

「おかしいな。さっきまで一緒に飯喰ってたのに」

「あの、九野さん」井上がささやくように言った。「やっぱり、ぼく、これで失礼しますから」もう後ずさりしている。

「何言ってんだよ。ここまで来て」

「仕事、いっぱい残ってるし。ほら、被害届出したあのガキ、早急に探さなきゃなんないし」

「おい。どうしたんだよ。顔色悪いぞ」

「じゃあ、これで」

井上は踵をかえすと、あわてた様子で靴を履き、まだ履き終わってもいないうちから外へと駆けだした。

「変な野郎だな」

仕方がないので居間に腰かけ、再びちらしを食べた。義母の作った吸い物に口をつける。

ふと井上の言っていたことを思いだした。

佐伯主任があとをつけさせた？　いったいどういうつもりなのか。見当もつかない。

とりたてて何かの裏を感じることはなかった。二年間の付き合いで佐伯の真っすぐな性格は知っていた。単純な思いちがいだろう。

義母が台所から現れた。

「うあ、びっくりした」九野が思わず身を引く。「おかあさん、飯の途中にどこへ行ってたんですか」

「うん、裏へ。おすそ分けに」

「なんだ、びっくりさせないでくださいよ」

「ねえ、表に誰かいたの」義母がどっこいしょと言ってテーブルについた。

「署の後輩ですよ。井上っていうんですけど。上がっていけっていうのに、さっさと帰っちゃいましたよ」

「あら、残念。ご挨拶したかったのに」

「今度また連れてきますよ」

義母は食事の続きにとりかかった。品よくゆっくりと口を動かしている。

「お茶、いれましょう」

「うん、ありがとう」

「庭の木、あとで手入れしますね」

「薫君、刑事を辞めても植木屋さんになれるね」

「家政婦にだってなれますよ」

義母が鈴を転がすように笑った。

結局、午後三時過ぎまで義母の家にいた。帰りには墓参りも済ませた。いつもの花屋に寄ったとき、若旦那が「平日に珍しいね」と話しかけてきた。

「あんな大きな家、維持するの大変なんじゃない」

「ううん。別に」

答えながら、でも維持してるのは義母だし妙な言い方をするな、と九野は一人心の中で思った。


署には寄らず、直接ハイテックス本社へと向かった。到着すると、正門横にはすでに服部が立っていた。不機嫌そうに腕を組んでいる。もうこの任務にうんざりしているといった様子だった。

「今日出た週刊誌、読みましたか」服部が鼻の頭に皺を寄せて聞いた。

「いいえ、ちょっと読む暇がなくて」

「見開きの記事でしたよ。我々が聞いていないことがいろいろ出てて。まったく不愉快だな、あの管理官は」

「どんなことですか」

「二年前のハイテックス恐喝事件のあと、警視庁四課出身のＯＢが総務に天下ってたそうです」

「ＯＢが？」

「だからなかなか捜索させないんですよ。我々が会計監査の事実を告げた時点で、すぐに乗りだしたっておかしくないでしょう。戸田部長をみすみす海外へ逃がしてるし」

「そのＯＢが横槍を入れていると？」

「さあね。とにかく馬鹿をみたのは現場ですよ。放火があった、それ清和会を叩け、いや社員が怪しいらしい、ちょっと様子を見よう。すべてＯＢの手前だ。冗談じゃない」

服部が仁丹を口にほうり込む。てのひらに息を吐き臭いをかいでいた。

「ああ、それから及川が弁護士を雇ったみたいです」

「弁護士を？」

「しかも共産党系。どうなってんだろうね。今日、本城署に現れて、任意であろうと話を聞きたいならすべて自分を通せと息巻いていったらしいですよ。もう何がなんだかさっぱりわからないや」お手上げのポーズをしている。「しかも、捜査本部はとっくに解散状態だ。今朝なんか会議もなかったそうです」

「ええ」

「自分の子飼い以外は全員蚊帳の外ってわけですよ。まったくあの管理官は」

服部はそう吐き捨てて、門柱を蹴飛ばした。

午後六時になって及川が会社から出てきた。視界のどこかに二人の刑事が映っているはずなのに、素知らぬふりをして駅へと歩いていく。

今日からは真っすぐに帰るのだろうか。家に居づらいとはいえ、まさか刑事を引き連れて時間潰しをするとは思えない。

ところが及川は堂々とその時間潰しをした。この夜はターミナル駅で降り、映画館に入ったのだ。

「ほら、開き直らせちまった」服部が舌打ちしていた。

映画はロードショーの娯楽物だった。もちろん観たくて選んだわけではないのだろう。若いカップルたちに混じって及川はスクリーンに目をやっていた。その虚ろな横顔はすっかり見慣れてしまった。

九野は少し居眠りをした。浅い夢に義母が出てきた。一緒に暮らしてもいいわよと口元に笑みをたたえていた。つかの間、温かい気持ちになった。

映画が終わると、及川は牛丼屋で食事をとり、帰路についた。駅からは同じバスに乗った。もうタクシーで先回りする必要はないと服部が言いだし、そうした。遅い時間なので乗客はまばらだったが、双方とも視線の置き場に困るということはなかった。及川は車窓からじっと外を見、九野と服部は後部座席から及川の足元を見ていた。

最寄りのバス停で降りるときはすぐうしろに立った。さすがにこのときは及川の背中が緊張しているのがわかった。

等間隔の街灯に照らされた住宅街を歩く。及川の自宅はちょうど街灯の真横で、白い壁が闇夜に冷たく浮きあがっていた。及川が猫背で門をくぐるのを見たら、どちらからともなくため息がでた。


署に戻ったのは午後十一時過ぎだった。井上はいない。刑事部屋はがらんと静まりかえり、ところどころで居残りの刑事が机に向かっていた。九野は自分でお茶をいれるとポケットから安定剤を取りだし、少し考えてから四錠飲んだ。これで自宅につくころには睡魔がやってきてくれるだろう。

「よお、九野」

声に振り向くと佐伯が入り口に立っていた。

「お疲れさん」

「いえ、そちらこそ」

「待ってたんだ」

「そうなんですか」

「ああ」サンダルの音をさせて近づくと、うしろから九野の肩を揉んだ。「おお、おぬし凝ってるな。ちゃんと休暇はとれよ」

「じゃあ半月ほどいただきますかね。嫁を探しにハワイにでも行ってきますよ」そんな軽口を言った。

「そうするか。課長にはおれが話をつけてやる」

どこか乾いた口調を意外に思い、振りかえった。

「ちょっと話があるんだ。空いてる部屋へ行こう」

「ええ……いいですけど」

佐伯が歩きだし、あとにつづいた。九野も聞きたいことはあった。廊下の蛍光灯が一本、寿命なのか瞬いている。取り調べ室に入り、佐伯がうしろ手にドアを閉めた。

「おぬしもたばこ、吸うんだよな」そう言って脇の棚にあるアルミの灰皿を取りだした。「人生、毒も必要だ。水清くして魚住まずだ」

「何ですか、話って」テーブルに肘をついた。

「昼間、悪かった。まずはそのことだ。井上につけさせたりしてな」佐伯が首を左右に曲げる。「井上はおれの命令に従っただけだ。しこりは残さんでくれ」

「いや、別にしこりなんて。でも、どうしてそんなことを……」

「さっきの話じゃないが、おぬし、どうだ、少し休んでみないか」

言葉の意味がわからず、佐伯の顔を見ていた。

「課長の了解はおれがとるし、警務にも話はおれが通す。こう見えても顔は利くんだ。文句は言わせねえ」

「どういうことなんですか、いったい」

「おぬしは疲れてんだ。ただそれだけのことなんだ」

「主任、言ってる意味が……」

「なあ、おい」佐伯が身を乗りだす。小さなテーブルに角を突き合わせるような恰好になった。「おぬしのカミさん、死んだのはいつだ」

「何ですか、いきなり」

「いいからいつだ」

「……七年前ですけど」

「ダンプとの衝突事故だったよな」

「ええ……そうです」

「そのとき車に乗ってたのはカミさんだけか」

「いえ、義理の母も同乗してましたが」

佐伯の大きな目が一瞬反応した。何やら言葉を探している。

「その義理のおかあさんっていうのは、どうなったんだ」

「ほんとに何なんですか。休暇をとれとか、女房が死んだのはいつだとか」

「頼むよ。答えてくれ」声のトーンが上がった。「知りたいんだよ、おぬしのことが」

部屋の中にしばし沈黙が流れる。九野は身体を起こし、椅子にもたれかかるとたばこに火を点けた。

「……義理の母は重傷でした」

「じゃあ助かったんだな」

「当たり前じゃないですか。いま生きてるのに」

「じゃあ今日も、会って来たんだな」

「ええ」

「歳はいくつだ」

「六十五です」

「ふうん、そうか……」

佐伯が頬をふくらませ、息を吐く。また二人で押し黙った。

「あの……」九野が口を開く。「今日はもう眠いんですけど」さっき飲んだ薬が効きはじめたのを感じた。四錠は飲みすぎか。じんわりと脳の中に霞《かすみ》がかかる。

「おお、そうか。悪いな」佐伯が視線を下に向け、手で首の裏を揉んでいる。ひとつ咳ばらいした。「あのな、手短に言うけどな。おぬしの義理のおかあさん、とっくに死んでるぞ」

　何を言っているのかわからなかった。

「気を確かにしろよ」口調が変わった。「おぬしにはおれがついてるからな。井上だっているぞ。関だって、原田だって、うちの係はみんないるぞ。それから交通課のかしまし娘、いるだろう。あの三人組、おぬしのファンだってよ。みんな味方だ。遠慮することなんか何もねえ。いくらだって甘えていいんだ」早口でまくしたてている。

「ちょっと、いったい、どういうことですか」

「死んでるんだ。おぬしの義理の母親は死んでるんだ」

「え」九野が顔をしかめる。「主任、そっちこそどうかしてるんじゃないですか」

「これを見ろ」佐伯が内ポケットから紙切れを取りだした。「気になって調べたんだ。八王子の共済病院へ行ってコピーをとってきた。死亡診断書だ。おぬしの義理のおかあさんのものだ。事故の二日後、意識不明のまま死んでるんだ」

　テーブルに広げられた書類のコピーに目を凝らす。

　本格的に薬が効いてきたのか、うまく焦点が合わせられない。

　顔を上げると佐伯の姿までがぼやけて見えた。

27

「今朝はマスコミ、いましたか」マイクロバスの中で荻原が聞いてきた。

「いいえ。車は一台も停まってませんでしたから」

「各局の報道局長宛にファックス送ってやったんですよ。新聞社にも」

「そうですか。ありがとうございます」

及川恭子が丁寧に頭を下げる。荻原の迅速《じんそく》な行動に感心はしたが、同時に、これで土俵に上がってしまったなという思いもふくらんだ。生意気な主婦として、ますます彼らの興味をひくことだろう。黙っていれば怪しいとされ、声をあげれば疚《やま》しいことがあると勘ぐられる。どっちに転んでもはまった沼から抜けだすことはできないのだ。

「警察にも釘を刺しておきました。事情聴取はすべて弁護士を立ち会わせるようにって」

「あの、そこまでは……」

その要求には困惑した。茂則には弁護士のことなどいっさい伝えていない。

「だめですよ、遠慮しちゃ。放火は供述が頼りだから、一度引っぱった容疑者は強引に自白させようとするんですよ、警察は。ぼくに任せてください」

荻原が明るく胸を叩き、恭子は微笑をかえすしかなかった。

この日の抗議行動に対しても、本店は特売セールで対抗してきた。今日はティッシュペーパーの投げ売りだった。同じように主婦が群がり、せっかく配ったチラシがアスファルトに散乱した。

この豚どもが。恭子は思わずそんな悪態を心の中でついてしまった。昨日は小室に諌められて反省したが、やはりそこまで鷹揚《おうよう》にはなれなかった。目の前にいる女たちは、ひたすら醜いだけだ。

社長は引っこんだままだ。勝ち目のない戦いを、あの自己中心的な男はどうやって乗りきるつもりなのだろう。考えていることがさっぱりわからなかった。

帰りの車中、恭子は、どうして労働基準監督署にさっさと告発しないのかを荻原に聞いた。

「最初は改善勧告だけだしね。役所って腰が重いんですよ」荻原はノートパソコンに向かう手を休めて教えてくれた。「それに裁判に持ちこんだところで、すべては密室で行われるわけでしょ。世間にアピールできないんですよ。告発されたことも、裁判に負けたことも、そこいらを歩いている主婦には伝わらないし。それより我々に派手な抗議行動をされた方が、あの店にとってはダメージは大きいわけ」

納得のいく説明だったが、それより恭子はこの団交が当分続くことの方がありがたかった。荻原や小室との関係を保てるし、時間を持て余さなくて済むからだ。

午後四時過ぎ、自宅に帰ると、香織と健太が居間でテレビを見ていた。どこかうわの空といった感じで、ソファの上で膝を抱えている。

「どうしたの。公園で遊んでるかと思った」

香織が無言で振りかえる。沈んだ表情をしていた。いやな予感がした。

健太を見ると、テレビに向いたまま視線を合わせようとしない。屈んで顔をのぞき込むと、目が赤かった。

血の気がひいた。恐れていたことが起こったと思った。

「何かあったの。喧嘩でもしたの」懸命に笑顔をこしらえた。

「ねえ、おかあさん」香織がぽつりと口を開く。「おとうさん、会社に火を付けたの？」

「誰よ、そんなこと言ったの」高鳴りだした心臓を必死に抑えた。

「青木君と、吉村君」

町内の男の子たちだ。いつも健太と遊んでいる上級生だ。

「公園で健太が言われたの。おまえん家《ち》のおとうさん、会社に火ぃ付けたんだろうって」

「嘘よ、そんなの。嘘に決まってるじゃない」恭子の唇が震えた。

「ほら、おかあさんが嘘だって言ってるよ」

香織が健太に話しかけた。健太はそれでもうつむいている。

「健太がね、嘘だって言ったんだけど信じてもらえなかったんだって」

心臓が音をたてて鼓動しはじめた。鼓膜が内側から鳴っている。

「それで身体を押したら押しかえされて、倒れたところを蹴飛ばされたの」

「よし。おかあさんが文句言ってきてあげる」

「いい」健太が声を発した。目を吊り上げている。

「よくない。だっておとうさん、そんなことしてないもの」とっくに体温は失せているはずなのに、全身から汗が噴きでてきた。「放っておいたらまた言われるでしょ。もう遊んでもらえなくなるでしょ」

「いいもん、別に遊んでくれなくても」

「いいわけないでしょう。青木君たち、まだ公園にいるの？」

「いい。行かなくていい」健太が叫ぶように言う。

恭子はその声を聞き終わらないうちに玄関に向かって歩きだした。

「ねえ、おかあさんってば」

背中に健太の声が降りかかる。返事をしなかった。放置できないと思った。いや、そんな悠長な理由ではない。もう戦うしか方法はないのだ。子供を守るために。この家を守るために。

サンダルをつっかけ、表に出た。住宅街を小走りに駆けた。胸の中は黒く澱んでいる。この半月間ずっとそうだ。何も心配事がなかったあの日までが懐かしかった。退屈だけど平穏があった。幸運はなかったけれど眠れる夜があった。

自分の人生に、心から笑える瞬間はもう訪れないのではないか。そんな気すらした。

自分の町の見慣れた景色なのにちがって見えた。似たような白壁の家々がただの冷たい箱に思えた。

公園に少年たちはいた。数人でボール遊びをしている。つかつかと歩み寄り、一人の男の子の腕をとった。

「青木君、ちょっといい。吉村君もこっちに来てくれる」

隅の水飲み場まで引っぱっていった。少年たちは事態を察し、顔をこわばらせている。

「うちの健太に何言ったの」

二人並んで下を向いた。

「黙ってちゃわからないでしょ。健太に何言ったの」

それでも黙りこくっている。

「うちのおじさんが会社に火を付けたとか、そういうこと言いふらしてるんでしょう」ほかの男の子たちが遠巻きに眺めていた。「何でそういうこと言うわけ。誰に聞いたの。おとうさん？　おかあさん？」

幼児を遊ばせている若い主婦たちも視線をこちらに向けている。胃がせり上がるような感覚があった。

「言いなさい。答えなさい」

語気を強めると、少年たちは震えるように身を縮めた。恭子の気持ちが昂ぶった。

「言っておきますけど、うちのおじさんはそんなことしてませんからね。だいいち君たち見たわけ？　見てもいないことをどうして言えるのよ。大方おとうさんかおかあさんに吹きこまれたんでしょ。あそこのおじさん週刊誌に出てたぞ、とか。いい？あんなの嘘なんだからね。これからそういうこと言ったら、おばさん許さないからね」

少年の耳を引っぱった。少年が顔を歪める。自分の中で激情が走った。

頬に平手を繰りだしていた。ピシャリと音が響く。もう一人にも同じことをした。

自分の子供にすら手をあげたことはないのに。

顔を上げると、公園にいた全員が恭子を見ていた。遠くで、豆腐売りの笛がのんびりしたメロディを奏でていた。

砂場のところに町内子供会のリーダーを務める六年生の男子がいたので、近寄り声をかけた。今度は笑みを作った。

「ねえ、お願いがあるんだけど」声もやさしくした。「うちの健太がね、青木君たちにいじめられてるの。健太のおとうさんが悪いことしたみたいな噂をたてられて……。でも、こういうのってよくないことだよね」

「あ、はい」男の子が神妙にうなずく。

「学校で先生も言ってるでしょ、いじめはよくないって。だから、町内の子が健太をいじめようとしたら止めてほしいの」

「はい……」

「健太を助けてやってほしいの」

「はい……」

「ありがとう。今度うちにいらっしゃいね。おばさん、ごちそうしてあげる」

戸惑っている男の子の肩に手をおき、最後の笑みを投げかけた。

公園をあとにする。膝に力が入らなくてうまく歩けなかった。背中に痛いほどの視線が刺さるのがわかった。

コットンパンツのポケットに両手を入れ、恭子は帰り道を歩いた。憂鬱すぎてため息も出なかった。

これでよかったのだろうか。自問してみた。失敗だったような気もする。けれど、じゃあほかにどんな方法があるというのか。黙っていればどんどん噂は広がるのだ。

香織と健太は学校でうしろ指を差されるのだろうか。無事で済むとは思えない。学校に行きたくないと言いだしたら、そのとき自分はどうすればいいのだろう。

茂則の顔が浮かんだ。自分がこんなに苦しんでいるのに、夫は何をしているのだろう。

しかも原因は夫だ。不公平だと思った。こんな不公平があってなるものかと思った。

家に戻り、夕飯の支度にとりかかった。「注意してきてあげたからね」そんな報告だけをしておいた。それに対する反応はなかった。

子供たちは居間で黙ってテレビを見ている。アニメだが笑い声も起きない。恭子は炊飯器にスイッチを入れ、台所に立った。

「あ、そうだ」子供たちに言わなければならないことがあったのを思いだす。先に延ばすとますます言いにくくなる。どうせならと打ち明けた。「ゴールデンウィークの北海道旅行、中止になっちゃった。圭子おばさん家《ち》が行けなくなっちゃったの」

「ふうん……」香織が気のない返事をする。

「うちだけで行ってもいいんだけど、おとうさんもなんだか忙しいみたいだし」

「うん、いいよ」

「健太は？」

「ぼくもいい」

それだけ言ってまたテレビを向いた。二人とも、まるで抗議はしなかった。もっと無邪気に駄々をこねてほしかった。いつもならそうしたはずだ。

「ねえ、その代わり、どこかへ一泊だけ旅行しようか。それくらいなら行けると思うし」

「どっちでもいい」香織だけが答え、健太は黙っていた。

「そんなこと言わないで、どこか行こうよ。遠くは無理だけど、小田原とか箱根とか、それくらいなら車で行けるだろうし」

「うん、いいよ」やっとかすかに笑んでくれた。

三人で夕食を食べた。テレビは付けっぱなしにした。歌番組をやっていて、子供たちはそれを見ながら食べていた。

部屋の空気が重かった。何か話をしなければ。

「庭の花壇、途中のままだね」恭子が話しかける。

「うん、そうだね」と香織。

「チューリップの苗、買ってきて植えてみようか」

「チューリップってもう遅いんじゃないの」

「苗なら大丈夫よ。いろんな種類があるみたいだし」

「ふうん」

「学校の花壇、いまチューリップ咲いてるよ」やっと健太が口を開いた。

「あら、そう」

「ちがいますー。あれはスイセンですー」香織がそう言って唇をすぼめた。「健太、花なら何でもチューリップなんだから」

「だって先生が言ったんだもん」

「先生がそんなこと言うわけないじゃない」

「聞き間違えただけよ。ねえ」

恭子が助け舟を出してやる。少しだけいつもの食卓に戻った。

電話が鳴った。子機はサイドボードの上にある。食事を中断して電話に出た。

「わたくし青木と申します」受話器から聞こえたのはとがった女の声だった。

「はい？」

「青木翼《つばさ》の母親です」

「あ、はい……」たちまち暗い気持ちになった。

「及川さん、ちょっとひどいんじゃありませんか。よその子をぶつというのは」

穏やかには済みそうにないと思い、恭子は居間を出た。夫婦の寝室へと向かう。

「子供同士の喧嘩に親が出るというのは問題なんじゃないかしら。翼には、親のわたしでさえ手をあげたことはないんですよ」

戸を閉めて、部屋の電気を点けた。

「でもおたくのお子さんは四年生でうちの健太は二年生でしょう。いじめられて黙っているわけにはいきません」

「いじめってそんな大袈裟な。ただふざけあってただけのことじゃないですか」

「いいえ、そういうふうには思っていません。それにおたくのお子さんはうちの健太を蹴飛ばしたんですよ」

「聞いてません」

「じゃあおたくの子が正直に言ってないんです。痣までできてます。なんなら診断書とってお送りしましょうか」勢いでそんなことを言った。

「そんな……」青木が絶句している。

「それから青木さん、お子さんに余計なことを吹きこんでるんじゃありませんか」

「余計なことって何ですか」

「余計なことは余計なことです」

「……意味がよくわかりませんけど」青木がいかにも皮肉めかして言った。

「とにかく、今後うちの健太に手を出したら法的措置を取らせていただきます。うちには顧問弁護士もいますから保護者責任を問わせていただきます」

「なんですか、あなた……信じられない」

「もういいですか。こっちは食事中なんです」

一方的に電話を切った。目を閉じる。畳にしゃがみこんだ。しばらくそのままの姿勢でいた。

まるで戦争だな。身体に力が入らなかった。これというのもすべて茂則が悪いのだ。

受話器を襖《ふすま》に軽く投げつけた。小さな穴があいたが、どうでもいいことだった。

居間に戻りテーブルについた。

「誰だったの」香織が不安そうに聞く。

「パートのお友だち」

もう作り笑いにはすっかり慣れた。だが食事はほとんど喉を通らなかった。

子供たちが二階に上がったとき、それを見計らうように今度は実家の母から電話がかかってきた。週刊誌の記事を母も読んだのだろう。予感はしていた。

「ねえ、茂則さん、大丈夫なの」親子とは思えない、遠慮がちな声だった。

「うん。大丈夫だよ。とっくに職場復帰しているし、病院には週に一回、包帯を替えに行くだけだし」

「そうじゃなくて……」母が口ごもっている。

「あ、もしかして週刊誌のこと？」自分から明るく切りだしてやった。「なんだ、そんなんだったら全然心配しなくていいのに」

「おかあさんは心配してないけど、おとうさんが電話しろ電話しろって」

「お前がしろっていったんだろう」うしろから怒ったような父の声が聞こえた。

「大丈夫だよ。だってあんなのインチキ記事だもん。噂だけで、茂則さんが怪しいようなこと平気で匂わすんだもん。もうアッタマ来てさあ、わたし弁護士雇ったの」

「そうなの」

「そうよ。知り合いに弁護士がいてね。相談したら、これは許せない、まるで松本サリン事件だって言って。それでマスコミと警察に書面で警告したの。そしたらすっかりおとなしくなったよ」

「なんだ、そうなんだ」母の声がやっと明るくなった。

「自分たちの方が疚しいもんだからシュンとしちゃったみたい」

「恭子、弁護士さんなんかに知り合いいるの」

「いるよお、それくらい。わたしこれでも顔が広いんだから」

「ふうん、そうかあ……」一応は安心した様子だった。「圭子もね、おねえちゃん家《ち》、大丈夫かなあって心配してたの」

「大丈夫だって言ってやってよ。そんなんで気を遣ってくれなくったっていいのよ」

「うん、わかった」吐息がもれるのまでわかった。

母はこのあと持病の神経痛の話などをして電話を切った。どこまで信じてくれたかはわからない。百パーセント、というのはたぶん無理だろう。でも希望は与えてやったのだ。それが子供が親にできるせめてものことだ。

すっかり疲れた。もう風呂にも入りたくない。

ソファに深く身体を沈めた。天井を見る。このあと茂則が帰ってくるのか。何度もため息がでた。

帰ってこなければいいのに。いっそ踏切事故で死んでくれてもいい。

そんなことを考える自分を少しも悪いとは思わなかった。

茂則が帰宅したのは午後十時過ぎだった。酒の臭いはしなかった。

「風呂、沸いてる？」ネクタイを緩めながらそう聞くと、一人で勝手に入ってくれた。

今日も残業？　食事は済んだの？　いちいち聞く気力もなかった。茂則だって電話一本よこさないのだ。

先に寝室に入り、二人分の布団を敷いた。いつもより早いが寝てしまおう。パジャマに着替え、布団にもぐりこんだ。夫の布団との距離は微妙に取った。ここのところずっとそうだ。くっつける気にはなれない。

横になり目を閉じた。寝つきは悪く、いろいろなことを考えてしまうが、それでも最悪の想像を回避する術《すべ》は覚えた。誰でもいいから今日会った男に抱かれる想像をするのだ。団交仲間に一人適当な男がいたので、彼を使うことにした。股間に軽く手をあてながら。

しばらくして茂則が入ってきた。ライターで火を点ける音がした。枕元のスタンドを灯してたばこを吸っているらしい。恭子は背中を向けている。

「おい」茂則が口を開いた。「恭子、起きてるか」

「うん？」生返事をする。

「おれな……」

「疲れてるから」口が勝手に動いていた。同時に心臓が早鐘を打ちはじめる。「わたし、疲れてるから」

茂則が黙る。灰皿でたばこをもみ消していた。

「なあ、恭子」また名前を呼ぶ。

「何よ」

「話があるんだけど」

「またにしてよ。寝てるんだし」

「もう気づいてると思うけど」

「聞きたくないっ」

語気鋭く言っていた。背中を向けたまま、両腕で胸を抱きかかえた。

「だめか……」

「だめに決まってるでしょう」

「そうか……」

茂則はまだ布団に入ろうとしない。沈黙が流れる。恭子は身を固くしていた。

「……すまなかった」乾いた茂則の声だった。

「何がすまなかったよ。そんなんで済むわけがないでしょう」早口でまくしたてる。

「そうか……」

「当たり前じゃない」

茂則がまたたばこに火を点けた。

「冗談じゃないわよ」歯を喰いしばっていた。「冗談じゃないわよ」

とうとうこの日がやってきたのか。懸命に目を閉じていた。

いっさいを拒絶するように、恭子は息まで止めていた。

茂則はたばこを吸い終えると、ごそごそと布団に入った。

電気スタンドが消される音。身体の震えがやまなかった。

28

早苗の交通事故を知ったのは、まだ本庁にいたころの張り込み中だった。強盗傷害事件の容疑者を追っていた。立ち回り先の女のアパートの前、車中で夜を明かしたときだ。無線連絡が入り、至急八王子の共済病院へ向かうよう指示が出た。「奥さんが交通事故みたいですよ」伝聞だったせいか、さほど深刻でない口調だった。

交替要員が来るのを待ってタクシーをつかまえた。胸騒ぎはしたが、まさかという思いの方が強かった。前夜、元気な声を聞いていた。母と朝市に出かけると話していた。「おい、子供の名前考えたぞ。朝市にしよう」九野はそのとき思いつきで言った。当然、「馬鹿」と却下された。その前の晩は、九野が張り込みに「昼夜逆転だよ」とぼやくと、早苗が「あ、子供の名前考えた。チューヤにしよう」と笑っていた。おなかの子が男児とわかって以来、二人の間で流行っていたゲームだった。

父親になることを疑っていなかった。親子三人で暮らす日々は目前にあり、夢でもなんでもなかった。

病院に着くと、看護婦が九野を集中治療室へと先導した。女の青い顔を見て事態を察知した。廊下で待てと言われたが、警察手帳を振りかざし、強引に中に入った。タイル張りの床に靴を乗せたところで叫びたくなった。こんな便所みたいな部屋から早く早苗を出してくれ。そして手術台をのぞき込み、言葉を失った。目を閉じ横たわっていたのは、早苗ではなく義母だった。無数の管が身体につながれている。どういうことか。

医師の怒声を浴び、廊下に連れだされる。看護婦がすいませんと泣きそうな声で言っていた。みんなが混乱していた。間違えました、奥さんは地下の霊安室です。その声を聞いたとき、九野の頭の回線は切れた。

思いだそうとしても、その先は真っ白な闇だ。白い闇というものがあればの話だが。手を伸ばしても、振り回しても、触れるものが何もない。

葬式は挙げたのだろうか。墓は自分が手配したのだろうか。それすら自信がない。

「これも運命だから」義母が静かに言った。「神様が決めたことだから」

「そんなふうに思えるんですか」九野が聞く。

「天国があるって思うのよ。天国って人類最大の発明かもしれないわね。誰だって一生のうちに何回かは愛する人を失うんだから」

「そんなに簡単には思えませんよ」

「薫君。だめよ、現実を受け入れなきゃ」

「そんな、おかあさん、天国って言ったり、現実って言ったり――」

身体が揺り動かされる。ねえ九野さん――。

じんわりと覚醒していく感触がある。あぶり出しのように意識が色をつけていった。自分の肉体に温度と体重を感じる。

「起きてよ、九野さん」

脇田《わきた》美穂《みほ》が腕をつかんでいた。

「おう……何だ」声がかすれる。天井が見えた。

「何だじゃないよ。大丈夫？」

「大丈夫って、何が」

「死んでるかと思ったよ。何回揺すっても起きないんだもん」

電灯の明かりが眼球に染みた。

「電話」

耳に意識を向ける。呼出音は鳴っていない。

「さっきから三回ぐらい鳴ったんだけど。わたしが出るわけにはいかないから」美穂はベッドの横にしゃがみこんでいた。「こんなに眠りの深い人、初めて見たよ。九野さんってそうだったっけ」

それには答えないで、首を捻り目覚まし時計を見る。午前十時に近かった。小さく呻き、また枕に頭を沈める。

「疲れすぎなんじゃないの。ゆうべだって、帰って来たときから意識が朦朧《もうろう》としてて、ベッドに倒れ込んで。服脱がしたのわたしなんだよ」

「……たばこ」右手を差しだす。

美穂がパッケージからたばこを二本取り出し、自分の口にくわえる。火を点けてから一本を九野に渡した。

美穂が自宅に帰らないのは、そのマンションが、花村の口利きで入居した占有物件の又貸しだからだ。大倉の名前も聞かされた。債権のカタに取り上げたものなのだろう。

大倉は最初、脇田美穂を知らないと言っていた。なかなかの役者だ。

「仕事、いいの？」

「よくはないな……」煙とため息を同時に吐いた。

服部はさぞや怒っていることだろう。ぼんやり天井を見ていた。

それより頭の中に何かが引っかかっている感じがする。なんだろう。心の中でつぶやいてみる。夢を思いだすような曖昧さだ。ああ、そうか。ゆうべのことだ。佐伯と会って話をした気がするが、どうも記憶があやふやだ。そういえば義母のことを言っていた。

「朝御飯、食べる？　といってもパンだけど」

「ああ……」

佐伯から持ち込まれた見合い話に、義母と一緒に住んでくれるならと答えたことがある。その件についてだったのだろうか。いや、そんなことではない。

美穂がキッチンへ歩いていった。

頭を巡らせる。思考がいまだに頼りない。そうだ、確か義母は死んでると佐伯は言っていた。何だって？　いったいどういう冗談だ。

目を閉じてみた。やはり夢だろうか。薬を飲んだのが署に戻ってからで……。

一瞬、不思議な頭痛がした。全体ではなく脳の一部がつねられたような痛みだ。

「はい」

美穂が食パンとカップスープを運んできた。座卓に目をやる。

「焼いてくれないわけ？」

「そういうの、先に言ってよ。トースターはどこにあるの」

「……いいよ、このままで」

起きあがり、パンを食べた。うまく喉を通らないので自分で冷蔵庫まで歩き、牛乳をパックから飲んだ。身体を動かしたらやっと目が覚めた気分になった。

カーテンを開けた。まぶしいほどの空の青だ。両手を伸ばし胸を反らせた。

「ねえ、花村さんって馘になるの」美穂がテーブルに頬杖をついて聞いた。

「さあ、どうだろう。退職させられる可能性が高いけどな」

「そうだと、わたしいやなんだけど」

「……なんで」

「現職でいるうちは無茶しないでしょう。でも辞めたとなると、何するかわかんない」

「あんな男と寝るからだろう」

「九野さんにふられたからだよ」

「ふざけるな」九野が睨みつける。

脇田美穂は、周囲の男という男すべての気をひかなければ気が済まないタイプの女だった。転任早々、色目を遣われ、あっさり関係をもった。その後評判を聞かされたが、憤慨もしなければ肩を落とすこともなかった。自分にも都合がよかったということだろう。美穂が若い巡査に鞍替えしたところで縁は切れた。未練も何もなかった。

ただ署内で顔を合わせたとき「おっす」と言われたのには驚いた。

「前から聞きたかったけど、おまえ、なんで婦警になったんだ」

「親がなれって言ったのよ。父親、警官だし」

「おい、聞いたことなかったぞ」眉をひそめた。

「言いたくないでしょう、そんなこと」

「所属と階級は」

「聞かないの」

「泣いてるか」

「大泣きしてるよ」美穂は鼻の頭に皺を寄せている。

九野は着替えるためにタンスを開けた。

「……ねえ、しようよ」ミニスカートをはいた美穂が膝をくずした。

「何言ってんだ」

仏壇の扉はここ数日閉じたままだ。


署に着いたのは昼近かった。途中、服部の携帯に連絡を入れた。体調が悪くて起きられなかったと謝った。朝の行確は一人でやったらしい。「お大事に」服部は冷淡に見舞いの言葉を言っていた。

廊下で佐伯と出くわした。

「おう。おぬし、調子はどうだ」いつもより低い声だった。

「いいですよ。ところで主任、ゆうべは何の話でしたっけ」

佐伯がむずかしい顔で九野の顔をのぞき込む。

「……いや、なんでもない。気にしなくていいんだ」

「わたしの義理の母がどうとか言ってましたよね」

「いいんだ」

「よかないでしょう」

「おぬしがあんまり眠そうなんでやめにしたんだ」

「何をやめにしたんですか」

「……見合いの話だ」

眉を寄せる。「そうでしたっけ」

「なあ」佐伯が肩に手をまわしてきた。「半日でいいんだ。いっぺんおれに付き合ってくれないか」

「どこへですか」

「病院だ」

「病院？」

「ああ、ここんとこ胃の調子が悪くてな。警察病院には行きたくねえし、どっか別のところへ行こうと思ってんだ。一人じゃ心細くてな。連れションみたいなもんだ」

「そんな子供みたいな」苦笑した。

「とにかく付き合え。いいな」

佐伯は九野の背中をポンとたたくと、サンダルの音をたてて廊下を歩いていった。

捜査本部から外れた佐伯はすっかり暇なようだ。曲がり角のところで婦警をからかっていた。

刑事部屋に入る。いちばん奥の机の坂田課長と目が合った。すぐさま坂田が視線をそらす。

五秒ほど思案し、課長席の前まで行った。貸しがある気になっているので臆することはなかった。

「課長」声をかける。

「なんだ」書類に目を落としたまま坂田が答えた。

九野は顔を近づけた。ささやくように言う。

「例の辞表、ちゃんと課長のところで止めていただいてるんですよね」

書類を忙《せわ》しくめくり、続いて机の引き出しを開けた。判子を拾いあげる。何も答えようとしなかった。

「どうなんです。まさか上に回ったってことはないですよね」

「回った」

ぶっきらぼうな物言いだった。九野が耳を疑う。

「回った？　どういうことです」声を低くしたまま語気を強めた。

「どうもこうもない。回ったってことだ」

坂田が怒ったように顔をこわばらせている。まだ九野を見ようとはしなかった。

「約束がちがうでしょう」机に手をついた。

「何の約束だ」

「自分のところで止めるって言ったじゃないですか」

「部屋を出ろ」

「はい？」

「第二取調室へ行け。空いてるはずだ。あとから行く」

顔が熱くなった。奥歯をかみしめ、踵をかえす。何が起きているのかまるでわからなかった。

取調室で待っていると、ほどなくして坂田が現れた。

「九野、落ち着け。まだ決まったわけじゃない」戸を閉めるなりいきなりそう言った。椅子に座る。「ただ、覚悟はしておけ」初めて九野の目を見た。

「覚悟って」

「本庁の監察が入ってる。厳正な態度で臨むそうだ」

「だったら事情聴取ぐらいしてくださいよ。こっちだって言いたいことはいっぱいあるんですから」

「いずれそうなるかもしれん。ただ、最悪の事態も想定しておいてくれ」

「どうしてこうなったんですか。花村が腹いせにガキを使って出させた被害届でしょう。そんなものにどうして本庁が出てくるんですか。話が変でしょう」

「別に変じゃない。組織とはそういうものだ」

「答えになってませんよ」

「再就職はおれが責任をもって世話する」

九野は眉間を寄せた。

「もしもの場合はだ」

「そんな馬鹿な」机を叩いた。

「小さな会社には絶対に入れさせません。おまえは大学出の警部補だ。それなりの会社でそれなりのポストを必ず見つけてやる」

「冗談じゃない」

「悪いようにはしない」

「悪いようにしてるでしょう」

「それから、書類送検の可能性もあるからその腹積もりだけはしておいてくれ」

「あんた本気で言ってるのか」

「口を慎め。おれはおまえの上司だ」

「だったら上司らしく約束は守って――」

「以上だ」坂田が椅子から立ちあがる。「現時点においては他言無用のこと」

九野が見上げると、視線の先はすでに坂田のうしろ姿だった。

「ちょっと……」

ドアが閉められる。とりつくしまがなかった。十年以上警察官として働いてきて、このあっけなさは何なのだ。ひと一人の人生がこんなことで決められていいものか。怒りが込みあげてきた。

九野は取調室を出ると階段を駆けあがった。踊り場で若い署員とぶつかる。床にバインダーが散乱した。「すまん」それだけ言って先を急いだ。

五階までいっきに駆け昇った。息が切れる。薬が残っているのか、立ち眩《くら》みのように頭が一瞬痺れた。廊下を大股で歩き、副署長室のドアを開けた。

「なんだ、九野。呼んでないぞ」

工藤がよく透る声を響かせた。いつもはしていない眼鏡をかけ、手にはペンを持っている。

「わたしの辞表はここにあるのでしょうか」

「どうした、やぶからぼうに」

「わたしの書いた、いや課長に書かされた辞表です。工藤さんがお持ちですか」

工藤がゆっくり眼鏡をはずす。指で二度三度と眉間を揉んだ。鷲鼻が上を向いた。

「最後まで善処はする。まだ決定ではない」

「でも受理する方向なんでしょう」

その問いに工藤は答えない。

「常識で考えてください。少年相手に立ち回りを演じたくらい、辞めなければならないことでしょうか。前例からしても、訓戒もしくは減俸が妥当だと思います」

「万が一のとき、再就職先はおれが責任を持って探す」

工藤は胸を反らせ、椅子を軋ませて言った。

「さっき課長から同じ台詞を聞きました」

「坂田と一緒にするな。おれの方が顔は利く」

「こっちにそんな気はありません」九野の口からつばきが飛ぶ。

「餞別《せんべつ》もおれが直接集めてやる。本庁にも出向いて集めてやる。最低でも五百万だ。それから再就職先からは支度金を用意させる。合わせて一千万はいくようにしてやる」

「何があったんですか」

「何もない」

「何もないわけがないでしょう。ただの依頼ならどうしてそこまで」

「熱くなるな。頭を冷やせ」

「一生の問題ですよ」

「おまえの悪いようにはしない」

「それも課長が言いました」

「だから坂田と一緒にするな」

「とにかく納得のいく説明をしてください」

「退室してくれ」工藤がまた眼鏡をかけた。書類に向かう。

「むちゃくちゃじゃないですか」

「退室っ」工藤の鋭い声が部屋に響き渡った。

しばし立ち尽くす。もう工藤は九野を見ようとはしなかった。

奇妙な空白感を味わい、副署長室をあとにする。身体に力が入らなかった。頭もうまく回らない。階段をぎくしゃくとした足どりで下りた。

刑事部屋へ行く気にはなれず、そのまま外に出た。少し気の早い初夏の陽気だった。上着を脱ぎ、肩にかける。

警察、辞めるのか。心の中で思ってみた。けれど実感が湧かなかった。署の建物を出てみれば、どこか他人事めいた感覚もある。

携帯を取りだし義母に電話しようとしたが、少し考え、やめにした。

いま心配をかけることはない。決まってからでもいい。

それに義母はショックを受けたりしないだろう。危険できつい仕事だと、前から九野の身を案じていたのだから。

また頭痛がした。義母のことを思うと頭が痛くなる気がする。

公園までぶらぶらと歩いた。ベンチで午後の時間を潰した。


夕方からの及川の行確には出かけた。さぞや服部は機嫌が悪いかと思えばそうではなく、逆に九野の身体を気遣った。

「九野さん、ずっと独身だと思ってたんですが、以前は結婚してたんですね」なぜか声までやさしかった。「一課に大沢っているでしょう。今日、奴と昼飯を喰ってて聞いたんです」

「ああ、そうですか」

「七年も前のことだけど、お悔やみ申し上げます」背筋を伸ばして言った。

「あ、いや」慌てて九野も姿勢を正す。

「一挙に二人も失うとね……」

「え……ああ、おなかに子供もいましたしね」

「そうだったんですか」服部が顔を歪めた。「そりゃ大変だ……。大沢がね、たまには本庁にも遊びに来てくださいって言ってました」

「ああ、元気ですか、あいつ」

「馬鹿だから風邪もひきませんよ」

九野が思わず苦笑する。服部の冗談を聞いたのはこれが初めてだった。

服部は新しい情報をもっていた。戸田総務部長が海外出張から帰ってきたらしい。本庁の捜査員が近々任意で事情を聞くことになるのだろう。

「ＯＢの邪魔に遭いながらね」服部が皮肉っぽく口の端を持ちあげた。

及川のアフター・ファイブは相変わらず惨めなものだった。この夜は客もまばらな劇場で難解な白黒映画を観ていた。夕食は立ち食い蕎麦。及川の頬は退院以来どんどんこけているように見えた。

駅の改札口手前で、九野は若い二人組のサラリーマンをつかまえた。

「おい、何か用か」

振り向きざまに一人の腕をつかむ。二十代後半とおぼしき男の顔がたちまち青ざめた。

服部がもう一人の男の腰ベルトを背中からつかむ。服部もとっくに気づいていたらしかった。

「なんでつけてくる。品川からずっとだな」

改札上の発車時刻案内に目をやる。本城方面行き急行にはまだ十分あった。二人を柱の下につれていく。

「何をするんですか。人違いなんじゃないですか」男の声が震えていた。

「とぼけるな。警察だ。身分を証明するものを見せろ」

迫力に押されたのか、男がぎこちない手つきで内ポケットから定期券を取りだす。中の免許証を見せた。

「名刺も出せ」

「乱暴ですね、最近の警察は」もう一人の男が顔をこわばらせて言った。「令状でもあるんですか」

「やかましい、さっさと出せ。見当はついてるんだ」九野が一喝した。

観念したのか男が名刺を出す。案の定、「ハイテックス総務部」の肩書が印刷されていた。

「遊びか。業務命令か」

遊びだとわかっていた。にやにや笑いながらついてきたのだ。

「遊びです……」揃って目を伏せた。

「職場の仲間が刑事に尾行されててうれしいか」

「いえ……」蚊の鳴くような声だった。

「どうせ社内じゃ噂になってんだろう。明日はこれの報告会か」

いたずらを叱られた小学生のようにひたすら下を向いている。

「もういい、帰れ。今度見つけたら公務執行妨害でしょっぴくからな」

解放すると二人の男は軽く頭を下げ、小走りに去っていった。

服部と顔を見合わせ、どちらからともなく首をすくめる。

及川の職場での孤独を思った。いや、家庭でも同じくらい孤独なはずだ。

哀れというより苛立ちを覚えた。

「九野さん、話しかけたりしないでくださいよ」服部が見透かしたように言った。

「我々は朝と夕、及川の行動を確認するだけの任務なんだから」

「ええ、わかってます」

「あとは上にやらせましょうよ」

及川は午後十時過ぎに自宅に戻った。玄関の外灯を浴びた彼の横顔はほとんど土気色に見えた。

署に戻ると、刑事部屋に井上が居残っていた。ほかにも数人いたが、井上以外は顔を合わせようとしない。

様子が変だった。たった今ここで事件でもあったかのような、そんな空気の重さだ。

「何かあったのか」席に着き、小声で聞いた。

「佐伯主任が課長を絞め落としました」井上が声を低くして答える。

意味がわからなかった。眉をひそめる。

「さっき武道場で、柔道の稽古で」

「こんな時間にか」耳を疑った。

「ついでに頸椎捻挫《けいついねんざ》で病院に行きました」

「誰がだ」

「坂田課長がですよ」

「ちゃんと説明しろ」

「わかりません」

「わかりませんって」

「誰も教えてくれないんですよ」いっそう声をひそめた。「ここで仕事をしてたら、交通課の人が駆け込んできて、『おい、おまえんところの課長と主任が武道場で喧嘩してるぞ』って。それでみんなで四階に上がったら、武道場の電気がついていて、課長が畳の上でのびてたんですよ」

「よくわからんな」

「こっちだって」

「佐伯主任はどこにいる」

「一応、病院についていったみたいですけど」

周りを見渡した。やはり誰も九野を見ようとしない。

事情を知りたかったので部屋に残った。背もたれに身体を預け、何本もたばこを吹かす。すっかりニコチンが血管に馴染んでいた。

刑事部屋で会話を交わす者は誰もいなかった。

午前零時を過ぎて佐伯が帰ってきた。口を真一文字に結んでいる。佐伯は目が合うなり顎をしゃくり廊下へと出ていった。

九野があとに続く。井上もついてきた。

「おい、井上。おまえは来るな」と佐伯。

「そんなあ」井上が抗議の声をあげる。

「おまえのためだ。知ると後々面倒になる。まだ若いんだ。警察内で世間を狭くすることはない」

手で追い払うと、井上は渋々戻っていった。

「外へ行こう」そう言って先を歩いていく。「静かな所がいい。中庭にするぞ」

当直の署員とすれちがったが、佐伯には目を伏せたまま会釈するだけだった。途中、佐伯が自販機で缶コーヒーを二本買った。黙って一本を九野に手渡した。通用口から外に出る。月明かりが玉砂利を白く照らしだしていた。

「よし、ここだ」

佐伯が植え込みの縁に腰かけた。九野はその前に立つ。

「おぬしの書いた辞表、上に回ったそうだな」

「ええ、課長に聞きました」

「やけに冷静じゃないか」

「そうでもないですよ。昼間は抗議もしたし、工藤副署長のところにも怒鳴り込んだし」

「そうか」缶のプルトップを引く。「副はなんて言ってた」

「再就職は面倒をみると」

「ふん」

鼻で笑った。佐伯は喉を鳴らし、コーヒーをいっきに飲んだ。九野も口をつける。

「いいか。順序だてて話をするからな」大きく息をつき、手の甲で口を拭った。「ハイテックスの放火事件直後、清和会のガサでやっかいなもんが押収された。それが発端だ」

「やっかいなもの？」

「ああ、大倉って幹部がいるだろう。そいつの事務所からだ」

ぬるりとした膚《はだ》の顔を思いだす。目は爬虫類《はちゆうるい》を想像させた。

「大倉は自動車金融をやってるが、そこで担保流れした車をうちの署員に安くさばいてたんだ。花村を窓口にしてな」

「そうですか……」

「ああ、名義変更時の控え書類とか、住民票の写しとか、ごっそり出てきたんだ」

「ええ」

「二十五台分だ」

「はい？」

「つまりうちの署の人間が二十五人、花村経由で暴力団から車を買っていたってことなんだ。刑事課はもちろん、交通課も地域課も……」佐伯がたばこに火を点ける。闇の中に煙を吐いた。「一年落ちのマークⅡが八十万だとよ」

「そりゃ安いや……」

「本来なら清和会系の中古車屋に卸して相場で売るんだろうが、ま、警察セールってとこなんだろうな」

そういえば大倉はＢＭＷを買わないかと言っていた。大倉の経営するスナックに行ったときのことだ。

「それでな、本庁四課から来た管理官はそれを知って激怒したそうだ。本城署を大粛正《しゅくせい》してやるってな。……おれたちが地取りしたり、おぬしらがハイテックスを捜してる間、あの管理官は清和会と署の癒着《ゆちゃく》について調べてたんだ。数人の子飼いを使って。放火事件なんざあの管理官にとってはどうでもよくなっちまったんだ」

「そうだったんですか……」

「ところがこれだけの規模の粛正となると、警視ぐらいの階級じゃ好きにはできねえんだ。本庁のもっと上が出てきた。決まったのが段階的処罰だ」

「段階的処罰？」

「いっぺんに二十五人もどうやって処分する。外にばれないわけがない。各自に別口の服務規程違反を押しつけて、二年がかりで一人ずつ減給並びに降格処分にするそうだ」

九野は肩を揺すって笑った。「よく考えますね、出世した人は」

「でも花村は別だ。こいつだけは本庁としても許すわけにはいかない。もともと問題の多かった男だしな。副に楯突いたことだって本庁はとっくに知っている。だから懲戒に決まりかけていた」ここで佐伯がため息をつく。「ただ……花村も口が利けねぇわけじゃねぇ。おとなしく馘になるようなタマじゃねぇんだ。口止め料をよこせとよ」

「金ですか」

「まさか、誰が現金なんか出すもんか。自分を依願退職扱いにして、ついでに副とおぬしを辞職させせろとよ」

全身からゆっくりと力が抜けていった。九野も佐伯と並んで腰かけた。

「おぬし、花村の女にちょっかい出したのか」

「花村の誤解ですよ」

「大災難とはおぬしのことだな」

「工藤副署長はどうするつもりなんですか」

「副も辞表を書いたそうだ」

驚いて佐伯を見た。

「少しは見直したというか……いや、見直しちゃいけねえか、こんなことで」頭を掻いていた。「もともと価値観がくるってんだよ、全員のな」

九野はたばこに火を点けた。しばらく二人で黙っていた。夜風が吹いてきて、足元に置いてあった空き缶がころころと音をたて転がっていった。

「ああ、そうだ」九野が口を開く。「坂田課長とやり合ったそうで」

「あの課長も二十五人のうちの一人だ」

声が出なかった。

「呼びだして道場でとっちめてやった。観念してたんだろう。あまり抵抗しなかったな」

「問題にならないんですか」

「互いに柔道着を着てたんだ。立派な夜稽古よ」

「気まずくなるでしょう」

「おぬしが心配することじゃない。それに真っ先に降格だろうよ」

遠くの国道で暴走族が走り抜ける音がした。甲高いクラクションが夜風にのって届く。

「おれがおぬしにできることはもうなさそうだ」佐伯はそう言って九野の肩に手を置いた。

「花村が死んででもくれない限り、ひっくりかえすのはむずかしいだろうな」その手で九野の肩を揉んだ。「でも、ものは考えようだ。別の人生を歩むってのもいいかもしれんぞ。しばらく……そうだな、半年ぐらい南の島へ行って休むとかな。刑事やってりゃあ退職するまで一生かなわないことだ」

「ええ、そうですね」

「おぬしは素直だな。おれなら大暴れしてるぞ」

「放火事件はどうなるんですかね」

「知らんよ。本庁がハイテックス本社に脅しを入れて、第一発見者をまずは業務上横領で逮捕するんじゃねえのか」

「ハイテックスの総務に警視庁ＯＢが天下ってるそうです」

「そうなのか。おぬしも事情通だな」

「相方に聞きました。週刊誌に出てたことですよ」

「ふうん。じゃあ長引くのかな。どうでもいいさ。どっちにしろ屁みてえな事案よ。マスコミだってすぐに飽きるさ」

佐伯が両手を突き上げ、伸びをする。大きな欠伸をした。

同時にやけ気味の大声を発した。その声が四方の建物に響いていた。

29

力を入れて擦ったら泡で手が雑巾から滑り、便器を直接てのひらで触ってしまった。

　渡辺裕輔は思わず顔をしかめる。ついでにしぶきが口元にかかり、便器に向かって何度も唾を吐きつけた。

　隣で洋平が笑っている。洋平は床をタワシがけしていた。

「おい、便器はおまえがやれよ」裕輔が口をとがらせる。

「昨日はおれがやっただろう。順番じゃねえか」

　洋平が腕で額の汗を拭って言った。自分の部屋すら掃除しない男がここではやけに熱心だ。今朝は大倉のベンツをスポークホイールの一本一本まで磨いていた。

　裕輔と洋平が大倉総業の部屋住みになって三日がたつ。裕輔は渋々だが洋平は志願だ。洋平は本当にやくざになりたいらしい。親が離婚してばらばらなので、止める人間がいないのだろう。弁当屋はさっさと辞めてしまった。

　裕輔は当初、「部屋住みになれ」という大倉の脅しに懸命に頭を下げ、弘樹の家に避難することで話がついたが、井上という刑事はよほど仕事熱心なのか、あっさり居所をつきとめられた。屋根から道路に飛び降りるという芸当を生まれて初めてやる羽目になった。

　おまけに恐る恐る学校に顔をだすと、たちまち体育教師に取り囲まれ、本城署に通報された。トイレに行くと偽って窓から逃げた。

もう行くところは大倉の事務所しかなかった。

大倉はにやりと口の端だけで笑うと、「断っとくが、おまえはいつでも帰れるんだからな」と言った。万が一に備え、「住むところがなくて転がりこんだ」という筋書きを教え込まれた。自称十九歳ということにもなっている。

これで高校生活はおしまいだな――。裕輔はやけに乾いた心で思った。どうせ進学したところで、四流大学など出るだけ恥か。そう自分を慰めることにした。

やくざになる気は毛頭ない。大倉は、九野という刑事が辞職した時点で解放してやると言っていた。自分の顎の骨を折ってくれた刑事だ。どういう事情があるのか説明もされていないが、あの刑事が困るのなら気味がいい。

この件が済んだらアパートを借りよう。学校を馘になれば親もあきらめるだろう。女を連れこんで毎晩セックスして過ごしたい。

洋平がやくざになりたがる気持ちは少しだけ理解できる。大倉のお供で夜の新町へ行ったときだ。ベンツの前で待たされ、大倉が店から出たところでドアを開けた。言われたとおり「お疲れさまです」と声を張りあげた。そのときたまたま顔見知りの暴走族ＯＢが路上にいた。驚いた目で裕輔と洋平を見ていた。この男が今後自分たちにパー券を売りつけることはないだろうと思った。

ただ、今はひたすら掃除と雑用の行儀見習いだ。兄貴分がたばこをくわえたとき、ぼうっと見ていたら灰皿で頭を殴られた。しかもガラス製の灰皿でだ。

「おい、済んだか」

その灰皿の兄貴分がトイレのドアを開けて言った。

「はい、もうすぐです」洋平が元気な声を出す。

「おめえらがちゃんとやらねえと、社長に叱られるのはおれだからな」

そう言って兄貴分は腰を屈めると、目を凝らし、小便用の朝顔を点検した。

「なめてみろ」裕輔に向かい、顎をしゃくる。

「はい……」

腹筋に力をこめ、心の中で気合を入れてなめた。昨日は洋平がやらされたのでとっくに覚悟はできていた。

「床は水で流したら水滴も残すなよ」

兄貴分はそう凄んでトイレを出ていった。

すぐさま唾を吐く。洋平は黙ってにやついていた。

仕事がないときは事務所の隅で立っている。組員がたばこをくわえると走って火を点けにいき、来客があればお茶をいれるのだ。

この日は午後になって花村が現れた。こいつはまだ刑事を辞めていないはずなのに、てかてかと光る生地のスーツを着ている。シャツは赤だ。

「大倉よ。九野を痛めつける方法だがよ」

花村がソファにどかりと身を沈め、たばこを取りだす。洋平が走った。

「はい、なんでしょう」大倉は奥の大きな机でパソコンに向かっている。

「やつが車に乗ってるとき、ダンプで追突するってのを思いついたんだがよ」

「ダンプでですか」大倉がパソコンを打つ手を休め、椅子を回転させた。「そりゃあ本城署との戦争になってしまいますよ」

「もちろん辞職してからだ」

「でも一応OBになるわけだし、当て逃げといえどもマジで捜査してくるでしょう。塗料ひとつでばれてしまいますよ」

「大丈夫だ。神奈川まで逃げてさっさと解体しちまえばいい」

「それにしたって」大倉がたばこをくわえ、今度は裕輔が走った。「ダンプはどうするんですか」

「おまえの組の息のかかった産廃業者がいるだろう。廃車寸前のやつでいいんだ。手配してくれ。それと若い者を二人ほど貸してもらいたいんだがな」

花村は片足を自分の膝に乗せ、エナメルの靴の埃を払っていた。

「それはちょっとね」大倉が椅子に深くもたれる。たばこの煙を天井に向けて吹きかけた。

「なんだ、おれの頼みがきけねえのか」

「九野とわたしは無関係でしょう」

「そう言うなよ。おれとおまえの仲じゃねえか」

「しかし若い者を貸せっていわれると……」

「これまでさんざん面倒みてやっただろうが」

「あれ、そうでしたっけ」

大倉が机の上に足を投げだす。それを見て花村が顔色を変えた。

「おい、大倉。おまえのやってる興信所に犯歴者リストを回してやったのはおれだろうが」

「確かあれには百万払ったと記憶してるんですが」

「あちこちの課の刑事を紹介してやったのは誰だ」

「でも飲み代は全部うちが払ってるんですよ。おまけに何台も車を安く譲ってるし」

「なんだと」花村が険しい目で大倉を睨んでいる。

「車の一件じゃあうちも迷惑したんですよ。花村さんがわざと押収させろって言うから、書類一式を出しておいたんですが、それでうちの事務所は本庁にまで目をつけられちゃいましたよ。警察に貸しがつくれるって言うから信用したのに」

裕輔は洋平と目を合わせた。自分たちにも雲行きがあやしくなっているのがわかった。組員たちも厳しい顔で成り行きを見守っている。

「……犯歴者リストでパクってやろうか」花村が唸るように言った。

「あれはもう処分しましたよ。だいいちこの前ガサが入ってるんですよ。そんなやばいもん誰が残しますか。それより花村さん、いつまで刑事のつもりでいるんですか。せいぜいあと一週間の命でしょう」

花村は返す言葉がないのか、拳を握りしめ、顔全体を赤くしていた。

「それから、今後は口の利き方にも注意していただかないと。さん付けで呼べとは言いませんがね、せめてわたしのことは社長とか呼んでくださいよ」

「……用がなくなりゃあ態度が変わるんだな」

「花村さん、ひとつ忠告していいですか。新町でスナックをやるそうですが、客商売っていうのはきついですよ。頭も下げなきゃなんないし、客の無理も聞かなきゃなんない。そういう態度じゃ半年ともちませんよ」

大倉は机から足を降ろすと立ちあがり、上着の襟を直した。

「それから美穂とかいう女には逃げられたそうで。新しいママを探すにしても――」

「うるせえ」

花村が声を張りあげる。隣の洋平がぴくりと動いた。

「花村さん、お静かに」

「もうおまえには頼まねえ。組長のところへ行ってくる」

「会えやしませんよ」

「やかましい」

「花村さん、うちはシャブは御法度《ごはっと》なんですよ」

「……なんの話だ」

「知ってますよ。金井のところの若い者に調達させてるそうじゃないですか。組長に知れたら金井はどうなるんですか。立場を考えてやってくださいよ」

花村が黙る。耳たぶまで赤かった。

「本部の若頭も薄々は気づいてるんですよ。だから組長に面会なんてさせませんよ」

花村がテーブルを蹴る。湯呑みが床に落ちて割れ、甲高い音が事務所内に響いた。

「おい、お帰りだ」

大倉にそう言われて裕輔は扉へと走った。戸を開け、脇に立つ。花村はゆっくり近づくと裕輔の足元に唾を吐いた。思わずよける。顔を見たら試合前のプロレスラーのような目をしていた。廊下に出たので扉を閉めた。

「ふん、いつまで刑事気取りでいやがるんだ。シャブ中のくせしやがって」

大倉が残酷な笑みを浮かべていた。

夕方になると洋平は使いに出された。系列の組に酒を届ける用事で、洋平は兄貴分から挨拶の仕方を手取り足取り仕込まれていた。「しくじったら歯ァ抜くぞ」と脅され、青くなっていた。

その間の雑用は裕輔一人で賄うことになった。茶がぬるいといっては殴られ、窓から差し込む夕陽がまぶしいといっては尻を蹴飛ばされた。

日が暮れたころまた来客があった。インターホンが鳴り、裕輔が急いで受話器を取った。「どちらさんで」というのが教わった応対のし方だ。

「ハイテックスの戸田と申します」

いかにも堅気っぽい丁寧な口調だったので拍子抜けした。

「社長、ハイテックスの戸田さんっていう方ですが」

奥に向かって伝えると、大倉は金の刺繍《ししゅう》の入ったネクタイを締めて出てきた。

「おう、丁重にお通ししろ」

扉を開け、ソファに案内した。少々貫禄はあるが、どこにでもいる会社員といった風情だった。野球のホームベースを思わせる顔だ。自分の父親ほどの年齢だろうか。

男は硬い表情をしている。

流しに行ってお茶の用意をした。あのおじさん、脅されるのかな。やかんにお湯を沸かしながら裕輔はそんなことを思った。やくざの事務所に呼び出されたのだ。怒声が飛び交うのかもしれない。

ところがお茶をテーブルに運ぶと、大倉は丁寧な言葉でしゃべっていた。

「どうでしょう、お考えいただけましたでしょうか。そちらにとっても悪い取引じゃないと思うんですけどね」

目は笑っていないが、少なくとも脅している雰囲気ではない。

「しかし三億というのは、ちょっと……」

三億という言葉を聞き、思わずお茶を床にこぼした。

「こらァ。何やってんだ」

たちまち大倉の鋭い声が飛び、裕輔は身を縮めた。慌てて雑巾を取りに走る。兄貴分が追いかけてきて一発お見舞いされた。

部屋に戻り雑巾で男の足元を拭いた。

「東証二部に上場なさるんでしょ。イメージダウンだけは避けなきゃなんないでしょう」

大倉はそんなことを言っていた。何の話かはわからない。ただ三億が気になり、つい聞き耳を立ててしまった。

「上に相談しましたところ、金額的に……」

「まあ金額は相談に乗ってもいいですよ。こちらが持ちかけた話ですし。でもね、早めに決断なさった方がいいですよ。ほら、週刊誌にも出てたでしょう。早くしないとおたくの社員、逮捕されちゃいますよ」

「いや、それはこっちでも時間稼ぎを考えてまして」

「ほう、どうやって」

「うちの総務相談役が警視庁ＯＢでして、その線で……」

大倉の顔がこわばった。「まさかこの件はかんでませんよね」

「ええ、それはもう、話がややこしくなるだけですから。知ってるのはわたしと担当重役の二人だけです」

大倉が表情を緩めた。

「そりゃあそうでしょうねえ。警察ＯＢってのは会社のことなんか考えてませんから。ワンワン吠えるだけの番犬で、経営ってものを知らない」

「ええ、まったくもってそのとおりで」男はひきつった愛想笑いをしていた。

「おい、いつまで拭いてんだ」

大倉に言われ、その場を離れる。裕輔はまた部屋の隅の立ち番になった。

二人はひそひそ話をはじめた。声は聞こえてこない。

三億か――。金のことだろうな、やはり。裕輔はシノギのスケールの大きさに驚き、大倉を見直した。パー券を売って小遣い稼ぎをしている暴走族などやはりチンピラなのだ。

洋平はこういう世界へ入るのか。やや羨ましくもあった。

戸田と名乗る男は三十分ほど大倉と話しこみ、むずかしい顔で帰っていった。


夜になると、大倉は洋平だけを連れて飲みに出かけていった。裕輔は留守番を言いつけられ、兄貴分たちにこき使われた。掛け軸が曲がっているといっては殴られ、出前が遅いといっては頰をつねられた。

大倉と洋平は十二時過ぎに帰ってきた。大倉は自宅に引きあげ、裕輔と洋平は奥の部屋に布団を敷いて横になった。

「おい、裕輔。おれ、舎弟にしてもらえそうだぞ」

豆電球がわびしく灯る部屋で洋平がぽつりと言った。

「まだ部屋住み三日目だろう。そんなに簡単に盃なんかもらえるのかよ」

「ああ。社長がくれるって言うんだ。だから、おれ、少年刑務所に行くかもしんねえ」

その言葉に洋平を見る。洋平は顔を天井に向けたままだった。

「どういうことよ」

「先月、中町のナントカって会社が放火されただろう。覚えてねえか」

「いや、知らねえ」

「裕輔、新聞ぐらい読めよ」

「おまえが言うな」

「でな、その放火事件、おれに被らねえかって社長が言うんだ」

「なんだよ、それ」

「身代わりだよ。誰がやったか知らねえけど、おれがやったことにするんだよ」

「嘘だろう。おまえ刑務所なんかに入りてえのかよ」

裕輔が身体を起こす。洋平を見下ろした。洋平は腕を頭のうしろで組み、どこか遠い目をしている。

「社長が言うんだよ。刑務所は男を磨くには格好の場だろうって。だってよォ、全国からワルい奴がいっぱい集まって来るんだぜ。顔がつながるじゃねえか。社長も府中に三年入ってて、そんときの人脈が今も役に立ってるってよ。放火は罪が重いかもしれねえけど、どうせおれは十七だし、一年以内で済むみたいだし。帰ってきたらポーカー喫茶ひとつ任せてくれるっていうし、だいいち社長の舎弟にしてもらえるし……。いい話なんだぜ。一年部屋住みやって舎弟になるか、一年勤めて舎弟になるかのどっちかなんだよ。あとのこと考えたら勤めた方が得なんだよな」

「もう一度考えた方がいいんじゃねえのか。だいいちおまえ、ほんとにやくざになりてえのかよ」

「ああ、なりてえ」

「ほかの道もあるだろうが」

「何があるんだよ。高校中退で親がどっか行っちまって、雇ってくれるとこなんかしれてんだぜ。また弁当屋か。弁当屋なんか続けてどうなる」

「そりゃそうだろうけど……」

裕輔が口ごもる。また布団に入り、枕に頭を沈めた。

「この前、新町で元ジョーカーの高野が目ェ丸くしたの見たか」洋平が言った。

「おお、見た見た」やはり洋平も気づいていたのか。

「大倉さんと一緒にいただけでおれらにびびってただろう。おれ、あんとき本気でやくざになろうと思ったわけよ」

「実を言うとおれも少しは考えた」

「そうだろう。おれは勤めを終えて帰って来たら、もう西高の曾根だとか、商業の山田とか、あいつらにはデカイ顔させねえぜ。とっちめて金巻き上げてやる」

「おまえが出るころには卒業してんだろうが」

「じゃあ暴走族の連中をシメて上納金を取り立ててやるってえのはどうだ」

「おれにも分けてくれるか」

「おまえは集金係にしてやる」

「えらそうに」つい吹きだしてしまった。

「一年なんてあっという間よ」

「……ああ、そうだろうな」

「出たら幹部候補よ」

「……ああ」

なぜかもう引きとめる気にはならなかった。

「電気、消していいか」洋平が起き上がり電灯の紐を引いた。部屋が闇に包まれる。

「おれ、真っ暗にしねえと眠れなくってよ」

ごそごそと布団にもぐる音。洋平がひとつくしゃみをした。

「刑務所って夜も豆電球は消せねえんじゃねえのか」と裕輔が言う。

「ほんとかよ」

「なんかで読んだ気がする」

「……それって、やだな」

互いに黙った。裕輔は目を閉じ、鼻息ともため息ともつかない空気を吐いた。

一日中こき使われたせいか、睡魔がすぐそこまでやって来ている。

しばらくしたら隣から寝息が聞こえた。呑気な奴だ。
洋平はやくざになるのか――。そう思い、布団を被り直した。
自分は将来、何になるのだろう。
何かになれそうな気もするし、何かのチャンスが転がってくる気もする。
でも、せいぜいショップをもつぐらいだろうな。高校中退だし……。
もう十七歳か。いつまでも馬鹿やってらんねえよな。
これが終わったらいっぺん家に帰ってみるか。
寝返りを打つ。大きな欠伸が出て、口を閉じたときは眠りに落ちていた。

30

ビラ配りと抗議行動は多摩本店だけでなく、各支店を回るまでになっていた。及川恭子はパートがひけてからの時間はすべてそれに充て、小室たちと連日行動を共にしていた。今日は本城店で、店長の榊原がどんな顔をするのか見ものだ。

マイクを握ることにはすっかり慣れた。自ら申し出ることもあった。演説していると自分の中で不思議な力が湧いてきて、恍惚というのは大袈裟だけれど、ある種忘我の境地に浸ることができた。

昨日、香織が学校から泣いて帰ってきた。香織は泣いた理由を絶対に言おうとしなかった。健太は公園で遊ばなくなった。テレビゲームは一日三十分という決めごとはうやむやになった。

茂則には土日もどこかへ消えてくれと告げた。遠慮なく、冷徹に言った。茂則は頬をひきつらせると、弱々しい目でうなずいていた。

「お買い物中のみなさん、少しだけお騒がせします。わたしはスマイル本城店でパートをしている及川と申します。みなさんにぜひ知っていただきたいことがあります。それはスマイルがパートに押しつける労働条件についてです……」

自分の声が鳴り響いている。嫌いだった自分の声だが、なんとも思わなくなった。

「国はパートタイム労働法により、雇用者にパートにも有給休暇や各種保険を与えるよう指導しています。これには罰則規程もあり、つまり雇用者の義務と言い換えることができます。にもかかわらずスマイルは、パートに対して旧態依然とした労働条件を強《し》い、改善しようとする態度もみせず……」

店のガラスには自分が映っている。どうせ見られるのならと思い、ちゃんとメイクをした。赤い口紅をひき、爪にはマニキュアを塗った。

人に見られ続けることが若さを保つ秘訣だと、何かの本で読んだ記憶がある。先日見たビデオは、やはり心にひっかかっていた。老けて見えたのは、自分が緊張感とは無縁の生活を送ってきたからだ。

ガラスの向こうのレジからは久美が首を伸ばして見ている。目が合ったので手を振ってやったら、ぎこちなく笑んでいた。仕事を終えた淑子は私服に着替え、店の前にたたずんでいる。ワゴンセールがあるみたいだから、と居心地悪そうに言っていた。

恭子に同性を見下す感情はもうなかった。むしろ、つまらない付き合いから解放された晴れがましさすらあった。自分はすでに違う場所にいるのだ。

榊原や池田は、暗い顔で恭子たちの行動を見守っている。馬鹿な社長がいるばっかりに、社員たちは気が気ではないらしい。

荻原は別の用事があるようで、顔を見せていない。それはそうだろう。毎日こんなことばかりをしているわけにはいかない。彼は弁護士なのだ。

恭子は二十分以上も演説をした。台本もないのに言葉に詰まることはなかった。店側がトイレットペーパーの特売セールを始めたときは、「お一人様二パックまでだそうです」とからかってやった。

何かに抗《あらが》うように、恭子は常に背筋を伸ばしていた。気を緩めると、現実に引き戻されてしまいそうだから。

抗議行動が終わると喫茶店でおしゃべりをした。ここのところ恭子の話相手といえば市民グループの仲間ばかりだ。この仲間しか話し相手がいないと言ってもいい。近所の主婦や職場の人たちとはずいぶん口を利いていない。

グループでは新入りのくせに会話の中心にいた。ここでは自分が一目置かれていると実感することができた。

「及川さんもすっかり闘士ですね」二十代半ばの女が尊敬のまなざしを向けて言った。

「ほら、わたしの言ったとおりでしょ」小室が横から口をはさむ。「最初に見たときピーンときたのよ。見た目は物静かだけど、心には熱いものがある人だって」

「そんな」恭子は照れて手を左右に振った。

「だってそうだもの。普通の人ならここまでできないと思うの。まず近所の目を気にするでしょ。夫に反対されるでしょ。たいていは腰が引けちゃうものなのよ」

「及川さん、ご主人はなんて言ってるの」と別の女。

「何も」

恭子はそう答えた。だいいち知らせてもいない。

「理解あるのねえ」

「ううん。諦めてるだけよ」軽く笑おうとして頬がこわばった。

「ところで荻原さんは？」誰かが聞く。

「荻原さんは本店。社長と直談判してるの」小室が答えた。

知らなかった。だから今日は不在だったのか。

「スマイルもだいぶまいってるみたいよ。社長が、というより周りの幹部連中がだけど。実は今朝方、とうとう向こうから会いたいって言ってきたらしいの」

「じゃあ、いよいよフィナーレかしら」

「わからないわよ。あの社長、ヒステリー起こすタイプだから」

「また卵投げたりしてね」別の誰かが言い、みんなで笑う。

恭子は、心のどこかでまだこの抗議行動が続くことを願っていた。もし終わったら、明日からどう過ごせばいいのかわからない。

そのとき店の扉が開き、荻原が勢いこんで入ってきた。茶封筒をひらひらさせ、顔は上気している。「交渉成立」と声を弾ませた。

「勝ったの？」

小室が立ちあがる。その言葉にグループが色めきたった。

「ほぼ要求どおりと言っていいんじゃないかな」

荻原は空いている席に腰をおろすと、誰かのコップの水をいっきに飲み干した。まるでビールを飲んだあとのように大きく息をつく。

恭子も心がはやった。勝つために戦ってきたのだから。

「ねえねえ、詳しく教えてよ」小室が荻原の腕をとって揺する。

「まあまあ焦らないで。飲み物の注文ぐらいさせてよ」

でも、やはり一抹の寂寥《せきりょう》感もあった。ああ、これで終わるのか。ぼんやりとそんなことを思った。

「あの社長、結局社長室から出ずじまいですよ。小林っていう専務が応対したんだけど、こっちが条件を出すたびに中座して、伺いをたてに行ってるわけ。なんか知らないけど、銀行の人間まで来てましてね、あれは社長に癇癪を起こさせないために取り巻きが呼んだんでしょう。もうおかしくって、おかしくって」

荻原が、運ばれてきたアイスコーヒーを手に持つ。ストローを抜きとり、直接口で飲んだ。

「ねえ、それでどうなったのよ」小室がせかす。

荻原は濡れた唇を手の甲で拭くと、不敵に笑み、口を開いた。

「向こう五年間、年三百万の献金」

「それって、すごいじゃない」誰かが眼を輝かせて言う。

「でしょ」

「応接セット、買い替えなきゃ」と別の女。

「その前にパソコン。そろそろ新しいやつに替えないと」

「そうそう、プリンターもね」

いったい何のことか。スマイルに要求が通ったのではないのだろうか。

「馬鹿な社長がいて助かったね」小室が笑っていた。

「もうリサーチどおり。前に組合を作られそうになったとき、むちゃくちゃな抵抗したでしょ。その話を聞いてたから、これはたやすい相手かなって」

恭子だけが話の輪に入ってゆけない。やっぱり自分の思っていたこととはちがうようだ。

女たちは興奮気味に戦果について語り合っている。

「あのう……」恐る恐る声を発した。「有給休暇は認められたんですか」

「あ、それはね」荻原が恭子の方を向いた。「我々の団体に年間三百万を献金することで話がついたんですよ」

「……献金？」

「そう。まあ賛助金ってやつかな。我々の活動費になるわけですよ」

ますますわけがわからない。その困惑顔を見て、荻原が小室に「なんだ、説明してないわけ」と聞いた。

「ごめんなさい。いつか話そうとは思ってたんだけど」小室の明るい口調は変わらなかった。「要求が通ればそれでよし。もし抵抗するようなら賛助金で取引しようっていうのがわたしたちの戦術なのよ」

「はい……」

「活動にはどうしても資金が必要でしょ。事務所を維持するのだって年間二百万円ぐらいはかかっちゃうし、ほら、マイクロバスを借りるのだってただじゃないでしょ。会員の寄付だけじゃ賄えないし、どうしたって企業献金がないと……」

「小室さんたちは共産党員じゃないんですか」

「ううん。昔はそうだったけど、今は独立して『桜桃《おうとう》の会』の運営委員なの。サクランボの桜桃ね。荻原さんはそこの顧問で、ここにいるみんなはメンバー。もっとも緩やかな組織だから決まった会費も取ってないし、強制されることは何もないし」

恭子の表情が曇ったのを見て、小室が「ごめんなさい」と手に触れた。

「徐々に説明しようと思ってたの。いきなり会の名前を出すと何かの勧誘みたいに思われるでしょ。でも、騙したつもりはないのよ。市民レベルの運動であることには変わりはないし、女性や弱者にやさしい社会を作ろうって志は共感してもらえてると思うの」

「ええ」恭子はうまくほほ笑むことができなかった。

「及川さんにあらためてお願いするわ。わたしたちの会の運営委員になってもらえないかしら。あなたは絶対にリーダーになるべき人だし、できれば本城市の次の市議選に立候補してほしいって考えてるくらいなの」

小室はあくまでも笑みを絶やさない。ほかの女たちからも明るい顔で勧誘の言葉を投げかけられた。

「あのう……それで結局、パートの待遇改善については、賛助金と取引したってことになるんでしょうか」

「うん、それなんですけどね」荻原が座り直し、身を乗りだした。「これは戦術として理解していただきたいんですよ。共産党なんかは組織が大きすぎて融通が利かないでしょう。ぼくらはそれが不満だったわけです。もっとずる賢く……いや、こんな言葉を使っちゃいけないな……もっと現実的に社会と渡り合った方がいいんじゃないかって。あのスマイルは今後五年間、見逃してやることになるけど、それによって我々は総額一千五百万の活動資金を得ることができるんです。これは小を捨て大を取るという考え方なわけで、決して志を曲げているわけじゃないんです」

「でも、パートの有給休暇は得られないんですよね」

だんだん心に影がさした。声まで小さくなる。

「だからそれが考え方なんです。あんなちっぽけなスーパーをたたいて仮にパートの有給休暇を得たとしても、成果としてはしれてるでしょう。それより資金を得て、それを運動の基礎体力として巨悪に立ち向かった方がよほど効果的じゃないですか。環境保護団体なんかも同じ方法をとる人たちが多いんですよ。小物は賛助金を得て見逃してやろう、その代わり大きな環境汚染は徹底的に糾弾してやるぞって。われわれもそうなんです。最終的に打倒すべきは自民党と大企業に支配された拝金社会であって、あんなスマイルみたいな小物じゃないんです」

簡単には納得できなかった。小物と言われ、淑子や久美を馬鹿にされた気もした。

「あのスマイルにしてもね」小室が話を引き継いだ。「もしも全パート従業員の有給休暇や雇用保険その他を受け入れたとしたら、おそらく年間一千万以上の人件費が余計にかかると思うの。それより私たちと和解して年間三百万払った方が絶対に得なの。だいいち告発されたら裁判じゃ勝ち目がないわけでしょ。あの社長は馬鹿だけど、側近はちゃんと計算してるのよ。及川さん、もしかしたらお金を得たことに抵抗を感じたのかもしれないけど、わたしたちは政党として届け出もしてあるし、政治献金を受け取るのは悪いことでもなんでもないの。理解してほしいわ」

「最初からそのつもりだったんですか」

「ううん。さっきも言ったとおり、要求を受け入れればそれでよし、もし抵抗するようなら条件を出すっていう二段構えの作戦なの。もっとも、あの社長の性格をリサーチしてたのは事実だけど」

「じゃあ、小室さんがスマイルにパートで入ったのは、潜入っていうか……」

「潜入って言われると大袈裟だけど、でも、雇用契約がいいかげんだってことは最初から知ってたし、頃合いを見計らって異議を唱えようとしてたのは事実ね」

恭子が黙る。どういう態度をとればいいのかわからなかった。自分はパートの権利を勝ち取るつもりで頑張ってきたのに。

「ごめんなさい。もっと早く言うべきだったわね」小室は申し訳なさそうに再び恭子の手を取った。「でも感謝してるわ。及川さんはもう私たちの仲間だし、これからも一緒に活動したいと思ってるの」

「これで抗議行動は終わるわけですよね」

「うん。目的は達成したから」

「わたし、明日からのパート、行きづらいんですけど……」

「うそ。まだ行くつもりなの。辞めなさいよ、あんなところ」

勝手な物言いにかちんときた。趣味で働いていたわけではない。家計を助けるために働いていたのだ。

「大丈夫。多摩にわたしたちのリサイクルショップがあるの。及川さんがその気なら大歓迎よ。いつも人手が足りなくて困ってるの」

「多摩なんて、そんなに遠くまで通えません」

「バスと電車で三十分ぐらいよ」

「うちは小学生の子供もいるし、近所じゃないと無理なんです」つい語気を強めてしまった。

「あら、そう……」

恭子の気持ちはすっかり沈みこんでいた。かわりに苛立ちが首をもたげる。バッグからたばこを取りだし、火を点けた。みながおやっという顔をした。

「やっぱり、そういうこと、最初に言ってほしかったと思います」ゆっくりと煙を吐く。「なんか……利用されたとは言いませんけど、それに近いような」

「利用だなんて」

「だからそうは言ってません。最初に『桜桃の会』ですって名乗ってくれて、こういう戦術で運動をするって教えてくれれば」

「参加しなかった？」

「……それはわかりませんけど」

「確かに及川さんを誘ったのは私だけど、最終的に決断してくれたのは及川さん自身だと思うの。だってあなたから電話をくれたわけだし」

座はすっかり静まりかえった。もちろん自分が白けさせているのだが。

「及川さん、わたしたちの趣旨には賛同していただいてるって思ってたんだけど」

「ええ、賛同してます」

「じゃあ、会の名前とか、戦術って小さな問題じゃないかしら」

また恭子が黙る。自分は何に苛立っているのだろう。確かに運動に参加したのは自分の意志だ。一度は断りながら、その後自分から電話をしたのだ。けれど、気持ちはすっきりしない。

「わたし……」恭子がぽつりと口を開く。「本城店のパートの人たちに合わせる顔がありません。メンツが立たないっていうか」

「及川さん、要求が通ったとしたら、本当にまだ勤めるつもりだったんですか」

「それはわからないですけど……。でも、小室さんたちは、結局スーパーのパート主婦ごときは有給休暇が得られようが得られまいがどうだっていいと思ってるわけですよね」

「ううん、そんなことない。大事な問題よ。でも、何度も言ってるとおり、小を捨て大を取るっていう割り切りは必要なの」

「わたしの職場の友だちは捨てられたわけですね」

「仲がいい人、いたの？」

「いますよ、それくらい」

「わたし、及川さんが参加してくれた時点で職場を見限ったものだと思っていたの」

言葉が出てこない。淑子や久美との関係は終わったなと思った。近所にいよいよ友だちがいなくなった。二本目のたばこに火を点けた。

「ねえ、みんながよろこんでるんだからケチつけないでよ」一人のおかっぱ頭の女が言った。

「ケチなんかつけてないでしょう」恭子が思わず言いかえす。

「つけてるわよ」

「まあまあ」荻原が割って入った。「ちゃんと説明しなくてこっちも悪かったんだから」

「だって運動にはお金が必要なことぐらいわかりそうなものじゃない」

「それくらいわかります。でも強請《ゆすり》のようなことをして得てるとは思ってませんでした」

言った瞬間、しまったと思った。周囲が顔色を変えた。

「及川さん、強請って言うのはあんまりだわ」小室も色をなしている。

「だって抗議行動はお金を引きだすためにやったことでしょう」

引っ込みがつかない。二の矢も放ってしまった。

「冗談じゃない。それって問題発言よ。エセ右翼なんかと一緒にしないでよ」

おかっぱ頭が声を荒らげる。荻原まで表情を硬くした。

「及川さん、もしかして、そのお金で私腹を肥やしてるとでも思ってるんじゃないの」別の女まで加わった。

「それはわかりませんけど」

「わかりませんって、じゃあ疑ってるってこと？　わたしたち、持ちだしの方が多いのよ。心外だわ。謝罪してよ」

「そっちこそ謝ってください。人がせっかくみつけたパートを台なしにして、明日からわたし、どこで働けばいいんですか」

言った端から後悔している。自分はなんて卑近な台詞を口にしているのか。

「うそォ。及川さん、そのことで腹を立ててるわけ。信じられない」

「わたし、働かなきゃならないんです。みなさんみたいに暇じゃないです」

「暇って何よ。みんな働きながら活動してるのよ」

顔がどんどん熱くなる。もう返す言葉が思いつかない。

「ひょっとして自分の有給休暇や退職金が欲しかっただけなんじゃないの」

「ちがいます」

「どうちがうのよ。だったらもっと大局的に物事を考えてよ」

「そうじゃなくて」

「がっかりしたわ。仲間になれる人だと思ってたのに」

「ねえ、ちょっと冷静になろうよ」荻原が女たちを抑えようとした。

「だって言いがかりをつけてきたのは及川さんなんですよ」

「言いがかりって」

「だってそうじゃない」

いたたまれなくなり、恭子は立ちあがった。

「何よ、逃げるの」

さっきまでの友好ムードはどこにもなく、みんなが敵意を向けていた。小室は哀れむような目を恭子に投げかけている。

「わたし、これで失礼します」声が震えた。

「ああ不愉快」

おかっぱ頭に言われ、指先まで震えた。

逃げるようにして喫茶店を出る。外に停めてあった自転車にまたがった。

心臓が早鐘を打っている。馬鹿なことをしたな。目の前が真っ暗になった。たぶん小室たちは悪くない。自分が悪いのだ。事前に知らされていなかったくらいのことで。

いや、そんなことはどうでもいい。本当の問題は、自分がとうとう一人になってしまったということだ。

自分の考えのなさを呪った。多少不服でも、合わせていればよかったのだ。

西日が恭子を照らし、長い影がアスファルトの上を走っていた。孤独が身に滲みた。残されたのは、子供たちとの毎日だけだ。行く場所もない。することもない。ただ夫の逮捕を恐れ、一人脅えて暮らすだけなのだ。家に帰りたくない。このまま蒸発したらどうなるのだろう。

自転車を漕ぎながら恭子は泣きたくなった。

31

及川の憔悴《しょうすい》ぶりは、もはや遠目にもわかるようになっていた。目の下にはくっきりと隈《くま》が浮き出て、唇に色はなかった。妻がアイロンをかけてくれないのかズボンの折り目は消えかかり、靴も光沢を失っていた。ハイテックス本社前で行確の引き継ぎをするとき、本庁の捜査員は「見てらんねえよ」と吐き捨てていた。

「三階の窓際の席なんだけどな」そう言って顎でしゃくる。「一日そこで一人だ。トイレ以外じゃ席を立たないし、話しかける者すらなしだ。ときどき窓の外に目をやるんだがな、目ン玉はまるでビー玉だ」

会社も及川が警察の行確を受けていることは知っている。外にすら出させてもらえないのだろう。

九野薫にはまだ職務が与えられていた。辞表がいつ受理されるのか、詳しい話は一切ない。宇田係長は視線を合わせようとせず、本庁の管理官からは黙って肩をたたかれた。服部には話していない。こんな話は聞かされても困るのだろうが。

「及川は弁護士と切れたらしいですね」駅までの道すがら服部が言った。「昼間、弁護士が本城署に来て、依頼人とは今後は無関係だと言い置いていったそうです」

「何かあったんですかね」

「さあ、共産党系の弁護士だっていうから、会社が雇ったわけじゃないだろうし、我々は及川が弁護士と接触したところを見ていないし……謎ですな」いつものように仁丹を口に入れると自分の息を嗅いでいた。

及川のあとをついて品川駅まで歩く。改札を抜けたところで携帯電話が鳴った。通話ボタンを押して耳にあてる。「おれだ。佐伯だ」ささやくような低い声だった。

「おぬし、今どこだ」

「品川駅です」

「となりに本庁の二メートルはいるか」

「はい、いますが……」

「じゃあ、これから言うことにはすべて『はい』と『いいえ』だけで答えろ。いいな」

「はい」佐伯の口調にただならぬものを感じた。

「うちの警務課にいた元婦警が刺された。脇田美穂だ。当然知ってるわな」

「はい」

「やったのは花村だ。犯行時間は午後五時二十分。場所はおぬしの自宅マンション。凶器は台所にあった包丁。現場で採取済み」

構内の通路で立ち止まっていた。服部が振りかえる。九野は弾かれたように歩を進めた。深く息を吸いこみ、平静を保とうとした。

「被害者は警察病院に運びこまれた。一一九通報は被害者本人よりあったもの。詳しい容体はわからんが、救急隊員の話によると刺し傷は一ヵ所のみで、意識あり。命に別状はない模様。おれは今おぬしのマンションにいる。相方に怪しまれずに駆けつける方法はあるか」

「いいえ」

「そうか。じゃあいい。この事案は工藤副署長が指揮をとる。緊急配備は敷かない。動くのはおれと井上を含む数名だが、警視以下にはすべて保秘。坂田課長も知らねえことだ。もっとも入院中だがな。おぬし、脇田美穂の親父が警官だってことは知ってたか」

「はい」

「でも所属と階級までは聞いてねえだろう」

「はい」

「警察大学の校長だ。キャリア様だ」

　言葉が出てこなかった。

「花村は身柄を確保次第、精神鑑定を受けさせそのまま措置入院。脇田美穂は元恋人の自宅で自殺未遂。これでいく」

「……咄嗟によくそんな絵が描けますね」

「『はい』か『いいえ』だけにしろ」

「はい」

「前例があるんだろう。おれたちの知らねえ世界だ」佐伯の、怒りのこもった声だった。「花村の立ち回り先で心当たりはあるか」

「いいえ」

「県外逃亡の可能性はあると思うか」

「いいえ」

「つまり次はおぬしが危ないってわけだ」

「はい」

「花村はもうまともじゃねえ。うしろに気をつけろ」

ぞ」

「はい」

「及川の行確が終わり次第自宅に急行せよ。よろこべ。辞めなくて済むかもしれんぞ」

「はい……」

電話が切れた。思わずうしろを振りかえる。渡り通路を歩く帰宅客の顔を一人一人見た。服部に「どうしたんですか」と聞かれ、適当な返事でごまかす。及川のあとを追い、ホームに降りた。

いつぞやの、マンションの廊下から見下ろした花村の目を思いだした。嫉妬に狂った中年男の目だ。花村はいくつだったか。四十はとうに過ぎているはずだ。天から降ってきたような若い女との色事を、花村は死んでも手放したくなかったのだろう。

美穂は刺されたのか。命に別状なしという言葉が本当ならばいいのだが。

父親が警察大学の校長ということは、警察庁の警視監だ。自分が一生口を利くこともない階級だ。

美穂は父親に勧められて警官になったと言っていた。嘘だなと九野は思った。キャリアが自分の娘を婦警にしたがるはずがない。どんな親子関係があることやら。

胸騒ぎがした。どす黒い空気が喉の奥で渦巻いている。傷は内臓に達していなくても出血性のショック死がありうる。脈が速くなった気がした。

電車が到着し、及川と共に乗りこんだ。また映画を観て時間を潰すのだろうか。五メートルほど離れた場所に立っている及川が疎ましく思えた。たかが小さな放火だ。いつまで逃げ回るつもりなのか。じんわりと血が昇る。顔が熱くなっていた。

身体のあちこちで細胞が勝手にうごめいている。早苗の死以来ずっと巣くってきた、神経症特有の焦燥感だ。

久し振りに来たか――。ここ数年は飼い馴らしたつもりでいた。ただの不眠症と思いたくて、意識を向けないようにしてきた。

九野は思わずポケットに手を突っ込み、そこに薬があることを確認した。

ターミナル駅でやはり及川は外に出た。真っすぐは帰らない。今夜も映画館へ行き、盛り場をうろつくのだ。

急に怒りが込みあげてきた。説明のつかない苛立ちに息が荒くなった。九野は歩く速度をあげると、距離を縮め、うしろから及川の肩をつかんだ。

「ちょっと話があるんだがな」

九野の言葉に、振り向いた及川が青ざめる。目は脅えきっていた。

「何やってんだよ、あんた」という服部の声。追いついて顔を歪めていた。「またかよ。気は確かか」

「服部さんは黙っててください」

「ふざけるな。どういうつもりなんだ」

無視して及川の正面にまわった。「今日は早く家に帰ってくれ。こっちも用事があってな」

「何ですか」及川の声が震えている。

「安心しろ。逮捕じゃない。任意同行でもない。早く家に帰ってくれって頼んでんだ」

「おい、いいかげんにしないとおたくの署長に報告するぞ」

服部が割って入ろうとする。九野は両手で服部の胸を押した。服部は信じられないといった顔で天を仰いでいる。

もう一度及川と向かいあった。

「あんた、いつまでこんな毎日を送るつもりだ。毎晩観たくもない映画を観て、定食屋でぼそぼそと飯を喰って。女房は何て言ってんだ」

「関係ないでしょう、あなたには」及川は蒼白の面持ちだ。

「おまえにはな、この先もずっと行確がつくんだ。先送りしてどうにかなるもんでもないだろう。とっとと自首したらどうだ。実刑はまぬがれんだろうがせいぜい二年だ。真面目に勤めりゃあ一年だ。それでやり直せ。子供がいるんだろう」

「余計なお世話ですよ」

「とにかく今夜は家へ帰れ。おれは行かなきゃならんところがあってな」

「行けばいいでしょう。わたしと何の関係があるんですか」

「PC呼んで自宅へ送り届けてやる」

「何ですかPCって」

「パトカーだよ」

そのとき襟首をつかまれた。服部が力任せに引っぱっていた。バランスを崩す。うしろによろけて尻餅をついた。

周りを見ると、いつの間にか人だかりができていた。

「あんた、いっぺん病院へ行ってこい」服部が目を吊りあげて言った。「本庁でいろいろ噂は聞いたよ。奥さんを亡くしたのには同情するがな、その後ちょくちょく奇行があったそうじゃないか」

九野はゆっくりと立ちあがった。ズボンをはたく。

「おたくの工藤さんが引き取らなきゃ、まちがいなく内勤に配置換えだったたって話だぞ」

服部はしっかりと及川の腕を握っていた。及川は抗うでもなく、立ち尽くしている。

「優秀だってのも聞いてるよ。工藤さんに目をかけられるくらいだからな。でもな、今のあんたはどうかしてるよ。悪いことは言わない、上司と相談して長期休暇願いでも出せ。さもないとおれが本庁の人事に話をもっていくぞ」

「おいっ、何の騒ぎだ」その声に振りかえる。人をかきわけ数名の制服警官が現れた。「喧嘩か。公道で何をやってるんだ」

「ああ。ちょっと交番、貸してくれるか」と服部。

「何だと。交番は休憩所じゃねえぞ」まだ二十代そこそことおぼしき警官がチンピラのように凄んだ。

服部が内ポケットから警察手帳を見せる。たちまち若い巡査から顔色が失せた。

「本庁刑事部捜査一課の服部だ。口の利き方に気をつけろ」

巡査が弾かれたように敬礼する。

「案内しろ。おっと……」服部はポケットから小銭を取りだすと巡査に渡した。「おまえはウーロン茶を買ってこい。三本だ。冷たいやつだぞ」射るような目で睨みつけていた。

制服警官たちの先導で歩道を進む。無言のまま数十メートル歩き、やがて安手の玩具店のような外観の交番に到着した。三人だけで奥の部屋に入る。

「及川さん、悪いけどなかったことにしてくれるか」

服部が切りだした。及川の唇には色さえなかった。

「今さらとぼける気はない。あんたは行確対象者だ」

九野は椅子に腰かけ、不安神経症の襲来に耐えていた。歯を喰いしばり両手を握り締めていないと、全身に痒みにも似た震えを覚える。顔中から汗が噴きでてきた。

「おれはそれ以上のことをするつもりはない。いろんな事情が絡みあってんだ。こっちの事情も、おたくの会社の事情もな。あんたが自首したいっていうのなら止めやしないが、少なくともおれがあんたに同行を求めることはない。おれの仕事じゃないんだ。ここにいるもう一人は――」服部が九野を顎でしゃくる。「今日限りで外す。明日からは別の人間があたる。どうだ、安心したろう」

及川は顔を上げようとしなかった。腕を組み、椅子でじっとしている。

「というわけで、あんた、もう今日は帰ってくれないか。あんただってぶらつく心境じゃあないだろう。な」

「一人にしてはもらえないんですかねえ……」及川がつぶやいた。

「一人だよ、あんたは。おれたちは空気だと思ってくれ」

「思えるわけないでしょう」唇が震えていた。

「思ってもらうしかないね」服部は椅子に深くもたれ、足を投げだしている。「ところで、おおい、九野さんよ。すっかりおとなしくなっちまったな」

「帰っていいかな」九野はなんとか声をふり絞った。

「ああ、好きにしな。あんたとはこれで終いだ」

「迷惑かけてすまない」

「ああ」

服部が見下すような目で返事する。その言い草にかっとなった。

「服部さん、もとはと言えばあんたの四課に対するいやがらせから始まったんだろう」

「何のことかな」平然と胸を反らせている。

「この男を」及川を指差した。「重参でさっさと引っぱればここまでややこしくはならなかったってことだよ」

「聞いてるぜ、おれは。ややこしくしたのはおたくの署だろう。清和会との癒着と放火事件と何の関係があるんだ。捜査が進展しないのはおれのせいか？　むしろ管理官の関心をあさっての方向へもってった本城署の馬鹿どものせいだろう」

「馬鹿とは何だ」

「ほかになんて言う」

九野が立ちあがる。テーブルに身を乗りだし服部の胸倉をつかんだ。

「おい、この背広は高いんだぜ。あんたの着ている——」

力まかせに引き寄せる。服部がテーブルを乗り越え、九野に覆いかぶさった。二人でそのまま床に倒れ込む。

脇腹に激痛を覚えた。服部の拳がめり込んでいた。

「おいっ。あんたら何やってんだ」個室の入り口で交番の制服警官が怒鳴っている。

「みんな、こっちへ来い」

いくつもの足音がして、たちまち九野は数人の警官に組み敷かれた。頬が床にあたる。ワックスの匂いが鼻をついた。

「あんたら、本庁の大学出の刑事かなんか知らないけれど」五十がらみの実直そうな警官が声を張りあげた。「みっともないことをするんじゃない。恥を知れ。おれたち交番勤務はな、毎日真面目に働いてるんだ。酔っ払いに絡まれても、近所同士の苦情を持ち込まれても、じっと我慢してやってんだ」

「関係ない話するんじゃねえ」服部がわめく。

「便利屋みたいなことまでやってんだ。それをあんたら出世好きの連中が、顎でこき使うような真似をするんじゃない」

「うるさい。さっさと離せ」服部は壁に押しつけられていた。

九野はいったん身体の力を抜き、両手を軽くあげ、抵抗しない意思を示した。制服警官たちから解かれる。ゆっくりと立ちあがり、呼吸を整えた。

及川を見ると、生気のない目で宙を見つめている。もう会うこともないだろう。九野は目を伏せ、部屋を出た。

「おいっ、挨拶もなしか」年配の警官のとがった声が背中に降りかかった。

通りに出てタクシーを拾った。

ポケットから安定剤を取りだす。数錠を、水がないので齧《かじ》って飲みこんだ。

自分がいかなる感情に支配されているのか、まるでわからなかった。怒りでもなく、悲しみでもなく、もしかするとそれは自分が生きていることとの違和感かもしれなかった。

無性に義母に会いたかった。甘えたかった。

ただ、今の九野に、携帯電話に手を伸ばす勇気はない。本能がやめておけと言っていた。たとえ砂の上に建てた城だとしても、もうしばらくそこに住んでいたい――。

自宅マンションに帰ると、部屋の中で佐伯が待っていた。

「おう。おぬし、顔色が悪いな」入ってすぐのダイニングテーブルに肘をついている。

「佐伯主任、お一人ですか」

「外に覆面が停まってたろう。井上だぞ。そんなことにも気づかなかったのか。花村のターゲットはおぬしだ。少しは注意を払え」

部屋の中を見渡す。とくに散らかった様子はなかった。奥の寝室へと向かう。カーペットのどす黒い血の跡が目に飛びこんだ。

「ソファもだ」と佐伯。

黒い革製なので目立たないが、確かに乾いた血がこびりついていた。

「脇田美穂は無事なんですよね」

「ああ、救急隊員の話ではな。しかし、この先おれたちに情報が入ることはない。知りたきゃ工藤副署長に直接聞いてくれ」

「見舞いに行きたいんですが、面会はできますか」

「無理に決まってんだろう。もはや相手は警察庁《サッチョウ》だぞ。のこのこ出かけてみろ。おぬし袋だたきの目に遭うぞ。副が『九野こそ被害者だ』って頑張ってるらしいが、親が娘のことで聞く耳持つと思えるか」

床に膝をついた。崩れ落ちたといった感じだった。

「おい、どうかしたのか」

なんとか立ちあがり、そのままベッドに倒れこむ。

「まあいい。寝ちまえ。おぬしは疲れてんだ。おれは台所で寝かせてもらう」

部屋のインターホンが鳴った。

「誰だ」佐伯が乱暴に応答する。「何だ井上か」

井上が部屋に上がってきた。ベッドの脇までくる。耳元で低く言った。九野は目を閉じたまま聞いた。

「九野さん、今ＰＣの無線で聞いたんですが、ハイテックスの放火、犯人が自首しました」

「そうか。及川が自首したか」かろうじて声を出した。

「いいえ、十七歳の少年です。寺田洋平。聞き覚えはないですか。先月、九野さんが腕を折ったガキですよ」

意識がとろけるように形をなくしていく。おかあさん――。言ってはみたものの、たぶん声にはならなかったろう。白い闇の中へ、九野はゆらゆらと落ちていった。

32

団交が決着をみた翌日、及川恭子がスマイルに出勤すると、廊下で出会うなり池田課長は「うそ」と目を丸くした。

恭子が無言で会釈する。なぜのこのこと出かけたのか自分でもわからない。ただ家にいると息が苦しく、じっとしていられないのだ。

「……ああ、残りの給料分を取りにいらしたんですか。でもご存じのとおり、うちは末締めの翌五日払いだから、今日来ていただいても出ませんよ。なんなら銀行振り込みにしましょうか。口座番号を教えてくれればちゃんと振り込みますけど」

池田は腕を組んでそう言い、ぎこちなくほほ笑んだ。

「あの、わたし、仕事をしに来たんです」

池田が眉をひそめる。「それ、どういうことですか」

「まだ辞めたくないっていうか……」

「桜桃の会でしたっけ。そことはもう話がついたと思うんですけど」

「それとは関係なしに、わたし、もうしばらくはここでお世話になりたいんです」

池田がますます訝る。鼻の頭を掻き、「あのう、まだ要求があるわけなんですか」と警戒するように聞いた。

「いいえ、ですからわたし、桜桃の会とはもう関係がないんです」

「関係がない？」

「はい。ちょっと行き違いがあったっていうか、裏でああいう取引をするとは思ってもみなかったので……」まだ池田はむずかしい顔で考えこんでいる。「もちろん倉庫で結構ですから。これからも働きたいと思ってるんです」

「嘘でしょう」

「本当です。わたし、馘ですか」

「まさか、そんな恐ろしいことしませんよ。また労働基準監督署とか持ちだされたらたまりませんからね」池田が皮肉っぽく笑う。

「そんなことはしません。ただ働きたいだけなんです」

「わからないなあ」池田が顎をさすり唸っていた。「うちの店とあれだけ揉めて、どうしてここで働こうとするんですか。仕事がほしいにせよ、ほかにもパート募集してるところ、いっぱいあると思うんですけどねえ」

「家にいたくないんです」

恭子の脳裏に数時間前の光景が浮かぶ。今朝も家の前には刑事がいたのだ。

「はあ?」

「とりあえず、あと何日かだけでも」

「何を言ってるんですか、及川さん」

「どこか面接に行ったとしても、すぐに働けるかどうかわからないし」口の端に泡が立つのがわかる。本当に自分は何を言っているのだろう。「来週からとか言われたら、わたしそれまでどうしていいかわからないし、だから――」

「ちょっと、及川さん。落ち着いてくださいよ」

「わたし、だめですか。馘ですか」

「だから誠にはできないって言ってるでしょう」

「じゃあ働かせてください」

池田は目に困惑の色を滲ませ、恭子の顔をのぞき込んでいる。

「倉庫でもいいんですか」

「もちろんです」

「また有給休暇がどうしたとか、言いだしません？」

「言いません」

「それじゃあ、いいですけど……」

「ありがとうございます」深々と頭を下げた。

しきりに首を捻り、池田が去っていく。惨めだとは思うが仕方がない。恭子の頭には、昼間の時間をいかにうっちゃるかしかなかった。

倉庫では男の子たちが明らかに恭子を敬遠していた。彼らが昨日の取引を知っているとは思えず、どうやらこの店の前で抗議行動をしたことが原因らしかった。いくら不満があっても、自分たちの職場を悪く言われれば腹が立つのだろう。

仕方がないので自分で仕事を探し、棚の整理をした。缶詰類の積み降ろしは女には重労働だったが、やるしかなかった。たちまち額に汗が滲みでる。軍手で拭うと化粧がみるみる剝げた。

いったい自分は何をしているのだろう。息をきらしながら恭子は思った。先月までは何不自由ない暮らしをしていた。家計を助ける程度のパートをして、家で子供や夫の帰りを待っていた。退屈だがとくに不満はなかった。花壇を造ろうとする余裕もあった。それがどこで歯車が狂ったのか。

ああ、そうだ——。恭子の思考は、そこで茂則にではなく花壇に向かった。花壇が造りかけだったのだ。なんとしてもゴールデンウィーク中には完成させたい。そして初夏の太陽がさすころには、我が家の庭で花が咲くのを見たい。一戸建を持ったときからの夢だったのだ。

精一杯花を可愛がってやりたい。こまめに水をやり、雑草をとり、虫を駆除し、きれいに咲かせてあげたい。訪れた客には庭を見せよう。妹の圭子にも見せびらかしてやろう。圭子は社宅住まいだからさぞや羨ましがることだろう。

でも、そんな日は来るのだろうか。だいいち明日、自分がどうなっているのかもわからない。

「及川さん」

声に振りかえると池田が立っていた。さっきまでの戸惑った態度ではなく、口元には薄い笑みを浮かべていた。

「今しがた桜桃の会に電話したんですよ。もうケリはついたはずでしょう、どういうつもりなんですかって。そうしたら会の人が、『及川さんはもう当会とは関係がありません』だって」

「ですから、それはわたしも言いました。もう桜桃の会とは無関係です。昨日、ちょっと喧嘩みたいなことになって……」

「いい根性してますね」

「はい？」

「うちに年間三百万もの損害を出させといて、それでまた働こうっていうんだから」

「やっぱり馘ですか」

「だから会社っていうのは、パートであろうが従業員を簡単に解雇できないって言ってるでしょう」池田は腰に手をあて口の端を片方だけ持ちあげている。

「すいません」恭子はなぜか謝っていた。

「どうしてこういうことができるのかなあ。まったく理解できないんだけど」

「すいません」その言葉しか出てこない。

「社長が見に来るって」

「……社長さんが、ですか」

「そう。昨日まで抗議行動していた人がどんな顔して働いてるか。悪趣味だけど、気持ちはわかるよね。煮え湯を飲まされたんだから」

とで」

意味もなく会釈した。

「とにかく、ご報告までに」池田が去ろうとする。「あ、それから」立ち止まり、顔だけ向けた。「時給、五十円下げさせてもらいますから。レジよりも単純労働ってことで」

池田が倉庫から出ていく。恭子はしばらくその場にたたずんでいた。これはたぶん屈辱的なことなのだろう。ため息をついた。けれど怒りも悲しみも湧いてこない。どういう感情を抱けばいいのか、恭子にはそれすらうまく判断できなかった。

社長は一時間ほどで倉庫に現れた。作業服姿で、腰には手拭をぶらさげている。榊原と池田を従え、外からの光を浴びてそのシルエットだけが入り口に浮かんでいた。

「おお、ほんとにいるぞ」

まるで珍しい動物でも見るような社長の口ぶりだった。

「ほう、まさかとは思ってたんだがな……」

そばまで歩いてきて、遠慮なく恭子の顔をのぞき込んだ。

「我々男にはできないことですよねえ」うしろで榊原が言っていた。

「ぼくらプライドありますからねえ」池田もほくそ笑んでいる。

恭子は無表情のまま頭を下げた。

何を言われてもいい。今の自分の望みは、家以外の場所で体を動かしていたいということだけなのだ。

「馬鹿かおまえら」そのとき社長が二人の部下を睨んだ。

「何がプライドだ。何が男にはできないことだ。おまえらそうやって恰好ばっかつけてるから、いつまでもうだつがあがらねえんだ」低い声で凄んでいた。「商売に邪魔なのはなんだか知ってるか。見栄とか痩せ我慢とか、そういうやつよ。おまえら、何年この仕事やってやがんだ」

榊原と池田の顔から笑みが消える。矛先が自分たちに向いたのに戸惑っている様子だった。

「この奥さんを見てみろ。生きていくのに必死なんだぞ。おまえらこの奥さんみたいに必死になったことがあるのか」

二人の部下は身を固くしている。雲行きが変だ。てっきりからかわれるものだと思っていたのに。それともこれは手のこんだ当てこすりなのだろうか。

「及川さんだったよね」

「はい……」

「あんた、桜桃の会とやらと仲たがいしたんだって。どうしてよ」

「あの、賛助金が目的だとは聞いてなかったもので……。わたしはただパートの権利を認めてほしいって、それだけのつもりだったんです」

気持ちは沈んでいるが、せめて正面を見て言った。

「じゃあ、あんた、本当に損得抜きでわたしらに刃向かってたのか」

「ええ、まあ」

「おい榊原、池田。おまえら聞いたか」いっそう声のトーンをあげた。「立派な奥さんじゃねえか。たいした意志の持ち主じゃないか。おまえらたった一人でここまでのことができるか。いつも群れて人の顔色ばっかうかがいやがって。おい榊原」

名前を呼ばれ、榊原が背筋を伸ばした。

「おまえは人を見る目があるのか。こういうパートさんがいるなら正社員として登用するとか、奥さん連中の取りまとめ役にするとか、どうしてそういう知恵が浮かんでこねえんだ。おい池田っ」今度は池田が気をつけをした。「いつまでこの人を倉庫に閉じ込めておくつもりなんだ」

「あ、いや、それは本店の方から……」

「なんだ」

「いえ、その、すぐに……」池田が顔色をなくしていた。

社長はどういうつもりなのか。恭子には見当もつかない。

「なあ、あんた」恭子を見た。「おれの秘書にならんか」

「はい？」耳を疑った。

「秘書だよ、社長秘書。最初にやりあったときから思ってたんだ。ああ、こういう人材はうちにはいないなあって。どいつもこいつもおれの言いなりだ。もちろんそういう人間ばかりを周りに置いたおれの責任でもあるんだが、それにしても、毎日顔色をうかがわれるといやになる。あんたみたいな人、いいよ。すごくいいよ」

　恭子が言葉に詰まる。本気なのか、からかわれているのか、どうにも判断がつかない。

「なる気はない？　おれの秘書」

「うちは小学生の子供がいますから……」かろうじて返事した。

「そんなもん家政婦を雇えば済むことじゃないの。土日休みで九時から六時まで。本店社長室勤務。池田くらいの給料は出すよ。どう。やってよ」

「わたし、会社勤めなんてもう十年近く遠ざかってますから。それにパソコンも使えません」

「いいんだよ、そんなもん、覚えれば。それより、軍手なんかさっさと取って」社長が恭子の手を取る。思わず避けた。「なんだ。おれのことそんなに嫌いか」

「あ、いいえ。そんな」

　社長は恭子の手から軍手を脱がせると出口に向かい、顎をしゃくった。

「本店へ行って話そう。そっちも条件があるだろうから、いろいろ出してよ」

恭子はあっけにとられている。嘘だろう？　この状況を信じることができない。

「さあ早く、行くよ」

せかされて足を踏みだした。迷いながらも社長のあとについていく。榊原と池田は茫然とその場に立ち尽くしていた。

裏の駐車場にシルバーのベンツがあった。社長が先に乗り込む。恭子はほとんど言いなりのような形で助手席に収まった。

「この車ね、三千万」社長がベンツを発進させる。「中東の王族が乗ってるやつをそのまま注文したの」

「そうですか……」

「あちこちに金メッキを施してあるの。いいよね、成り金ぽくて」

「あ、いえ……」

車は商店街を縫うようにして走る。威圧的なベンツの外観に、ほかの車や歩行者は躊躇なく道をあけた。恭子はぼんやり思う。ああ、これまでなかった経験だな。人が避けてくれるなんて。

「いいよなあ、あんた。颯爽《さっそう》と生きてる感じがして」社長が前を見たままで言う。

「いえ、そんなことはないんです」

「女なんか、固まって噂するだけの生き物だと思ってたけどね。あんたはちがうよ。

それからあの桜桃の会とかの女どもともちがうね。あいつらだって一人じゃ何もできない連中だ」

「いえ、その、わたしだって……」

「池田からね、あんたが桜桃の会と別れたらしい、それで今朝も倉庫仕事に現れたって聞いてね。おれ、なんかうれしくなったよ。逃げない人がここにいたってね」

車は国道に入った。高級車だけあって滑るようにアスファルトの上を進んでいく。

「年収五百万でどうよ。課長の池田がちょうどそれくらいなんだけどね」

「五百万もですか」

主婦がいきなり稼げる金額ではない。にわかには信じ難かった。

「残業すればもう少し上がるだろうけど」

いったいどこまで本気にしていいのか。恭子は冷房の効いた車内で腕をさすった。

でも、お金は必要だな。これからどうなるかわからない。少なくとも、茂則の給料で今後も生活できるとは思えない。

車が脇道にそれた。田圃《たんぼ》が広がっている。その先にモーテルの看板が見え、いやな予感がした。

「ちょっと休んでいこう」ぶっきらぼうに社長が言う。

目眩がした。安物の二時間ドラマじゃあるまいし。

「降ろしてください」恭子は毅然と言った。「なんのつもりですか」

「知ってるんだよ、おれ。あんたの旦那、会社に火ィ付けたんだってな」

絶句した。一瞬にして顔が熱くなった。

「週刊誌なんかにも出ちゃったそうじゃない。本城店で噂になってたよ。これから大変なんじゃないの。履歴書見たけど、小さい子供が二人もいるだろう。おれが生活の面倒みるよ。あんた、おれの好みだよ」

「冗談じゃありません。誰があなたなんかに」

「いいなあ、そういうの。気の強い女、おれたまんないね」

社長の顔が上気している。鼻息が荒かった。

「停めてください」横を向いて抗議した。強い口調で何度も言った。

「まずは中に入ってから。ほら、田圃で野良仕事やってる人もいるじゃない。ここで停めたら目立つよ」

「目立ってもいいから停めてください」

社長が速度を落とす様子はなかった。

「とにかく入ろうよ。話はそのあとで」

恭子が両手で頬を包む。怒りより、悲しみより、脱力感があった。恐怖はなく、ただただ現状に疲れていた。

恭子が黙ると、それを了解の合図と思ったのか、社長はいっそう鼻息を荒くし、車をモーテルへと入れた。駐車スペースに車を停め、「ここまで来たんだから、恥かかせないでよね」と甘えた声を出した。

恭子は虚ろな気持ちで前を見ていた。

「なあ、頼むよ。正直言うよ。おれ、こういう気持ちになったの久しぶりなわけ」

何も考えが浮かんでこない。

「女房が死んでから、水商売の女とは何回もあったよ。でもな、普通の女とは出会いがなかったの」

駐車場入り口に垂れさがった暖簾のようなビニールシートが、そよ風でゆらゆらと揺れていた。

「さ、さ。行くよ」社長が車から降りる。

恭子は無言で社長に続いた。自分がどうしたいのかもわからない。ただ、心は重く澱んでいる。自動ドアが開き、一組の男女が出てきた。若い女がさっと目を伏せた。一目で不倫だとわかった。自分とは縁のなかった世界だな。ぼんやりとその背中を見送っていた。恭子は吸い込まれるように建物に入った。

「おっ、和室があるな。これにしよう」部屋の写真が並んだボードの前で、社長が部屋を選んでいる。そのうしろ姿を見ていた。目の前の男が好みのタイプなら、迷わず抱かれるだろうと思った。誰かに守られたい。自分はとっくに限界なのだ。

薄暗い廊下を歩き、部屋に入った。和室といっても一角が一段高くて畳が並べてあるだけだ。その上に布団が敷いてある。社長が興奮した面持ちで作業着を脱いだ。

「どう、先に風呂に入る？　その方がいいよな。おれも汗かいてるし」

社長が風呂場に行った。蛇口から勢いよく湯の出る音が響きはじめた。

恭子は黙ったままだった。ソファに腰をおろし、頭の中を整理しようと試みた。真っ白な脳裏にせめて現実を映しだそうとした。小室や荻原と縁が切れた今、自分に頼る人間はいない。この孤独に果たしていつまで耐えられるだろう。おまけに茂則がこのまま無事で済むとは思えず、現在の生活は風前の灯火《ともしび》だ。

早ければ来月にも収入は断たれる。そうなったら、自分はどうやって香織や健太を養っていけばいいのか。あの家にはいつまで住めるのだろう。年間、二百五十万円のローンを返済しなければならない。そんな収入は自分には見込めない。

社長に手を握られ、ぎょっとした。弾かれたように払いのける。

「何よ、その気になってくれたんじゃないの」いつの間にか隣にいた。

慌ててソファの隅に逃げる。身を乗りだす社長に「近寄らないでください」と強い口調で告げた。

「どうしたのよ。怖い顔して」猫なで声を出す。

「まだＯＫしたわけじゃないんです」

　まだ、という言い方をした自分を疑った。ならばこの男に抱かれる気が少しでもあるというのだろうか。あらためて社長を見る。額や頬が脂でてかっていた。造作に品がなかった。石鹸でどれだけ洗っても不潔感は拭えそうにない顔。先月までの自分なら一億円積まれてもいやだと言っただろう。

「いいじゃないか。こっちへ来なよ」

　社長が顔をにやつかせ手を伸ばした。

「寄るな。触るな」恭子がとがった声を発する。「わたしにだってねえ、好みはあるんだよ」

　突然出た乱暴な台詞に自分でも驚いた。たぶん、大人になってからは初めての言葉遣いだろう。

「おい、ひどいこと言うじゃないか」

「ひどくったって、何だって、とにかくあんたは好みじゃないんだよ」まるであばずれだ。でも違和感はなかった。「あいにく面喰いでね。カバと寝る気はないんだよ」

「カバだと。言ってくれるじゃないの」

　社長は動じなかった。うれしそうな顔で腰を浮かせると恭子に覆いかぶさってくる。

「風呂はあとにしよう。な、な。秘書になれば年収五百万だぞ」

口臭がかかった。思わず顔をそらす。胸をつかまれた。恭子は左手で社長の首をつかむとそのまま押し上げた。不思議と慌てないでいられた。続いて社長の親指を握り、逆方向へと捩りあげた。

「痛てて」社長が声をあげる。恭子から離れ、ソファの下に転がった。

「何するんだよ。痛えじゃねえか」顔を赤くしている。

「これ以上やったら告訴するからね」立ちあがり、社長を睨み据えた。「今度は刑事事件だからただじゃ済まないよ。新聞に載るよ。あんたのスーパーはおしまいになるからね」

「いいよ、いいよ。すごくいいよ。ますます好きになったね」

社長は声を震わせ、また手を伸ばしてくる。恭子はその手をぴしゃりとたたいた。

「なあ、あんた。つれなくするなよ」社長は跪《ひざまず》いている。どこかよろこんでいるような口調だった。

「ふざけるなっ。いやなものはいやなんだよ」

天井に響く大声だった。勢いでソファを蹴飛ばした。

「頼むよ。おれ、辛抱できないよ」

「セックスしたけりゃ風俗にでも行きな」

「おれはあんたがいいんだよ」

「わたしはいやなの」

「頼むよ。お願いだからおれの秘書になってよ」

「秘書？　愛人でしょ」

「うん。まあそうだけどさ。五百じゃ少ない？　だったら考えるから」

「一千万、出しな」ついそんなことを言った。残酷な気持ちが込みあげてきた。

「一千万はあんまりだろう。専務だってそんなにとってないんだぞ」

「じゃあこの話はなしだね」

「そんなこと言うなよ。おれだってあんたに好かれるように努力するよ」

「どうやって。整形でもするわけ。でもいまさら背は伸びないし、若くもなれないでしょう」

「そんなにいじめるなよ」社長が懇願するように言う。本当に手を合わせていた。

「わたしはねえ、まだ三十四なんだよ。その気になれば水商売だってできるんだよ」

「六百にしてよ。それで手を打とうよ」

「九百」勝手に口が動いていた。

「じゃあ七百」

「八百」

「間をとって七百五十だ。これでいいだろう。な、な」

「ふん」

恭子が鼻で笑った。ちょうど茂則の年収が七百五十万円だった。ただの偶然なのに運命のような気がした。

「じゃあ、おれ、急いで風呂に入ってくるからよ」

返事もしていないのに社長が興奮した様子で腰をあげた。

「ちゃんと洗っといで」いったい自分は何を言っているのだろう。

「おう」

「歯も磨くんだよ」言いながら、他人事のような気がしていた。

「まかしとけって」

恭子は社長がバスルームへ消えるのを冷静に見ていた。ソファに身を沈める。足をテーブルに乗せた。たばこを取りだし、火を点けた。立ちのぼる煙をじっと見ていた。

すべてが面倒臭くなった。泣く気も起きない。

ただ、これで本格的に茂則はいらなくなったなと思った。いざとなれば、自分は同じだけの金が稼げる。

堕ちてみるか——。喘《あえ》ぎに似た、小さな吐息がもれた。一度汚れてしまえば、汚れを気にしなくて済む。きれいでいたいと思うから、余計な苦しみが増えるのかもしれない。

テーブルに照明のリモコン装置があった。手に取り、部屋を暗くした。

闇の中、たばこの火種だけが赤く灯っていた。

茂則は午後十時過ぎに帰ってきた。本社勤務になってから家で夕食を摂ったことはない。どこで何を食べているのか、聞く気にもなれなかった。どうせ一人で定食屋にでも行っているのだろう。今の茂則に話相手がいるとはとうてい思えない。そもそも食欲はあるのだろうか。恭子は三キロ減だ。胸までしぼんだ。

茂則は自分で風呂を沸かし、入っていた。以前より長湯になった。恭子が先に寝つくのを待っているのだろう。もちろん恭子は眠れるわけがない。

布団にくるまっていると、茂則は寝室へ入ってきて枕元で静かにたばこを吹かした。何か言いたそうにしているのを背中に感じたが、無視することにした。

わざとらしく寝息をたてた。いっそのこと明日から茂則の布団は客間に敷いてやろうか。その方が茂則だって多少は眠れるはずだ。そんなことを考えていると「おい」という声が恭子に降りかかった。

返事をしなかった。ただ、身を固くしたのを悟られたと思った。

「起きてるんだろ」

それにも答えない。

「おれな……」突然、茂則の声が裏返った。

「もう限界だわ」まるで嗚咽《おえつ》をもらすような声の震わせ方だった。

思わず目を開けた。背中は向けたままでいた。

「毎日毎日、刑事があとをつけてきてな。それもすぐうしろを歩いてんだ。食堂に入ると外でじっと待ってんだ。もうずっとだ。今日なんかとうとう『早く帰れ』って怒鳴られてな。いやがらせで交番にまで連れてかれたんだ。おまけに会社じゃ仕事も与えられずに八時間まるまる机に縛られて、トイレに行くにも課長の許可がいるんだ。誰も口を利いてくれないしな。おれ、耐えられないわ」

茂則が手をついて恭子の横まできた。音と気配でわかった。

「ほんとにすまない。おれ、明日自首するわ。いろいろ調べたらな、放火は重罪だけど、初犯だし、二年程度で済みそうなんだよ。まじめに勤めりゃあその半分で出てこれると思うんだ」

「耐えなさいよ」不意にそんな言葉が飛びでた。突き刺すような自分の声だった。

「恭子……」

「耐えろって言ってるの。会社で孤立してることぐらいなんなのよ」

恭子は布団を剥ぎ、ゆっくりと起きあがった。茂則は布団の上で正座している。十も幼く見えた。

その情けない姿を目のあたりにしたら、怒りが込みあげてきた。

「あんたねえ、わたしがどれだけ耐えてると思ってるのよ。近所で噂になって、香織や健太は学校でいじめられて、どれだけ苦しい目に遭ってると思ってるのよ」

昼間、スーパーの社長に抱かれたことを思いだした。首筋を這う男の舌。乳房をつかむ男の手。ねちねちと愛撫された。足を大きく開かされた。

「冗談じゃないよ。どういう理由か知らないけど、自分の会社に火を付けて、それがばれるのが怖くて車やバイクに火を付けて、あっと言う間にボロが出て警察に疑われて、馬鹿なんじゃないの」

行為の最中は感情の回路を断ち切っていた。けれど服を着る段になって社長のたるんだ腹を見たら鳥肌が立った。暗闇の出来事と割り切れなくなった。帰宅するなり風呂を沸かし、狂ったように身体を洗った。

「この家のローン、どうするつもりなの。わたしたちもうこの町に住めなくなるじゃない。香織と健太はどうなるのよ。放火犯の子供として生きていくわけ」

「申し訳ない……」

「あんた死ねば」

「おい……」

「香織と健太は犯罪者の子供にならなくて済むわ、生命保険が下りるわで、いいことずくめなんだけどね」

茂則が苦しそうに顔を歪める。

「どうして火なんか付けたのよ」

うつむき、口を真一文字に結んだ。

「言いなさいよ。黙ってちゃわかんないでしょう」

「……会社の商品、横流ししてな、小遣い稼ぎしてたんだ。それが本社にばれそうになってな」

「いくらよ」

「……三百万、ぐらいかな」

「だからって火を付けることないじゃない」

「すまん……。ばれたら馘になるし、そしたらおまえにも親戚にも顔向けできないし」

「ほんとに馬鹿なんじゃないの。放火犯の方が顔向けできないでしょう」

「すまん……」

「会社は何て言ってるのよ」

「何も」

「何もってことはないでしょう」

「放火についてはほんとに何も言ってこないんだ。警察に聞かれても何も話すなって言われてるだけで……。商品を横流ししたことについては調べられて、白状したから、そのうち解雇されると思うけど」

恭子の口から吐息がもれた。

「それってもしかして退職金も出ないってこと？」

「ああ、たぶん」

恭子が目を閉じる。手で顔を覆った。

「放火って、何か証拠は残ってるわけ？」

「いいや、証拠はないと思う。目撃者もいないし」

「だったら自首なんかしないでよね」

茂則が顔をあげた。

「警察に取り調べられても、知らぬ存ぜぬで通すんだからね」

茂則が唾を呑みこむ音が聞こえた。

「わたしは絶対に香織と健太を守りますからね。死んでもあの子たちを犯罪者の子供にはしませんからね」

「でも……」

「でも何よ。男でしょう。腹をくくりなさいよ。会社で孤立してるとか、刑事につけられてるとか、それくらいなんなのよ。あんたが我慢すればいいことでしょう」

「けど、逮捕されたら……。状況証拠だけでも逮捕はあるよ」

「それでもシラをきりとおせばいいでしょう。わたし、子供にも親にも、うちのおとうさんは絶対やってないって言ったんだからね」

「おれな……」茂則が再び顔を歪めた。「苦しいんだよ」

「ふざけるんじゃないよ。こっちは十倍も二十倍も苦しいんだよ。あんたは刑務所に入ってればいいのかもしれないけど、ここで暮らすわたしらはどうなるのよ。逃げないでよね。家のローンはなんとしても払ってもらいますからね」

「おまえ、これからもおれと暮らしたいのかよ」泣きそうな声になった。

「子供のためなら何でも我慢するよ。少なくとも健太が中学に上がるまで……あと五年はどんなに苦しくたってこのままで行きますからね。離婚はその後よ」

「おまえ、そんなこと考えてるのか」

「考えないでどうするのよ。わたしは女ですからね。家と子供をなくしたら生きてる意味なんかないのよ」

茂則は目を真っ赤にしていた。打ちひしがれてるといった様子だった。

「あんたって人間は、どうしてそういうつまらないインチキをするのかね」

返事がなかった。顔を背けている。

「ひとつ聞いていい？　わたしたちの結婚式の日に二次会があったよね。あのとき、お義父《とう》さんがあんたにお金を渡してたでしょう。あれってお店の支払いのお金だよね。お義父さんが奢《おご》ってくれようとしてたんだよね。なのにあんた、会計のときみんなからお金を集めたでしょう」

「いや、あれは……確かおやじがくれた祝儀だったと思うけど」

「嘘だね。誰が信じるものか」

恭子は完全に見限った。この期に及んで嘘をつく男なのだ。

手を伸ばし、茂則のたばこを拾いあげた。一本取りだし、火を点けた。肺いっぱいに深く吸いこむ。恭子の中でどす黒い感情がどんどん肥大していった。

「ねえ。あんた、どうしてわたしと結婚しようと思ったわけ」茂則を睨み据えている。

「それは……」

「それは何よ」

「おまえが好きだったし……」

「ねえ、わたしにも聞いてよ」

「ふうん」天井に向かって大きく煙を吐いた。「ねえ、わたしにも聞いてよ」
弱々しい目で恭子を見た。

「いいから聞いてよ」

「……どうしておれと結婚したの」

「二十四までには結婚したかったから」

茂則は黙りこくり、また下を向いた。唇は紫色だった。

「あ、そうだ。ゴールデンウィーク、箱根に一泊で行くから、そのつもりでいてね。香織と健太に約束しちゃったから。北海道旅行は中止になったたし、それくらいのことはしてやらないと」

「ああ……」茂則が力なくうなずいた。

「じゃあ、もう寝るから」恭子は横になり、布団を被った。「あ、それから、明日からあんたの布団、客間に敷くからね」

目を閉じる。たばこの煙が血管にまで染み渡っていく感覚があった。
眠れそうな気がした。もちろん安眠とはほど遠いものだろうが。
悪夢が来たけりゃ来ればいい。どうせ現実以上の悪夢などあるわけがないのだ。

33

面会を求めても管理官は会議室から出てこようとはしなかった。九野薫は宿直室に宇田係長を呼びだし、つかみかからんばかりに抗議している。宇田は畳の部屋の壁にもたれかかり、不快そうに口を結んでいた。

「だからさっきから言ってるでしょう。三月の十六日に、わたしはあの少年の右腕の骨を折っている。一度は被害届を出しにきたわけだから診断書だってあるはずです。公判でそれが出てきたらどうするつもりですか。ギプスを巻いた腕でスクーターを運転したとでも言うんですか」

「一週間もすればアクセル操作ぐらいはできるんじゃないのか。若者っていうのは治《ち》癒《ゆ》も早いだろうし」

「本気で言ってるんですか」

宇田が視線をそらす。シャツのポケットからたばこを取りだし、口にくわえた。

「でもブレーキはかけられないでしょう」

「スクーターは軽いんだ。後輪ブレーキだけでも充分止まるはずだろう」

たばこに火を点け、天井に向かって煙を吐きだす。頬の筋肉が小さくひきつった。

「じゃあ実況見分はどうするんですか。ハイテックスの社屋ならまだしも、二度目に起きた三件連続については。当人は場所を特定できないに決まってますよ」

「おれに聞くなよ」

「じゃあ管理官に伝えてください。九野があの少年はシロだと言ってるって」

「あのなあ」宇田が足を組み直した。「おれだってもはや蚊帳の外なんだ。坂田課長はいないし、うちの署で管理官に意見できるのは署長だけだ」

「だったら署長に言ってください」

「おれが報告できるのは課長だけだ。それくらいおまえもわかってるだろう」

「せめてわたしに取り調べをさせてもらえませんか」

「だめだ。おまえは昨日づけで捜査から外れたんだ。どうしてそんなことができる」

「少年の犯行動機は？」

「知らん」

「犯行方法は？」

「知らん」

宇田がたばこを灰皿でもみ消す。鼻をひくつかせると両手で髪を掻きあげた。九野は宇田から目をそらさなかった。宿直室の柱時計がひとつ鳴る。

「……まあ、もれ聞くところによるとだな」宇田がぽつりと言った。「その少年はシンナーで歯がぼろぼろだそうだ。シンナー常用者となると、供述も曖昧《あいまい》にならざるを得んだろうな」

「ふざけるな」

「おい、誰に向かって言ってるんだ」宇田が色をなす。

「ひとりごとですよ」

沈黙が流れる。九野は宙を探るように天井に目を向けた。廊下を婦警たちが賑やかに歩いてゆく。その嬌声が部屋の中にまで届いた。ここで今朝から考えていることを口にすることにした。

「……その少年はどうして自首するつもりになったと言ってるんですか」

九野は身を乗りだし、畳に手をついて宇田に近づいた。

「知らんよ」

「変でしょう。シンナーを常用する非行少年が、なんで殊勝《しゆしよう》に自首するんですか」

「おれに聞くな」

「誰が得をするんですかね。その少年が自首すると」

「妙なことは考えるな。おれたちはもう関係ないんだ」

「及川かハイテックスでしょう」

「やめろ」

「及川には無理だ。奴はもう逃げ回るだけの男だ。ならばハイテックスだ。しかし企業が直接そんなリスクをおかすわけがない」

「やめろって言うのがわからんのか」

「間に誰か入っていると思いませんか。この町でハイテックスと縁があるっていやあ清和会だ」

「九野。いい加減にしろ」宇田が声を荒らげた。「まだ逮捕と決まったわけじゃない。取り調べ中だ。あたっている捜査員だって馬鹿じゃない。あやふやな自供だけで逮捕などするもんか」

「係長。さっきと言うことがちがうでしょう。シンナー中毒だから供述が曖昧でも――」

「うるさい。黙れ。そもそもおまえは今日から休暇が与えられてるんだ。どうして署に出てくる。自宅で静養してろ」

宇田は立ちあがると、サンダルをつっかけ宿直室を出ていった。ドアが音をたてて閉まる。九野は畳の上で大の字になった。目を閉じ、もう一度考えを巡らせた。佐伯は以前、清和会とハイテックスの癒着《ゆちやく》について言っていた。ハイテックスの新社屋に清和会系の清掃会社が入ることで和解が成立している、と。両者がつながっていることはまず間違いがない。誰が仕組んだことかは知らないが、清和会で頭が切れる男といえば、いちばんに大倉の名が浮かぶ。

身体を起こし、頭を振った。昨夜からずっと脳の一部に疼痛《とうつう》のような感覚がある。大きく息を吐き、自分に気合を入れた。

上着を手に宿直室を出た。廊下を大股で歩く。

「九野さん」井上の声だ。階段の踊り場から顔をのぞかせた。「どこに行ってたんですか。勝手に歩き回らないでください。ぼくの目の届くところにいてもらわないと」

「おお、すまんな。じゃあたばこを買ってきてくれ。マイルドセブンだ」

小銭を手渡した。井上が中庭の自販機へと走っていく。九野は一階の交通課を横切り外に駆けでた。運よくタクシーが通りかかった。急いで乗りこみ、運転手に「新町」と告げる。携帯電話のスイッチを切った。


大倉総業のインターホンを押すと、マイクを通じて若い男の声が聞こえてきた。

「どちらさんで」

凄んでいるつもりなのか、どこか幼さの残る声だった。

「警察だ。ちょっと開けてくれるか」何事でもないように言った。

しばらく間がある。ドアチェーンを外す音がして扉が開いた。髪を銀色に染めた、明らかに未成年とわかる少年が顔をのぞかせる。目が合った途端、少年の表情がこわばった。

九野は迷うことなく少年のシャツの襟をつかんでいた。

「よお坊主、奇遇だな。確か渡辺裕輔とかいったな。どうしてここにいる」

少年はたじろぎながら後ずさりする。九野の心がはやった。

「九野さん」奥から声がした。大倉が姿を現す。「九野さんじゃないですか。どうしたんですか、何か御用ですか」

「ひとつ聞きたいんだがな、なんでこのガキがここにいる？」

大倉がいったん目を伏せる。数秒の沈黙ののち、顔を上げたときは薄い笑みを浮かべていた。ズボンのポケットに両手を突っこみ、胸を反らせた。

「うちはオープンな会社なんですよ。いろんな人間が出入りしてましてね、このあたりで遊んでる子供たちもよく来るんですよ。ま、わたしがカツ丼なんかをふるまうもんだから、それを目当てに来るんでしょうね。こいつらにとっては食堂代わりですよ」

乾いた笑い声を響かせる。

「おい坊主」少年に言った。「寺田洋平っていうのはおまえの仲間だったよな」

少年が目をそらせる。その顔からは血の気が失せていた。

「ということはだ、寺田もここに出入りしてたってわけだ。なあ、そうだな」

「九野さん」大倉が話に割って入った。「基本的なことをお聞きしたいんですが、捜査令状、お持ちですか」

「大倉。おまえが描いた絵か」

「あらら、いきなり呼び捨てですか。しかもおまえ呼ばわり。九野さんはそういう人じゃないと思ってたんですがね」肩をすくめている。

「いいから答えろ。寺田洋平を自首させたのはおまえか」

「何の話ですか。それよりその子を離してやってくださいよ」

九野は少年の襟をつかんだまま前後に揺さぶった。

「おい坊主、言え。おまえの仲間はなんで自首した。大倉の命令か」

「九野さん、ほんと、何の話をしてるんですか」

少年を押しやる。少年は壁までよろけて尻餅をついた。

「そういうことか。どいつもこいつも」

「九野さん、落ち着いてくださいよ。その寺田なんとかっていうのは何者なんですか。そいつがどうかしたんですか」

「おい大倉。枕高くして眠れるのは今しばらくだぞ。おまえは絶対に挙げてやる」

「ほんと、何の話やら」

九野は正面から大倉を睨みつけ、大倉の頰がかすかにひきつったところで踵をかえした。背中にドアの閉まる音を聞きながら下りのエレベーターに乗りこむ。

身体中を熱い血が巡っていた。九野は確信した。ハイテックスは清和会と取引をしたのだ。及川を逮捕させないために。会社の利益のために。

「九野さん」

ビルから外に出たところで声がかかった。井上だった。

「頼んますよ。ぼくの立場はどうなるんですか」

ふてくされた目で九野を見据えている。

「どうしてここがわかった」

井上はそれには答えず、顎でうしろの方角をしゃくった。少し先に覆面ＰＣが停まっている。中に同じ係の刑事が二人いた。

「花村の立ち回り先ですからね。当然でしょう」ひとつ鼻をすする。「叱られましたよ、先輩方に。どうして九野がここに来てるんだって」

井上に腕をとられ、そのまま車に乗せられた。

「はい、マイルドセブン」

膝に投げてよこされた。封を切り、たばこに火を点けた。煙が肺の中でゆっくりと渦巻いた。

34

「馬鹿野郎。二億だぞ。値切られたとはいえ、それでも二億だぞ。あきらめられるかよ」

大倉は顔を真っ赤にしてわめいていた。九野という刑事が帰ってからというもの、椅子に座ったかと思えば立ちあがり、立ちあがったかと思えばソファに腰をおろし、広くもない事務所内をせわしなく歩きまわっている。

渡辺裕輔は目を合わせないよう、身を固くして壁際に立っていた。さっき、わけもわからず蹴りを喰らったばかりなのだ。

「何なんだよ、九野の野郎は。捜査から外れたんじゃねえのか。花村の話では会社員の尾行をやらされてるだけのはずだろう」

こんなに怒り狂っている大倉を見るのは初めてだった。いつもクールに気取っている男なのに、荒い息を吐き目を血走らせている。

「おい渡辺っ」また来た。「てめえどうして名前を聞かなかったんだ。『警察です。一人です』なんて言うもんだからどうせマル暴の暇つぶしぐれえに思っちまっただろうが」

裕輔は目を閉じた。歯を喰いしばり、腹に力をこめた。

黒い影が近づいてくるのがわかる。次の瞬間、腰に衝撃が走った。大倉の膝蹴りが入ったのだ。思わず床に膝をついた。

ドアを開けていいと言ったのは大倉で、ビデオモニターで訪問客を確認したのはほかの舎弟だ。自分はただ言われたことをやっただけなのに。

「ハア」大倉は一転して大きなため息をついている。「世の中なんてのはこんなもんだ。おれはついてねえ男なんだ。よりによって九野と渡辺がうちの事務所で鉢合わせするとはな。あとは寺田がどこまで頑張れるかだけじゃねえか」

洋平の自首した理由というのは、少年院にでも入って規則正しい生活をし、シンナー中毒から足を洗いたかったというシナリオだ。洋平がこっそり教えてくれた。シンナーをやっていると、自分が何をしでかすかわからず怖いのだそうだ。でも、そんな嘘が果たして通るのだろうか。

「ハイテックスもうちも素っとぼけるにしても、二億がパーだぞ。こんな馬鹿な話があるか。やりきれねえよ、おれは。おいっ」舎弟の一人を怒鳴りつける。「あの九野の野郎、なんとか抱きこめねえのか。二千万、いや三千万握らせてもいいんだぞ」

言われた舎弟が亀のように首を縮めている。

「何かいい方法はねえのか。おまえら脳味噌ぐらいあんだろう。少しは組のために知恵を絞ってみろよ」

その舎弟が小突かれた。大倉は植木を蹴とばし、ついでに衝立も倒した。手当たり次第ものを壊していた。

今度は頭を抱え、ソファにもたれこむ。足を投げだし、何度もため息をついた。

「神にでも祈るか。寺田の供述が通って逮捕されますようにって。なあ渡辺」

薄ら笑いを浮かべている。裕輔は「はあ」と返事した。

「はあじゃねえぞ、この野郎」

湯呑み茶碗が飛んできたので慌てて避けた。

大倉は手で顔を覆い、ソファの縁に頭をあずけ、しばらくそのままでいた。

兄貴分に腕をつかまれ、裕輔は割れた茶碗の後片づけをする。破片を拾いあげたら小さく指を切った。たちまち血が滲む。

いいかげん家に帰りたくなった。どうして自分がこんな目に遭わなければならないのか。蹴られた腰もうずいている。明日からゴールデンウィークが始まるというのにとんだ災難だ。

「あ」大倉が身体を起こした。「花村がいた」そう言って立ちあがる。

「花村がいたじゃねえか。あのおっさん、九野に復讐するとか言ってたよな」色めきたち、誰ともなしに話しかけた。「確かダンプで当て逃げするとか。花村にやらせりやあひょっとしたら……」宙に視線をさまよわせている。

「だめか」すぐにうつむいた。「いくらなんでもバラす気はねえだろう」

またソファに腰をおろした。

「そりゃそうだ。現職の刑事をバラしたら大騒動だ。いくら頭に血が昇ったからって、花村もそこまでやりはしねえだろう。それに九野が辞職してからの話だ」

大倉は髪を両手で引っ詰め、じっとしている。

「社長」舎弟頭が静かに口を開いた。「とりあえず、花村にダンプを与えてみたらどうですかねえ。だめもとでいいじゃないですか。運がよけりゃあ九野の野郎、仏になるかもしれないですよ」

「馬鹿野郎。現職の刑事を襲うってのがどんなことか知ってんのか。あいつらメンツがかかると死ぬ気で捜査してくるぞ」

「でもやるのは花村じゃないですか。うちの産廃業者は鍵を付けっぱなしにしたダンプを盗まれたことにすればいいんですから」

「おれは御免だ。そんなことにかかわりたくはねえ。組長に累が及んだら、おれはどうやって言い訳すりゃあいいんだ」

「二億ですよ」

「うるせえよ」

大倉がソファに横になり、拗《す》ねた子供のように親指を嚙んでいる。

「祈るしかねえんだよ。寺田が逮捕されることを」

ため息の回数はとっくに五十を超えているだろう。

「社長」別の舎弟がおずおずと口を開いた。「今朝方、金井の叔父貴《おじき》んところのマサに聞いたんですが、ゆうべ遅くマサのところへ花村が車を借りにきたそうですよ」

「それがどうかしたのか」

「ついでにFM発信機を誰かの車に付けに行かされたそうです。マサは断れずにやったらしいんですが」

「何のこっちゃい」

「それ、もしかして九野の車なんじゃないですかね」

「わけのわかんねえ話するんじゃねえ。どっちにしろ九野の口は塞げねえんだろうが」

事務所内に沈黙が流れる。裕輔が生唾を吞んだら喉が鳴り、大倉にじろりと睨まれた。

「社長、ハイテックスに釘を刺しておかなくていいんですか」舎弟頭が言った。

「何をだ」

「だって向こうがオチてもうちはアウトですよ」

「……わかってるよ」

「じゃあ早めに電話で事情説明だけでも」

「うるせえな、てめえは」身体を起こし、テーブルにあった雑誌を投げつけた。

大倉がたばこをくわえる。裕輔がライターを手に慌てて駆け寄り、火を点けた。

「気が重えなあ……」それでもコードレスの電話機を手にした。「かっこつかねえじゃねえか。ハイテックスは二年後には同じ町の住人だぞ」

大倉が手帳を取りだす。ページをめくり、ぶつぶつと番号を口にしながらボタンを押していた。痰を切るような大きな咳ばらいをする。

「あ、戸田さんですか。清和会の大倉ですがね。ちょっと面倒なことが起きましてね……」やくざだけあって、声だけはドスを利かせていた。「本城署の九野って刑事がいましてね。そいつが、自首した若い者がうちに出入りしていたことを感づいたみたいなんですよ。……ええ……ええ。もちろんうちの人間は口が固いですから、間違ってもおたくの名前を出すようなことはしませんがね……」

それは嘘だと裕輔は思った。洋平はそもそも詳しい事情など何も聞かされていないのだ。

「それでも多少は勘ぐられると思うんですよ。その際は知らぬ存ぜぬの一点張りでですね……。ええ、うちだってシラを切り通しますよ。まかせといてください。やくざは口が固いのが取り柄ですから、死んでも……。はい？」

ここで少し口調が変わった。大倉は眉間に皺を寄せ、相手の話に聞き入っている。

「ええ……ええ……そうなんですか？」声まで裏返った。「じゃあ、そちらはそちらで別の手を打っていたと……」

大倉の表情がいきなり和らいだ。

「ええ……ええ……。本社が本城市に移転したあかつきには、警視庁と本城署から毎年数人の退職者を受け入れる用意があると……。ああ、そうですか。そういえば警視庁四課のＯＢがおたくの相談役にいるって言ってましたよね、その線で……。ええ……ええ……。何だ、じゃあエサはちゃんと撒いてあるわけですね」

大倉はソファに背中をあずけると大きく足を組んだ。

「そりゃそうだ。考えてみればチンケな事件ですからね。民家が燃えたわけじゃない。取り壊しの決まった社屋の一部と、あとは車が焦げたぐらいのもんですしね。元々大騒ぎするようなもんじゃなかったんですよ。ええ……ええ……。おっしゃる通り。誰が犯人でもいいわけですよ。あははは」

ついには笑い声まであげていた。

「いやあ、そうだったんですか。だったらうちが若い者を差しだしたのも無駄にはならないってわけですね。……ええ、わかってます。例のものは判決が下った時点で、ということで。なあに、未成年ですから結審も早いですよ。裁判も流れ作業でしょう。ええ……ええ……。わかってますよ。ま、互いに油断せずということで……。はい、それじゃあ」

大倉が電話を切る。まるで花でも咲いたかのような表情をしていた。

「おいっ」勢いよく立ちあがった。「うまくいくかもしんねえぞ」

テーブルを踏み越え、裕輔や舎弟たちがいる方へやってきた。

「あいつらしっかり手を打ってやがったんだ」一人の舎弟をつかまえて首を揺すっている。「いやあ、抜け目ねえなあ、ニッポンの会社はよォ。危機管理はイモなくせして組織防衛だけは死に物狂いなんだよ」

つかまれた舎弟は目を白黒させていた。

「おいっ」今度は裕輔が肩をどやされた。「世の中捨てたもんでもねえぞ。真面目にこつこつやってりゃあいいことだってあんだよ」

それは自分のことか。思わず耳を疑う。

「おい渡辺。おまえ、やくざになれ」

「あ、いえ……」

「やくざはいいぞォ。がははははは」

つばきが顔にかかった。理由もなく頰を平手打ちされた。

「世の中はな、上に立った者が動かしてんだよ。九野みてえな下っ端の刑事に何ができるってんだ。そうだろう？」

「あ、はい」裕輔がキツツキのようにうなずく。

「なんだよ、そうだったのか」また事務所内をうろつき始めた。「馬鹿野郎。肝を冷やさせやがって」はしゃいで植木を蹴飛ばす。「いよっ」かけ声とともにジャンプもした。

「おい、寿司でもとれ。特上のにぎり十人前だ。誰かビール買ってこい。前祝いするぞ」

舎弟たちが持ち場に散った。

裕輔はとりあえず大倉が倒した植木や椅子を片づけるために壁際を離れた。

どうでもいいけど早く帰らせてくれよ。

裕輔は泣きたい気持ちをこらえていた。

35

花壇に水をやったらチューリップの苗たちがざわざわと揺れ、濃い緑の葉が勢いよく水滴を弾いた。柔らかな土は木綿《もめん》のように素直に水を吸いこみ、黒く湿っている。

明日の朝は水をやれないので、ふだんより少し多めに撒いた。

二週間前に植えたポット苗が、いよいよ花を開かせようとしている。ゴールデンウィークの終盤には、赤や黄の花弁が艶《あで》やかな色を競いあっていることだろう。

「おかあさーん、リボンつけて」

娘の声に及川恭子が顔をあげた。香織が居間の窓から身を乗りだし、ピンクのリボンをひらひらさせる。恭子はホースを片づけ、香織の髪に蝶の形に結んでやった。

「健太はもう支度できたの」奥に向かって声をかける。

「今トイレ」健太の叫び声が遠くに聞こえる。

「おとうさんは？　カメラとか、ちゃんとバッグに入れてくれた？」

「入れた入れた。おかあさん、それよりおれのサングラスどこだっけ」茂則がソファで靴下を穿きながら言った。

「机じゃないの。自分で探してよ」

恭子はエプロンで手を拭くと、用意してあったバッグを両手に持った。裏からガレージに回り、車のトランクを開ける。

中にポンプがひとつ転がっていた。キャップが赤いビニール製のものだ。

数秒、それを見ていた。バッグを入れる。

トランクを閉め、一人おなかに力を込めた。

今日からゴールデンウィークが始まる。北海道旅行が中止になったので、埋め合わせに子供たちを箱根一泊旅行に連れていくことにした。直前の予約だったが、運よく宿を確保することができた。四人で十万という高級旅館だが、もはや選り好みはしていられない。茂則にはその二日を子供と過ごしたら、あとは家にいないでくれと言ってある。茂則は暗い表情でうなずくだけだった。

「おかあさーん」と香織の声。「あとはおかあさんだけだよ」

「うん、わかった」

庭から居間に上がり、エプロンを外した。窓に鍵をかけ、カーテンを閉めた。玄関に向かう途中、洗面所の鏡で顔を見る。ここ数週間ずっと化粧ののりが悪かったのに、なぜか今日は肌になじんでいた。髪を整え、外に出た。

茂則が車にエンジンをかけている。子供たちは道で待っている。車がゆっくりとガレージを出たところで、恭子は人影が近づいてくることに気づいた。

すぐ先に車が停まっている。その車から降りてきたのだろう。

背筋が凍りついた。白髪の初老の男がにこにこしながらやってきた。首からループ・タイを下げている。

「及川さん、おはようございます」

警察だと確信した。逮捕か？　こんなひどい話があるのか？

ていた。

「いい天気ですねえ、お出かけですか」

運転席の茂則を見る。平静を装っているつもりなのだろうが、もう額に汗を浮かべていた。

「何かご用でしょうか」

恭子が男の前に立ちはだかった。心臓が早鐘を打っている。

「本城署の垣内《かきうち》と申します。ちょっとお話が」男は笑顔を崩さない。「お子さん、車に乗せちゃってください。すぐにすみますから」

「はい……」

「大丈夫ですよ。お邪魔はしません」

「ねえ、あなたたち先に車に乗って」

恭子は香織と健太に命じた。子供たちはただならぬ気配を感じたのだろうか、表情を曇らせ、後部座席に乗りこんだ。

入れ替わりに茂則が降りてきた。

「ご旅行ですか」男が聞いた。

「ええ」恭子が答えた。

「行き先と日程を教えていただけませんか」

「なぜですか」

「お願いしますよ」男がいっそうほほ笑む。

「お断りします」

「そうおっしゃらないで。あ、ご主人」茂則の方を向く。声を低くした。「わたしら、何も家族旅行にまでついていきたくはないんですよ。お子さんもいらっしゃるし。そうでしょう？　行く先々に刑事がいるなんてのは、あなた方もたまらんでしょう」

「どういうことでしょうか」

恭子が聞く。それを無視して男はなおも茂則に話しかけた。

「もう説明はいらないですよね。うちの九野が行確の話はしちゃってるわけですから。つまり、無駄を省こうって言ってるわけですよ。及川さんが行き先と日程を知らせて、その通りに行動してくだされば、わたしらついてはいきません」

「ええ。わかりました……」

初めて茂則が口を開いた。ポケットから手帳を取りだし、宿の名前と住所を教えている。男はあくまでも低姿勢でメモをとった。ループ・タイが揺れている。

逮捕じゃないのか。恭子の身体から力が抜ける。口に手をやろうとしたら、指先が小さく震えていた。子供が見ているといけないと思い、頬を軽くたたき笑みを作った。

「お仕事大変ですね」なんとか気を取り直し、そんなことまで言った。

「ええ、まあ」男が上目遣いに苦笑する。

ただ、警察からここまでマークされていることを知って、別の冷や汗が出てきた。もしもこの男が融通の利かない刑事だったら、自分たちは二日間ずっと尾行されたのだ。そして恭子の行動も……。

あらためて身震いがした。立て続けにおくびが込みあげる。男は軽く頭を下げ、車へと戻っていった。

恭子はそのうしろ姿を見ながら深呼吸する。助かった。とりあえずは助かったのだ。

車に乗りこむと香織が「あの人だれ」と不安そうに聞いてきた。

「このへんで赤い首輪をした三毛猫を見かけませんでしたかって」恭子が答えた。いつかみたワイドショーの街ネタを咄嗟に思いだして使っていた。

「何それ」

「迷子になった猫を探す仕事なんだって」

「ふうん。そんな仕事の人いるんだ」香織に疑っている様子はない。

「じゃあ出発進行」

拳を突きだし、明るく言った。子供たちも続いてくれた。「おかあさん、ぼく前がいい」と健太。

「もう走りだしちゃったでしょう」と香織。

「国道へ出る交差点の信号が赤だったらそのとき替わってあげる」

「あれ。裏道行こうと思ってたのに」茂則も話にのってくれた。

「だったらここで替わろうか」

脇に停車し、急いで健太と入れ替わった。

「シートベルトしてね」

「うん」

白いブルーバードが住宅街を走り抜けていく。朝の太陽を浴びて、ボンネットがまぶしく反射している。ラジオから流行りの歌謡曲が流れ、香織が合わせて歌いだした。よくは知らないが恭子もハミングした。うしろのスピーカーからはボンボンと跳ねるような低音が響いていた。


さすがにゴールデンウィーク初日ともなると道は混んでいた。横浜インターから乗った東名高速は、家族を満載した自家用車で数珠《じゅず》つなぎだ。

車の中はどこも同じような家族構成だった。外に目を向けるとつい見てしまう。子供たちの笑顔が弾けていた。屈託なくじゃれあっている。日々の仕事や学校から解放され、みなが休暇を楽しんでいるのだ。

香織と健太はあまり外で遊ばなくなった。とくに健太は公園でいじめられたことがショックだったのか、一人テレビゲームに向かうことが多くなった。香織は明るく振る舞っているが、ふと暗い目をすることがある。

二人の子供たちがどれくらい我が家の事態を理解しているのかはわからない。もちろん父親が会社に火を付けたなどとは思っていないだろうが、なにかしらの不安は感じているにはちがいない。いつ降りだしてもおかしくない厚い雲が、我が家にはずっと垂れこめているのだ。

片道三時間半をかけて芦ノ湖に着いた。家族でボートに乗った。湖畔でバドミントンをして遊んだ。昼食はジンギスカン料理を食べた。

子供たちにもやっとふだんどおりの笑顔が戻った。茂則も笑っていた。それが作り物であるにせよ、少なくとも表面上はどこにでもある四人家族だった。

36

夜になってやっと工藤副署長が署に帰ってきた。本庁か警察庁に呼ばれていたのだろう、胸に金の階級章をつけた制服を身にまとっている。二階から駐車場を見張っていてわかった。専用車から降りたった工藤は険しい表情で玄関照明を浴びていた。彫りの深さがいっそう強調された。

すぐに五階へ先回りした。副署長室の前で待ちかまえる。

「なんだ、九野。どうしてここにいる。休みじゃないのか」じろりと九野を睨んだ。

「ハイテックス放火事件のことでお耳に入れたいことが」

「おれの担当じゃない。坂田に報告しろ」

「入院中です」

「じゃあ宇田だ」顔を背け、ドアに手をかけた。

「係長には言いました。埒《らち》があかないので直接来ました。工藤さんから署長もしくは管理官に伝えていただけませんか」

「何をだ」

「ここではちょっと」

「ここで言え」部屋に入れるのを拒むような態度だった。

「自首してきた少年はシロです。わたしが先月怪我をさせた少年です。それも右腕骨折です。スクーターには乗れません」

「どういうことだ」

「清和会が差しだしたチンピラです。清和会とハイテックスに何らかの取引があった可能性があります」

「証拠は？」

「少年の仲間が清和会の関連事務所に出入りしています。少年もまずつながっていると思ってまちがいありません」

「そんなもの証拠になるか」

工藤がドアを開けた。

「いいんですか。本ボシを挙げなくても」九野が語気を強める。「第一発見者は引っぱればすぐにオチます。シラを切りとおせるようなタマじゃないんです。工藤さん、管理官に進言してください」

「おまえはなんだ。もうあの事案からは外れてるんだろう。余計なことに首を突っ込まなくていい」

「まさか少年の逮捕はないでしょうね」

「おれに聞いたって知るか」

「そんなことになったら清和会とハイテックスの思うつぼですよ」

「知らんと言ってるだろう。それよりさっさと家に帰れ。花村の身柄を確保するまではおまえの自由もないんだぞ」

「今は花村なんかどうだっていいんです。あの少年を――」

「うるさい。上の人間に直訴したいなら警部になってからこい」

工藤は吐き捨てるように言うと、部屋に入りドアを閉めた。最後までまともに九野の目を見ようとはしなかった。

どういうことか。みんな本ボシを挙げる気はないのか。

九野が壁を蹴飛ばす。今度は小走りに二階へと降りた。

取調室のプレートがいくつもかかった廊下を歩く。

「おっと、九野ちゃん、どうしたのよ、血相変えて」

本庁の知った顔の捜査員がベンチでたばこを吸っていた。

「自首した少年はどこにいます」

「なによ、いきなり。どうかしたのかよ」

「ちょっと聞きたいことがあるんですが」

「だめだよ。こっちが担当してんだから。それにもう終わりだよ。夜だしな」ベンチにもたれ、足を組んでいる。

「あの少年はシロです。供述はでたらめです。清和会が差しだした若い者です」

「九野ちゃん、あの少年を知ってるのかよ」

「知ってます。清和会の大倉のところに出入りしていたはずです。おれに調べさせてください」

「そりゃだめだよ。管理官の許可を得なきゃ」

「その管理官が出てこないんですよ」

「じゃあおたくの課長に言いなよ」

九野が髪を掻きむしる。荒い息を吐いて廊下を右往左往した。

「どうしたんだよ。落ち着けよ」

「まさか逮捕状の請求はしてませんよね」

「これからするんじゃないのかな」

「どうして」声を荒らげる。

「何を怒ってんだよ」

「物証はあるんですか」

「スクーターは押収したわな。第一発見者の言った『甲高いバイクの音がした』には合致《がっち》してるぞ」

「それから」

「少年のアパートをガサ入れしたらポンプが出てきたけどな」

「そんなの後から用意したものだ」

「何を根拠にそんなことを」

「供述は?」

「供述も一応、合ってるぞ。シンナーで朦朧《もうろう》としてたらしいけど、手口も犯行場所もほぼ供述通りだ」

「それだって調べりゃあなんとでも――」

「どうしたんだよ、ほんとに。九野ちゃん、大丈夫かよ」

「ちょっと会わせてもらうよ」

「だめだ」

捜査員が立ちあがり、九野の腕をとった。それを振りはらう。手の甲が捜査員の鼻に当たった。顔色が変わる。

「おい、しゃれにならんぞ、九野よ」

「もう一回言います。あの少年はシロです」

「おーい、誰かいないかーっ」捜査員が廊下の先に向けて大声を張りあげた。「こいつをどこか連れてってくれ」

刑事部屋から何人かが顔をのぞかせる。

「取り調べの邪魔だ。すぐに連れだせ」

井上が青い顔で走ってきた。「九野さん、ほんと、頼んますよ」そう言ってうしろから身体を抱きかかえた。

「部屋にいてくださいって何度もお願いしてるじゃないですか。それを条件に出勤してるんでしょう」

「逮捕状は待ってくれ。おれが本ボシを連れてきてやる」捜査員に向かってわめいた。

「落ち着いてくださいよ、九野さん」

「誤認逮捕になるぞ。ただじゃ済まないぞ」

「馬鹿か」捜査員が言いかえす。「自首してきたんだろうが。何が誤認逮捕だ」

井上に押されて廊下を歩いた。胃が焼けつくように熱い。肘から先が小刻みに震えていた。コントロールのきかない感情が身体の中で不気味にうごめいている。

刑事部屋に連れ戻され、応接用のソファに押しつけられた。同僚たちの視線を浴びたが、目が合うとすぐにそらされた。

「これから席を立つときは、必ずぼくに断ってからにしてくださいね」

井上が懇願するように言う。九野はネクタイを緩めると、シャツの第一ボタンも外し、呼吸を整えた。不規則な脈を首筋に感じる。井上が冷たい麦茶を運んでくれ、それを一気に飲んだ。

ふと脇を見ると、もうすぐ定年だという刑事が机でお茶をすすっていた。

確か自分に代わって及川の行確を任せられた刑事だ。

「垣内さん」声をかけた。「及川の行確、どうしたんですか」

「ああ。やっこさんは家族旅行でね。行き先と日程だけ聞いて解放したよ」のんびりした口調で言う。

言葉が見つからず、しばらく垣内を見ていた。

「上の了解は得たよ。ホシは自首したし、行確ランクも下がってるし。おれの仕事もすぐに解かれるだろう」

「及川は家族とどこへ行ったんですか」

「箱根に一泊だとよ。宿泊先は『朝日荘』だ。有名な旅館だ。豪勢なもんだな」

「子供も一緒ですか」

「ああ。こっちも一応、気は遣ったんだぞ。子供に聞かれちゃ気の毒だからな」

「どんな様子でしたか」

「普通さ。普通の四人家族だよ。ありゃあシロなんじゃないのか、九野よ。玄関から出てきた家族はみんな明るかったぞ」

「ああ、そうですか」

「だいいち奥さんが平然としてたよ。夫を信じてるんだな」

及川の妻の顔を思い浮かべた。一度家に押しかけ、あとは病院とスーパーで声をかけただけだ。なんとなく正視するのを避けていた。濃い眉、長い睫、柔らかそうな唇――。早苗に似ていたのだ。おまけに生きていれば同い年だ。

「九野さん」井上がやってきた。「宿直室に弁当があります。腹減ってるでしょう。一緒に食べませんか」

「ああ、いいな」

腰を上げ、垣内に会釈した。

「九野。いろいろ耳に入ってくるが、おまえは疲れてるんだ。あとはおれに任せてゆっくり休むがいいさ」

「ええ。ありがとうございます」

刑事部屋を出て宿直室に入った。畳に足を投げだしたら全身の力が抜けた。

「美乃屋の仕出し弁当。おいしそうでしょう」と井上。

「ああ」

「副署長の奢りです」

「そうか」

井上は割り箸を勢いよく割ると、漬物を音をたてて齧った。

「脇田美穂は無事だそうです。佐伯主任が得意の人脈を使って聞きだしました」

「そうなのか」

「警察病院の看護婦連中にも知り合いがいるそうです。あの人、刑事の鑑《かがみ》ですよね」

「花村は？」

「依然行方知れず。花村のベンツは駐車場に置きっぱなしだから徒歩ですかねえ。レンタカーは足がつくし、調達しようがないでしょう」

「ああ」

「自殺でもしてくれないかってみんな言ってますよ」

「そんなことをする男か。どこかでおれを待ち伏せてるよ」

「また呑気な。怖くないんですか」

「どうだっていいさ」

しばらく黙って弁当を食べた。たぶん五千円はする弁当だ。

「この角煮、おいしいッスよ」と井上。

「じゃあやるよ」

「食べてくださいよ。栄養つけないと」

そのとき宇田係長が現れた。険しい表情をしている。

「一応おまえらにも報告しておく」虚勢をはってか胸を反らせていた。「一連の放火事件において一昨日自首した十七歳の少年の逮捕状をとった」

「なんだって」九野が声を荒らげた。

「記者会見は午後九時より。十時のニュースには間に合うだろう」

「冗談でしょう」テーブルに手をつき、膝を立てた。

「以上だ」

宇田はそれだけ言うと踵をかえし、部屋を出ていった。

胃のあたりが動いた気がした。脈が速くなる。かすかな吐き気を覚えた。

「九野さん、落ち着いてください」

「わかってる……」座り直し、深く息を吸う。箸を手に弁当に向かった。

「逮捕はあくまでも逮捕です。不起訴になるかもしれないし、審理でぼろが出るかもしれないし、地検だってそう本庁のいいようには動かないでしょう」

「ああ、そうだな」

得体のしれない、怒りと不安が混ざったような感情が込みあげてきた。

「それに自首だから仮にひっくり返ったとしてもそれほど非難は浴びないでしょう。上だってちゃんと計算してますすよ」

「ああ……」

もう入らなかった。九野は弁当の大半を残して重の蓋《ふた》を閉めた。

「もう終わりですか。食欲ないんですか」

「ちょっと横になる」

座布団を二つ折にして枕代わりにした。井上に背中を向け横になった。

「帰るんなら車で送りますけど」

「まだいい。記者会見ってのを見たいしな」

「物騒なこと考えないでくださいよ」

「考えてないさ」

目を閉じる。ゆっくりと、静かに深呼吸し、暴れだしそうな感情と戦っていた。

警察は辞めよう。未練はない。辞めて義母と八王子の家で暮らそう。九野は決めていた。

警備員でも宅配便の運転手でもいい。毎週日曜には早苗の墓参りに行けるような仕事がいい。

大きなおくびがひとつ出た。喉がすっと通る。

剣道という手もあるな。母校のOB会に頼めば、どこか指導者の口はみつかるだろう。

できれば子供たちに教えたい。もしもあの事故がなければ、自分の息子は七歳だ。

張っていた腹部が少し緩んだ。身体がらくになった。

明日、工藤副署長に告げよう。たぶん引き留められはしないはずだ。それに工藤も辞めるような気がする……。

しかし、その前にやることがある。及川に自首させることだ。

誰にも得をさせはしない。ハイテックスにも、清和会にも、警察にも。

会社の金を使いこみ、泡を喰って火を放った男が、不問に付されていいわけがない。

「九野さん、寝ちゃったんですか」

井上の小さな声が聞こえた。九野が寝息をたてる。しばらくして毛布が自分の身体にかけられた。

重箱を片づける音。どっこらしょと井上がつぶやき、部屋の外へと出ていった。

横になったまま様子をみた。口の中で百数える。

目を開けた。上着を手に立ちあがった。いったん畳から降り、靴を履く。もう一度畳に上がって窓を開けた。飛びだすのに躊躇はなかった。

通りに出てタクシーを拾う。また携帯電話のスイッチを切った。

37

さんざん遊んで疲れたからだろうか、香織と健太は午後九時を過ぎるともう瞼《まぶた》を重そうにし、布団とじゃれあっているうちに寝ついてしまった。

及川恭子は寝相を直し、布団をかけてやった。高級旅館だけあって、シーツ一枚まで柔らかくて艶《つや》がある。部屋は木の香りがし、畳には青さと張りがあった。

さっきから恭子は子供たちの寝顔に見入っている。そっと二人の頬に触れた。桃のような産毛が手の甲に心地よく擦れる。軽く押したらゴム毬《まり》に似た弾力で恭子の指を押しかえした。朝まで起きることはなさそうだ。どんな夢をみているのか。楽しい夢だとありがたいのだが。好きな男の子からラブレターをもらうとか、サッカーの試合でハットトリックを決めるとか。

茂則は隣の部屋で寝ている。夕食にビール一本と銚子二本を頼んだ。それをすべて夫が飲んだのは、恭子がいっさい口をつけようとしなかったからだ。

恭子は酒に酔うわけにはいかなかった。家族のしあわせを守るために。いや、もう自分には望めないのだから、子供たちのしあわせを守るために。

旅館に着くなり、香織と健太は鬼ごっこをはじめた。生まれて初めての高級旅館の豪華さに、じっとしていられないという様子だった。恭子が諫《いさ》めても、すきを見ては跳ね回っている。仕方なく浴室へ連れていくと、天然の岩風呂に目を丸くし、またしても大はしゃぎした。

風呂は茂則だけ男湯で、健太は女湯に入った。恭子が「おかあさんと入る？」と聞いたからだ。健太は迷うことなく首を縦に振った。二人の髪を洗ってやると、今度は香織と健太がお返しをしてくれた。健太は恭子の髪に角をつくって遊んでいた。この子たちは自分のものだと思った。

夕食は恭子も経験したことがないほどの品揃えだった。鯛のお造りに和牛の一口ステーキ、キャビアの和《あ》え物まであった。子供のためにはプリンが出てきた。

「こんなの初めてだね」香織が笑っていた。

「一年に一回は来たいね」恭子は答えたが、それが現実になるとは思えなかった。

茂則は明るく振る舞っていた。酒が入ったせいもあるのだろう、子供を笑わせるギャグを飛ばし、健太とは食後にプロレスごっこもした。

長い一日だった。そつなく終えたという安堵感があった。

もしかしたら香織と健太は楽しいふりをしてくれたのではないか。グズッたり駄々をこねたりしない二人に、ふとそんな想像が湧いたのも事実だ。けれど恭子は信じることにした。子供たちは何も知らない。そしてこの先も一生真実を知ることはない。

部屋の時計を見た。午後十時半を回っていた。恭子は縁側に移動すると、籐製の椅子に腰かけ、たばこを吸った。手にした百円ライターを見る。そっとテーブルの上に置いた。

テレビはつけっぱなしで、音量は絞《しぼ》ってあった。ニュース番組をやっている。同年代の女性キャスターが今日一日の出来事を伝えていた。

「……容疑者を殺人罪で再逮捕し、東京地検に書類送検しました」

そんな言葉がかすかに耳に届く。殺伐《さつばつ》とした話など聞きたくもない。恭子はリモコンを拾いあげた。

「では次のニュースです。またしても十七歳の犯行です。先月、東京の本城市で起きた連続――」

スイッチを切る。煙を天井に向けてふかす。三口ほど吸っただけでたばこを灰皿に押しつけた。

立ちあがり、茂則の枕元まで歩いた。しゃがんで顔をのぞき込む。口を半開きにして寝息をたてていた。

よくも眠れるものだ。しばらく寝顔を見ていた。

この結婚は失敗だったな。小さく吐息をもらした。

OL時代の同僚の紹介で知り合った。一年ほど付き合って結婚した。会社員だったことと次男だったことが決め手になった。もっとも、自分では愛情だと信じていた。女は誰もそうなのだろう。医者と結婚しても愛で結ばれたと思いたがる。

結婚に憧れていた。二十四で結婚して若い母親になりたかった。授業参観で子供が威張れるように。

要するに、結婚したいときに現れたのが茂則だったのかもしれない。

誰かに責任を押しつけるつもりはない。自分の選択がまちがっていた。自前で生きようとしなかった報いが、今頃になって来たのだ。

茂則が顔を向ける。薄目を開け、「どうした」と小さく声を発した。

「なによ、起きてたわけ」

「ああ」乾いた口調だった。

「そうだよね。眠れるわけがないもんね」

茂則は再び天井を向くと、布団を引きあげ、自分の顔を半分覆った。

「二人きりになるとあの話が出ちゃうもんね。そりゃあ寝たふりしてた方がいいや」

恭子を見ようとはしなかった。

「ついでだからもう一度確認しておくけど、もしも警察に呼ばれたとしても、絶対にシラをきるんだからね。弁護士に聞いたけど、放火は自供が頼りらしいから、取り調べが結構厳しいんだって。でも、あんたはそれに耐えるんだからね。自首したけりゃ五年後、離婚してからすればいいよ」

「ああ……」力ない声がかえってくる。

夫の姿を見るのがいやになったので、恭子は部屋の照明を落とし、豆電球だけにした。外では風が吹いて庭木がかさかさと鳴っていた。

「私は香織と健太を絶対に犯罪者の子供にはしませんからね」恭子が静かに言った。

「もしそんなことになったら、もうあの町には住めないし、学校も変わらなきゃならないし、あの子たちは一生心に傷を負うことになるんだよ。年頃になって、好きな人ができたとき、香織や健太は告白しなきゃならないわけ。実はうちのおとうさんは刑務所に入ってたことがある、放火事件を起こしたことがあるって。……辛いよね。恋愛には積極的になれないかもしれないね。友だち作るのでさえ大変だよ。性格変わるだろうね。これを試練だなんていうふうには思えないね。進学や就職にだって響くんだよ。あの子たちにそんなハンディ、とてもじゃないけど背負わせたくないね」

うしろを振りかえる。さっき布団をかけ直してやったばかりなのに、健太はもう足を外に出していた。

「あんたもこれから大変だね」声をさらに低くした。「会社を馘になることは決まりだから、再就職先を探さなきゃなんないけど、使い込みがばれて解雇されたような人間、まともな会社なら雇うわけがないからね。これからは肉体労働だよ、きっと。収入、減るだろうね。家のローン、どうするつもり」

茂則が額に汗をかいているのが暗い部屋でもわかった。

「まるでドミノ倒しだね。亭主の小さな使い込みが、次から次へと家族の生活をなぎ倒していくんだよ。そうやって考えると人生なんて――」

「頼むよ」消え入りそうな声で茂則が言った。「もう勘弁してくれ」

「できるわけないでしょう。ふざけるんじゃないよ」

「なあ、恭子」茂則が顔を向けた。「罪を償《つぐな》ってやり直すってのはだめなのか」

「だめだね」

「どうして……」

「香織と健太を犯罪者の子供にはしないって何度も言ってるでしょう」

「子供にはおれから説明する」

「どうやって」かっとなった。「おとうさんは会社の金を使い込んで、ばれそうになったので会社に火を付けてしまいましたって言うわけ？　小学四年生と二年生にそれでどうやって納得しろっていうのよ」

「だから」

「だから何よ」

「時間をかけて」

「無理だね。子供たちに思春期がきたとき、あんた完全に馬鹿にされるよ。もしも万引きでもして補導されたら、あんたどうやって叱るのよ。盗みはいけないことだって、香織や健太の目を見て言えるわけ？　言えないでしょう。元々あんたは小ずるくできてんだよ。叔父さんの葬式で香典をかすめ取ったとき、親戚はみんなあんたのこと疑ってたんだよ。それなのに、どうして平然とパソコンなんか買ってくるかねえ」

茂則は反論しなかった。認めたも同然だった。

「直らないんだよ、手癖の悪さは。いっそのこと、ここで告白してみたら？　最初に人のもの盗《と》ったの、いくつのときよ」

言いながらいやになった。自分はたぶんひどい女だ。でも止まらない。

「大方、中学高校時代は万引きの常習犯だったんでしょう。罪の意識なんかなかったんでしょう」

親にも、近所の主婦にも、言いきってしまった。うちの夫は潔白だと。もう引きかえせない。

「いっそのこと、銀行の金庫を破るくらいの大泥棒の方がありがたかったよ。スマートで、度胸もよくてさ。あんたはスケールが小さすぎて余計に惨めなんだよ」

恭子の声が震えた。完全に修復の道は断たれたと思った。自分の本性を見た気にもなった。これまで穏やかでいられたのは、追いつめられたことがなかったからだけなのだ。

いつも観客の側だった。感想を言っていればよかった。狂ったような恋も、一個のパンを十人で取り合うような争いも、なにも経験してこなかった。今それが巡ってきた。そして自分は、あられもなく醜さをさらけ出している。

茂則が布団を頭から被り、丸くなった。沈黙が流れる。喉の奥からおくびが次々と込みあげてきた。

「そのまま朝までじっとしてな。わたしはちょっと出かけるけど、行き先なんか聞くんじゃないよ。あんたを助けてやるんだから」

恭子が立ちあがる。ほの暗い部屋で浴衣《ゆかた》の帯を解いた。縁側へと歩き、脱いだ浴衣を椅子にかける。ジーンズをはいた。サマーセーターに袖を通す。バッグの底からスニーカーを取りだした。

目を凝らして腕時計を見ると、午後十一時になろうとしていた。

テーブルの百円ライターをジーンズのポケットにしまった。

そっと縁側の戸を開ける。スニーカーを履いて外に出た。

風が髪をなびかせる。顔をあげ、どす黒い雲が流れているのを見たら、途端に底なしの不安感に襲われた。心細さに強く胸が締めつけられる。今の自分は、丸裸で闇に放りだされた子供のようなものだ。

玉砂利を踏みしめ、裏庭を歩いた。建物に沿って行けば表に抜けられることは確認済みだった。車は駐車場のいちばん遠くに停めてある。到着時、夫に指示してそうした。エンジン音をなるべく聞かれたくない。

高地だけあって空気はひんやりと冷たく、恭子は思わず身震いした。両手で腕をさすりながら速足に歩いた。車に乗りこむ。シートを前に動かした。外灯のせいで、ブルーバードのボンネットが青白く浮かんでいた。

あたりを見回し、誰もいないことを確認してキーを捻った。暖機運転の余裕などない。すぐさまシフトをDレンジに入れ、車を発進させた。

またしてもおくびが込みあげてきた。沼に気泡が浮くように、身体の中の気体がひとつふたつと吐きだされていく。その合間は閉塞感があった。考えてみれば、ここ数日はずっと息苦しさが続いているのだ。

両脇の樹木が空を覆う一本道を走らせる。ハンドルに顎を乗せるようにして、そろりそろりと徐行した。

いきなり対向車が現れた。旅館の従業員だろうか。血の気がひく。こんな時間に出かける不審な客として覚えられてしまう。向こうがライトを消した。咄嗟にナンバーを見た。

胸を撫でおろす。東京の多摩ナンバーだった。きっと夜遊びでもしていた客だ。自分のことなど気にも留めないだろう。

顔を合わせないようにすれちがった。心臓が高鳴っていた。

二車線の通りに出て山を下った。曲がりくねった道は恭子に緊張を強い、てのひらがたちまち汗ばんだ。来るとき、注意深く道順を頭に入れていた。夜では迷うかもしれないが、とにかく下ればいいのだ。その先には有料道路の入り口があり、乗ってしまえば東京まで一直線だ。

カーブは怖いのでずっとブレーキを踏んだまま曲がった。車の往来はまったくない。昼間なら後続車にクラクションを鳴らされるところだ。

短大時代に免許を取ってはいたが、長らくペーパードライバーだった。峠道を運転するなど初体験だ。対向車がないのをいいことに、センターラインをまたいで走った。

ラジオは消した。どうせ何も耳に入ってはこないのだ。タイヤがアスファルトをなぞる音だけが車の下から響いてくる。

何度も手の汗をジーンズで拭った。途中、シートベルトを締め忘れていることに気づいたが、一旦停車すると何かがしぼんでしまう気がしたのでそのまま行くことにした。なんとか山を下りたときは、ジーンズの腿《もも》のあたりが汗ですっかり湿っていた。高速に乗ってからはいくぶん緊張が解けた。肩が張っていたので、意識的に力を抜いたりもした。

ふと明日からのことを考えた。いつもどおりの日常が約束されたなら、花壇をもうひとつ増やしたいと思った。そして夏に向けて向日葵《ひまわり》の種を蒔いてみたい。そんなに背の高くならない品種を。黄色い花が庭に咲き乱れるのだ。子供たちには朝顔でも育てさせよう。花が咲いたら、きっとペットのように可愛がってくれるはずだ。

スーパーにはもう行かない。あの社長の秘書になるという話は保留だ。いざとなったらその手があると自分を励ませばいい。パート自体もとうぶんやめよう。がつがつ働くこともない。自分は家にいたいのだ。テーブルクロスに刺繍をしたり、電子レンジのカバーを作ったり、そんなことをして過ごしたい。家があって二人の子供がいてくれればいい。あとは何もいらないのだ。

だからミシンを買おう。香織のトートバッグにアップリケを縫いつけてあげよう。健太の帽子にはイニシャルを入れてあげたい。

そのためには今の生活を守らなければならない。どこかで新しくやり直すなどというのは自分には重すぎる。そんな力はない。現状維持こそが自分の願いなのだ。

車内が湿っていたので窓を少しだけ開けた。箱根とちがって平地には夏の気配すらあった。

高速道路の左車線を、恭子の操るブルーバードが走っていく。

38

九野薫は、自宅マンションの五十メートルほど手前でタクシーを降りた。電柱の陰から見ると、覆面PCが一台玄関前に停まっている。助手席の捜査員がダッシュボードに足を乗せていた。

ポケットの中の鍵束を確認した。薬のケースも手に触れた。鍵束だけを音をたてないように取りだし、右手に握った。

車はマンション裏の駐車場だ。出るときは一方通行の前の道を通らなくてはならない。張り込みの彼らは九野の車がアコードだということを当然知っている。

住宅街にはほとんど人通りがない。正面から行くわけにはいかず、九野は裏から遠回りすることにした。ネクタイを緩め、空を見上げる。厚い雲に覆われているが上空は風があるらしく、流れる雲の透き間から月が顔をのぞかせていた。

裏手に張り込みの車はなかった。鉄製の柵に手をかけ乗り越える。足音を忍ばせ駐車場を歩いた。

車に乗りこみ、大きく息を吐く。髪を掻きあげたら額に汗をかいていた。上着を脱いだ。キーを捻る。しばらく乗っていなかったせいで犬が鳴くような音がエンジンルームに響いた。数秒後、始動する。液晶パネルの時計に《9：00》という数字が灯った。

捜査本部の記者会見は始まったのだろうか。たぶんマイクに向かったであろう管理官の顔が浮かんだ。

マスコミはこのニュースに飛びつくだろう。それは暴力団の報復と思われた放火事件が実は愉快犯だったからではない。犯人が十七歳だからだ。ここのところ世間を騒がす未成年犯罪が多発していた。マスコミは見出しになることによろこび、ほかのことを忘れるにちがいない。

もしかすると管理官はその効果も考えたのだろうか。もはや幹部たちは真実に関心がない。誰の顔を立てるかが彼らの問題なのだ。

たばこをくわえ火を点けた。背中をシートに押しつけ、深く吸いこむ。エンジンが暖まる間、立ちのぼっていく煙をしばらく見ていた。

腹に力をこめ、サイドブレーキを下ろす。ライトを灯す。アクセルに足を乗せた。ゆっくりと車が動きだす。知らず知らずのうちに息を殺していた。ハンドルを切り、マンションの表に回る。すぐ目の前にPCが見えた。二人の捜査員が音に気づき振りかえる。その瞬間、九野はブレーキをかけた。すぐさまシフトをバックに入れる。身体を捩り、顔をうしろに向けた。強くアクセルを踏んだ。

エンジンが甲高い唸り声をあげ、一方通行の道をするすると後退していく。道端の野良猫が驚いて塀をよじ登った。

三十メートルほど走り、十字路を突っきった。ブレーキペダルを踏みつける。前を見た。PCから顔見知りの捜査員が慌てて降りていた。

シフトをいちばん手前に引き、右折した。再び加速し百メートルほど走る。バックミラーに後続車のライトはない。そのまま住宅街を駆け抜けた。

気がつくと短くなったたばこをくわえたままだった。灰がズボンに落ちている。

手で払った。コンソールボックスの灰皿は小銭入れになっているが、かまわず火種を押しつけた。

署内のことを思った。今頃井上は青くなり、工藤副署長は激怒していることだろう。どうせ辞職するのだ。最後ぐらいは自分の好きにやる。

しばらく走り、国道に乗りいれた。ラジオからは賑やかなポップスが弾けでてくる。チューニング操作をしてクラシック音楽をやっている局を探した。

ピアノの調べが流れてきた。肩の力を抜いた。首を左右に曲げる。

箱根まで二時間か。そうひとりごちる。

その時間になれば及川は寝ているだろう。だがフロントで呼びだせばいい。残酷だが知ったことではない。そこで自白させるのだ。及川は会社と家庭でいやというほど孤独を味わっているはずだ。オチないわけがない。むしろ及川は逮捕を望んでいる気がする。

そうだ、及川は逮捕されたがっている。逃げおおせたとしても、その後の人生に晴れの日などくるわけもない。心から笑える日常もない。それを及川自身はわかっている。自分が及川を救ってやるのだ。

国道をせわしなく車線変更し、先を急いだ。不思議と背中の疲れはとれていた。目も冴《さ》えている。瞼に重さを感じないなど、いったいいつ以来だろう。鎧《よろい》でも外した気分だった。

東名高速に乗り、アクセルを吹かす。アコードは滑るように右側車線を駆けていった。

箱根に着いたのは予想より三十分ほど早かった。高地だけあって車内にまで夜の冷気が伝わってくる。上着に袖を通し、時季外れのヒーターを入れた。

「朝日荘」はなかなか見つからなかった。旅館街を走りまわるのだが看板が見つからない。道を聞こうにも、みなが寝静まっていた。九野は仕方なく目にとまったホテルに飛びこみ、警察手帳を提示して観光地図を手に入れた。

地図によると、朝日荘は山の奥まった場所にあり、細い一本道の突きあたりだった。垣内が高級旅館だと言っていたことを思いだす。人里離れた一軒家なのだろう。大衆旅館でないのが妙にありがたかった。贅沢《ぜいたく》な料理を味わったのなら多少は同情も薄れる。

目的の一本道を捜しあてたところで、時計を見た。午後十一時ちょうどを示していた。

及川にどう切りだすかを考えた。少年が自首し逮捕されたことはニュースで知ったのだろうか。だとしたら一喝するまでだ。検察に内部告発すると脅しをいれてやる。

現場のタイヤ痕を特定したとカマをかけてやる。

車を低速で走らせた。曲がりくねった道の両脇には樹木が生い茂り、月明かりは届かない。しばらく進むと前から対向車が近づいてきた。

九野が脇に車を停める。すれちがうのがやっとの道幅なのでライトを落とし、向こうが通り過ぎるのを待った。

習性でナンバーに目をやるが、まぶしくて確認できない。ふと視線をあげ、フロントガラスに映る女の顔を見て息が止まった。

早苗——。いや、そうじゃない。及川の妻だ。及川恭子だ。

慌てて髪に手をやる。掻きあげるふりをして自分の顔を隠した。心臓が脈打っていた。

真横にきたとき横目で盗み見た。

及川恭子は前だけを見ていた。ハンドルをしっかりと握り締め、いかにも運転に慣れていないといった様子で、狭い山道でのすれちがいに集中していた。

後部座席ものぞいた。誰も乗っていない。

振りかえり、あらためて確認しても彼女以外の人影はなかった。及川恭子は一人でどこへ行こうとしているのか。こんな時間に。

ハンドルを右いっぱいに切った。少し出る。切りかえしでUターンを試みようとした。バンパーが木に当たったがかまわず切りかえしを続けた。

もう及川恭子の車のテールランプは見えなかった。しかしここは町中ではない。すぐに追いつくはずだ。

やっとのことでUターンし、一本道を戻った。気がはやった。動悸が鼓膜を震わせた。

二車線の道路に出たところで左右をうかがう。箱根山を下る方を選んだ。

混乱する頭で必死に考えようとした。及川恭子はどこへ行くのだ。

夫と諍《いさか》いごとでもあったのだろうか。いや、子供を置いて帰るわけがない。

親でも倒れたのだろうか。それでも一人で帰るわけがない。

そもそも車で帰ったとしたら、残された夫と子供は交通手段を失うのだ。

と言うことは、どこかへ出かけ……戻るのか？

やがて車のテールランプが峠道の先に赤く見えた。及川恭子の車だという確信はどこにもないが、とりあえず後をつけることにした。

信号がないのでなかなか近づくチャンスがない。前方の車は速度が遅かった。ブレーキランプを灯したままコーナーを曲がっている。しかもセンターラインをまたぐ乱暴さだ。

九野は賭けることにした。あれは女の運転だ。ちがっていたら戻ればいい。あらためて及川に引導を渡すだけだ。

十五分ほどして前方の車は小田原厚木道路に入った。九野がアクセルを吹かす。追い越して確認しようと思った。

追い越し車線を八十キロほどで飛ばす。左前方に目的の車が姿を大きくした。

白いブルーバードだ。及川恭子にまちがいない。

そのままの速度を保った。ゆっくりと女の顔が角度を変えていく。やはり及川恭子だった。運転に慣れていないのだろう、ハンドルに身体を近づけ、喰い入るように前方だけを見ている。

振り向かれないよう真横に並ぶ前に視線をそらした。一気に加速しブルーバードを追い越した。この先は小田原に出口がある。その路肩で停車して及川恭子を先に行かせよう。

たぶん途中下車はない。九野はそう踏んだ。及川恭子はこの深夜、本城へ帰るのだ。

尾行する意味があるのかはわからない。ただここまできて引きかえす気はなかった。妙な胸騒ぎもした。あの横顔は、何かにとり憑《つ》かれた顔だ。

39

東名高速を走っている間、及川恭子はただの一度も車線変更をしなかった。そんな勇気はどこを探してもなかった。深夜の高速道路は、昼間とはちがって野卑《やひ》な男たちの世界だった。大型トラックが追突せんばかりに車間距離を詰め、轟音を響かせながら抜いていく。柄の悪そうな運転手が、追い越しざまに女一人の車を好奇の目で睨《ね》めまわしていく。そのたびに恭子は身を縮め、動悸を速くした。狼の群れに紛れこんだ子羊の心境だった。

茂則を罵《のの》っていた一時間前までの威勢のよさは、完全に吹き飛んでしまっている。車の運転ひとつで気持ちが萎《な》えてしまうとは――。何度も生唾を呑みこんだ。荒い息を吐いていた。

自分はずっと助手席に座る人生を歩んできた。人任せで、連れていってもらう立場に安閑としていた。これからはすべて自らハンドルを握らなくてはならない。香織と健太を守るのは母親たる自分しかいないのだから。

人間関係はもうめちゃめちゃだ。近所に話相手はなくなり、淑子や久美とも合わせる顔がない。妹の圭子も遊びにこなくなった。これから気のおけない友人を作るのは相当困難なことだろう。テレビドラマに感動しても語り合う相手はなく、庭に花が咲いても誰かにみせびらかすこともない。服を買いに行くのは一人だ。喫茶店に入るのも一人だ。

もうか弱い女ではいられない。図太くならなければ――。ハンドルにしがみつき、歯を喰いしばりながら、恭子は懸命に自分を励ました。

横浜インターで東名を降り、国道十六号線を走った。今度はさらに心拍数が増した。左車線には停車中の車があり、それを避けるために車線変更をしなければならないからだ。

ドアミラーで後続車を確認する。でも距離感がつかめない。ウインカーを出すだけでクラクションを鳴らされる。意を決してハンドルをきると、急ブレーキの音と共にパッシングされることが何度もあった。ダンプカーに幅寄せされたときは、誰か助けてと心の中で叫んでいた。

脇の下は汗だくだ。前髪が額に張りついている。エアコンをつけたいのだが操作がわからなかった。前だけを見ているのでそんな余裕もない。

右足のふくらはぎが痛くなった。アクセルの踏み加減がうまくつかめず、ずっと力を込めているせいだ。たぶん普通のドライバーはこんなことにはならないのだろう。首も痛くなった。視力はいいのに、ずっと身を乗りだしている。

これが済んだら毎日少しずつ車に乗ろうと思った。車の運転を克服すれば、自分に自信がもてる気がする。

ジーンズとセーターが汗ですっかり湿ったころ、やっと「本城」の道路標識が見えた。こんな場合なのにうれしかった。まるで月から帰還した宇宙飛行士のような気持ちだった。

国道から脇道へと、いちばん苦手な右折をなんとか終える。初めて肩の力が抜けた。あとは空いている道ばかりだ。車の窓を全開して外の空気を浴びた。心地よい風がほてった肌を冷ましてくれた。

コンビニを見つけ、車を停めた。二時間ぶりに停車したら、今度は全身の力が抜けた。大きくため息をつく。腰が痺れていた。降りるのにも一苦労だった。

両手を挙げ、背筋を伸ばす。すると立ち眩みがして、その場にうずくまってしまった。

これくらいでまいっていてはいけない。夜が明けるまでには旅館に戻らなくてはならないのだから。

深夜のコンビニに入り、五百ミリリットルのペットボトル飲料を二本、スポーツドリンクとウーロン茶を買った。客は恭子だけだった。店員と目を合わせないようにして会計を済ませた。

車の中で飲んだ。スポーツドリンクは一息に飲めたが、ウーロン茶を飲む段には胃が水分でふくれあがり、なかなか入らなかった。

苦しくて何度か咳きこんだ。涙が滲む。

でも空にしなくてはならない。恭子は目を閉じて残りをいっきに飲んだ。

バックミラーに視線がいった。そういえばここまで一度もバックミラーなど見なかったなと、首の裏あたりに悪寒が走った。のぞき込み、自分の顔を見てみた。漂流の果てに無人島にたどり着いたようなひどい顔だった。でも目をそらさないでちゃんと見た。逃げない意志を自分自身で確認するかのように。そして今ある現実を受け入れようと。

たばこをくわえ、火を点けた。吐息とともに煙を吐く。一本だけの休憩だ。ずっと続いている動悸を鎮めたくてゆっくり吸った。しばし目を閉じる。えいっと自分に気合を入れてみた。どこまで通じたか、心もとなかったけれど。

空になったペットボトルを助手席に置いて、恭子は再び車を走らせた。

どこか適当な場所を見つけなくては。絶対に人目につかない場所を。

しばらく走ると広い駐車場が見つかった。ここにしようと思った。もし人が通りかかったとき、駐車場なら車を停め、トランクを開けていても怪しまれない。

恭子は敷地に車を入れると、外灯からいちばん遠い場所に停めた。ライトを消し、エンジンをきる。運転席下のレバーでトランクとガソリンの給油口を開けた。ペットボトルを手に車を降り、トランクの中からポンプを取りだした。

続いて給油口のキャップを外し、ポンプの一方を差しこむ。やったことはない。初めての経験だ。でも何とかなるだろう。石油ストーブの給油と同じことなのだから。

ふと左手に持った空のペットボトルを眺める。

小さく吐息が漏れた。自分は馬鹿ではないのか。さっき、どうして苦しみながら全部飲んだのだろう。余ったのなら捨てればよかったのだ。

顔中から汗が噴きでてきた。セーターの袖で拭った。背中にも汗が伝っている。

一本目のペットボトルにホース部分を差しこんだ。蛇腹の部分を右手で握った。手応えがない。ああタンクに届いていないのか。ここで突然、トランクに短いゴムホースがあったことを思いだした。茂則はゴムホースを継ぎ足してガソリンを抜いたのだ。愚かなくせして、こんな用意だけは周到なんだな。一人鼻で笑った。

ホースをつないで差しこむ。今度は勢いよくガソリンが出てきた。

あっと言う間にボトルはガソリンで満たされ、その流れは止まらない。たちまち溢れでて恭子の腕と足元は多量のガソリンを浴びるはめになった。

慌ててボトルを地面に置き、ポンプの蓋を緩めた。鼻をつくガソリン臭があたりに漂う。下を見るとアスファルトが変色していた。

こんなに勢いよく出るものなのか。全身はもう汗だくで、鼻から滴が垂れるほどだ。

あたりを見回す。誰もいないのを確認してセーターを脱いだ。

そのセーターをタオル代わりにして顔や脇の汗を拭いた。

また身につける。不快だが仕方がない。首の裏の筋肉が張っていたので顎を上げた。

視線の先に夜空があった。雲のスクリーンの裏側で、満月がぼんやりと照っていた。

孤独を感じた。生まれてこの方、これほど孤独なことはないと思った。小さな胸がここまで張り裂けるものなのか。

子供に還《かえ》れたらどんなにしあわせだろう。父や母、大人たちが、絶対的な愛情で守ってくれた子供時代に。心配事は何もなく、毎晩深く眠りについていた。待ち遠しいことがたくさんあった。人生を祝福されている実感があった。

足元に視線を落とす。込みあげてくる感情を抑えようと、恭子は我が身を抱きしめた。ここでくじけてどうする。自分を叱咤した。今は自分がその大人であり母なのだ。絶対的な愛情を子供たちに与える立場なのだ。

香織と健太に心の中で呼びかけた。おかあさんが守ってあげるからね。肩身の狭い思いは断じてさせないからね――。

深く息を吸いこみ、また作業に戻った。二本目もまたガソリンを溢れさせてしまった。スニーカーはびしょ濡れだ。

ボトルにキャップをして作業を終えた。ポンプとゴムホースをしまいトランクを閉じる。

運転席に戻りエンジンをかけた。エアコンを全開にした。換気口から勢いよく流れてくる冷風に、しばらく身体をあてていた。

助手席に置いたボトルに目がいく。ガソリンは赤いのか。知らなかった。

インパネの時計を見る。デジタルの数字が午前一時半を示していた。

急がなくては。五時には戻らないと子供たちが起きだす可能性がある。

恭子は中町の住宅街を車で流した。以前の放火はすべて中町で起きたことなので、今回も中町にする必要がある。それも二件だ。愉快犯に見せるためには連続放火が望ましい。最初から決めていたことだ。

被害は最小限にとどめたかった。民家はもちろん空き家だっていやだ。車も避けたい。できることなら乗り捨てられたスクーターなんかがいい。

でもなかなか見つからなかった。放置スクーターが市の問題になっているくせに、こういうときに限ってないのだ。気が焦る。また汗をかいていた。

どこかの団地に入りこむ。こんな事態なのに道に迷ってしまった。曲がり角で掲示板の足にバンパーをぶつけてしまう。大きな音に心臓が縮みあがった。

時間は残酷に過ぎていく。これを逃したら次はないだろう。茂則のアリバイが約束されて、自分も疑われない機会など。

茂則はいつ警察に呼ばれるかわからない。警察のやり方はだいたい想像できた。任意または別件で呼びだし、本件を追及するのだ。

茂則には耐えるように命じたが、あてにはならない。今夜の弱々しさを見たらますます悲観的になった。呼ばれたら最後と覚悟した方がいい。

警察に呼ばせないのだ。そのためには恭子が捜査を攪乱しなければならない。茂則のアリバイを作らなくてはならない。

団地を抜けて川沿いの道に出た。用水路のような小さな川で、柵が張り巡らされている。しばらく走ったところで、「あった」と思わず声を上げていた。スクーターではないけれど、一目で捨てられたものとわかる車が、その柵にくっつくようにして放置してあったのだ。川の向かいは市民グラウンドだった。それも好都合だ。

通り過ぎたところで車を停め、サイドブレーキを引いた。

降りて近づく。タイヤが四本ともパンクしていて、窓ガラスはすべて割られていた。

これならいいだろう。誰も迷惑しないし損もしない。車に戻りペットボトルを手にした。心臓が高鳴りはじめた。息も荒くなる。しかも不規則だ。喉がからからに渇いた。

キャップを取り、どこに撒こうかと考え、うしろのタイヤにした。ボトルを持つ手が震えた。まるで大地震の最中のように、肘から先が上下左右に振れた。ガソリンがあちこちに飛び散る。

気がついたら全身が震えていた。奥歯がカスタネットのように鳴っている。落ち着け。落ち着け。自分に言い聞かせている。

早く済ませよう。もう一件やらなければならない。

ポケットに手を突っこみ、ライターを取りだした。震えは止まらない。心臓がまるで喉のすぐ奥にあるみたいだ。その鼓動の音だけが鼓膜を占拠している。

腰を屈め、火を点けようとした。

誰かに右手をつかまれた。頭の中が真っ白になった。

「及川さん」

男に名前を呼ばれる。身体を抱きかかえられ、車から引き離された。

何が起きたのか。咄嗟に男を払いのけようとしたが、強い力で抱きしめられた。

「及川さん、見なかったことにします」

言葉が出てこない。悲鳴すら上げられない。いったいこの男はどこから現れたのか。どうして自分の名前を知っているのか。

「本城署の九野です。覚えてるでしょう。あなたの家まで押しかけた刑事です」

必死にもがいた。でも一切身動きができない。男の手に嚙みついた。何も考えられず、ほとんど本能的な行動だった。

男の腕から解き放たれた。

「落ち着いて。おれの顔を見ろ。見覚えがあるだろう」

近所の人か？　スーパーの誰かか？　昔の知り合いか？　いや、そうではなさそうだ。気が遠のくような感覚が背骨から脳天にかけて走る。この男は見たことがある。でも次が出てこない。脳が扉を閉ざした。一切の反応を拒絶している。

「見逃してやる。だから旅館に帰って亭主を自首させろ」

そもそも自分は今どこにいるのだろう。箱根に行ったはずではなかったか。家族四人で。記憶の断片だけが、フラッシュを焚くように脳裏で瞬いている。

「アリバイ工作のつもりかもしれんが、馬鹿な真似はやめろ」

峠道。高速道路。さっきまで車を運転していた気がする。そうだ、本城の町へ帰ってきたのだ。たった一人で。

「じたばたしても無駄だ。あんたの亭主は放火犯だ。これは覆《くつがえ》らん」

男がさっきから何事かわめいている。背の高い男だ。怒ったような形相だ。その事実だけが、何の情報も伴わず目に飛びこんでくる。

車のタイヤが軋《きし》む音がした。まばゆいライトが恭子を照らしだす。大型の乗用車がこちらに向かってくる。

目の前で急停車した。ドアが勢いよく開き、角刈りのいかつい男が降りてきた。

「おーい、九野よ」まるで酔っ払いのような大声だった。「探したぞ。深夜のドライブか。遠出なんかしやがって」

この男は何者か。今度は何が起きたのか。

「深夜の逢いびきか。貴様も気の多い野郎だな」

薄闇なのに男の目が光って見えた。

「おれの美穂は死んだか」

「生きてるぞ。今なら傷害だけで済むぞ」背の高い男が声を張りあげる。

角刈りの男の右手には短刀が握られていた。恭子はそれをガラス越しのような光景で眺めている。

自分は殺されるのだろうか。角刈りの男がこちらへ近寄ってきた。逃げた方がいいのか。

いやそれどころではない。自分にはもっと大切なことがあったはずだ。香織と健太の明日のために。

恭子は麻痺したような頭で、それが何だったかを懸命に思いだそうとした。

40

見ていられなかった。これほどつらい尾行はないと、九野薫はハンドルを握りながら何度も顔を歪めた。

国道十六号線で、及川恭子の乗る車は荒波に漂う難破船だった。進路変更のたびに後続車にクラクションを鳴らされ、車体ごと震えるかのように小刻みな蛇行を繰りかえす。リヤウインドウに映る恭子の頭の影は、子供と見まちがうほどに小さく頼りなさげで、せつなさが込みあげてきた。

ダンプカーに幅寄せされたときは、九野の背筋が凍りついた。早苗はああやって殺されたのではないだろうか。不意にそんな想像が浮かび、衝撃を受けたのだ。しばらく動悸が収まらなかった。追いかけて、ダンプカーの運転手を引きずり降ろしてやりたい衝動に駆られた。

恭子は前だけを見ていた。だから車間距離に気を遣う必要はまるでなかった。少しはうしろにも気を配れ。尾行の対象者なのに、九野は一人で焦れていた。

国道から脇道に入るとその先は本城だった。無事到着したことに九野までが安堵していた。それにしても、いったい恭子は何をしようとしているのか。この不可解な行動は、何を意味しているのか。

恭子は途中車を停め、コンビニで買い物をした。その先は慎重になった。無灯火で追尾し、距離もおいた。

恭子は五分ほど車を走らせると、駐車場に入った。たまたま見つけて入ったという感じだった。恭子が車から降りる。九野は手前で停車し、足音を忍ばせて柵の外から様子をうかがった。わずかの月明かりと、外灯の光線を頼りに目を凝らす。ポンプが見えた。ペットボトルにガソリンを移し替えているのだとわかった。

この段階で九野は恭子のやろうとしていることを理解し、目眩を覚えた。体温までがゆっくりと下がっていく。少年が自首したニュースは見ていないのか——。恭子の不憫《ふびん》さに胸が締めつけられた。やりきれなさに、この世までをも呪った。

恭子はセーターを脱ぎ、身体の汗を拭っていた。暗がりの中、遠くからでもその肌の柔らかさが想像できた。

女の孤独を思った。早苗にもこんな夜があったのだろうか。いや、ないはずだ。そう信じたい。自分は早苗を一人にはしなかった。ずっとずっと愛してきた。

誕生日には花を贈った。休日には映画に誘った。髪型を変えれば似合うよと褒めた。二人で愛を確め合ってきた。

恭子にそんな日々はなかったのだろうか。子供が生まれたとき、ちゃんと労ってもらったのか。家を買ったとき、君のおかげだよと感謝されたのか。いや、そんな表面的なことはどうでもいい。あの男は恭子を守らなかった。それどころか、平凡な主婦をここまで追いつめてしまった。目の前の恭子の姿が、それを証明している。

及川茂則が憎かった。妻を不幸にするつまらない男が。

声をかけようか。不意にそんなことを思った。及川さんじゃないですか、どうしたんですかこんな所で、と。恭子はうろたえるだろう。パニックに陥るだろう。何も問うつもりはない。無言で抱きしめてやる。なんなら箱根の旅館まで自分が送り届けてやってもいい。

狂おしいほどの感情が、身体の奥底から湧きおこってきた。この女を犯罪者にしてはならない。この場で、女を守れるのは自分しかいない。

腰を浮かしかけたところで、恭子が再び車に乗った。エンジンがかかり、駐車場を出た。九野も慌てて車に戻る。絶対に見失ってはならない。

恭子は本城の町を迷走していた。考えていることが手にとるようにわかった。火を放つ場所を物色しているのだ。ますます胸が締めつけられた。恭子の家が目に浮かぶ。ホームドラマに出てきそうな、白い壁の二階建だ。訪れたとき、庭を見た。造りかけの花壇があった。もう完成したのだろうか。花は咲いたのだろうか。

生きていたころ早苗が言っていた。二十八で一人目の子供を産んで、三十で二人目の子を産んで、三十三で八王子にマンションを買うの。それでわたしが四十になったら、おかあさん七十一だから、そうなったら実家を改築してみんなで一緒に住も——。恭子にはどんな人生設計があるのだろう。聞いてみたかった。話をしたかった。許されるなら、早苗と同じように白くて柔らかなその指に触れてみたかった。

恭子は市民グラウンド脇の道路で車を停めた。九野は一旦バックして距離を置き、グラウンドを腰を屈めて横断した。うしろから近づく。植え込みに身を隠した。

恭子はペットボトルを手に、放置された自動車にガソリンを撒いていた。その手が震えている。いや手だけではない。全身がマリオネットのように前後左右に振れていた。

あらためて衝撃を受けた。犯罪の瞬間を目撃するのはこれが初めてだった。身も心も重心を失い、闇の側に堕ちていく人間の姿。生贄《いけにえ》だと思った。恭子は、不幸を一定数設ける神の配剤の、生贄だ。正視するに耐えなかった。

九野は立ちあがり、大股で近づいた。もう周りの状況など見えていないのだろう。靴音をたてても恭子は振りかえらなかった。これで終わりだ。あなたは、こんなことまでしなくていい——。

恭子がポケットからライターを取りだす。背中からその右手をつかんだ。「及川さん」包みこむように抱擁した。

「見なかったことにします」耳元でささやいた。甘い髪の匂いがした。

恭子が弾かれたように身を反らす。突然のことに声も出ない様子だった。パニックに陥った恭子は九野の腕の中で激しくもがいていた。けれど女の力だ。やすやすと車から引き離した。

「本城署の九野です。覚えてるでしょう。あなたの家まで押しかけた刑事です」

右手の甲に痛みが走る。恭子が嚙みついたのだ。思わず抱いていた腕を解く。

「落ち着いて。おれの顔を見ろ。見覚えがあるだろう」

恭子が向き直る。顔色はほとんどなかった。唇をわななかせている。

「見逃してやる。だから旅館に帰って亭主を自首させろ」

艶のない汗が恭子の顔を濡らしていた。髪が額に張りついている。

「アリバイ工作のつもりかもしれんが、馬鹿な真似はやめろ」

果たして聞こえているのか。恭子は九野の言葉を一方的に浴びるだけだった。

「じたばたしても無駄だ。あんたの亭主は放火犯だ。これは覆らん。ここの後始末はおれがやってやる。放火未遂にもならないようにしてやる。だから亭主のことは諦めろ」

恭子が蒼白の面持ちであとずさる。目の焦点はどこにも合っていなかった。
そのとき道の向こうにヘッドライトが光った。タイヤがアスファルトに鳴ってい
る。一台の大型車が猛スピードで近づいてきた。二人の動きが止まる。まばゆい光が
視界をいきなり白くした。
目の前で急停車する。ドアが開き、男が降りてきた。
笑っている。ヘッドライトに照らされ、真っ白な笑い顔がゆらゆらと揺れていた。
花村だった。どうしてここに――。腕を左右に広げ、ゆっくりと近づいてくる。戦
慄が走った。右手には短刀が握られている。
「おーい、九野よ」まるで飲み仲間に声をかけるような口調だった。「探したぞ。深
夜のドライブか。遠出なんかしやがって」
知ってたのか。どこからつけてきたのか。指先が震えた。
「深夜の逢いびきか。貴様も気の多い野郎だな」
恭子に目をやる。茫然と立ち尽くしていた。逃がさなければ。花村は正気ではな
い。
「おれの美穂は死んだか」
「生きてるぞ。今なら傷害だけで済むぞ」声を張りあげた。
「ばーか。だったら殺人未遂だ。どっちにしろおれは終わった人間なんだ」

「これ以上罪を重ねるな」

「おい九野。がっかりさせるなよ。もっと気の利いたこと言えよ」

「花村さん、あんた歳はいくつだ」

「なんだ、街頭アンケートか」

「まだ四十だろう。やり直しはいくらでもきくぞ」

「四十五だ。きくわけねえだろう」わめき声になった。

九野がもう一度恭子に視線を走らせる。その目の動きを花村に悟られた。

花村が恭子に大股で近寄り、腕を取る。左手で抱きかかえ、短刀を喉に突きつけた。恭子はまるで抵抗しなかった。

「もう新しい女ができたか。美穂が泣いてるぞ」声をあげて笑う。

その尋常ではない顔つきに九野は凍りついた。経験からわかった。覚醒剤か。花村は覚醒剤をやっているのか。

「花村さん、冷静になろう。その人は無関係だ。職質で呼びとめただけだ」

「嘘をつけ嘘を。さっき抱きあってただろうが。グラウンドの向こう側から見てたぞ。この好色野郎が」

「誤解だ。逃げようとしたから揉みあっただけだ」

「もっとうまい嘘をつけ」

「嘘じゃない」

「馬鹿野郎。工藤の犬になるような奴を誰が信用するか」

「あんた、どうしたいんだ。おれを殺したいんだろう。だったらその人は関係ないじゃないか」

「逃がさねえためだ」

花村が恭子の頰に刃先をつけた。恭子は一切反応することなく、ただ虚ろな目で宙を見ている。

「逃げやしない。おれなら好きなようにしろ。だからその人を離せ」

「だったらおれと勝負しろ」

「ああ、いくらでもしてやる。あんたなんかに負けやしない」

「言ったな、この野郎」

花村が恭子を解放した。腰でも抜かすのかと思えば、恭子は、何事もなかったかのようにその場にたたずむだけだった。

花村は首を左右に一度ずつ曲げ、ゆっくりと近づいてくる。

無意識に上着のポケットをまさぐった。鍵束を取りだす。何もないよりはましだ。鍵の先がはみでるよう右手に握った。腰を落とし、身構えた。

「癇《かん》に障る野郎だぜ」

花村が短刀を振りかざし、突進してきた。右に移動してかわし、鍵の先端を花村の側頭部に振りおろす。近すぎて空振りだった。

花村はすぐさま体勢を立て直すと、また向かってきた。

今度は避けきれなかった。短刀はかわしたものの花村の左肩が胸に当たり、九野は大きくよろけ、そのまま道路わきの植え込みに落ちた。

身体を起こす。顔を上げると花村が空から降ってきた。花村の体重をもろに浴び、全身に激痛が走った。

無我夢中で花村にしがみつく。花村の鼻息が顔にかかる。距離を置いたら刺されると思った。

花村の頭突きが顔面に入る。視界に銀粉が舞う。それでも懸命にしがみついた。何度か植え込みの中を転がる。

呼吸が苦しくなった。首に圧迫感がある。絞められているとわかった。短刀を持ちながら、なんて器用な奴なんだ。

九野の意識が遠のきかける。霞がかかったように花村の形相が薄く濁った。

そのときボンという大きな音がした。花村の背後で火の手があがった。

数メートルの火柱が、夜空に向かって闇を切り裂いている。

恭子か。恭子がやったのか。なぜここで火を付ける——。

瞬間、花村が振りかえった。自分の首が花村の腕から解き放たれた。右手を握り締める。まだ鍵は持っている。その鍵の先を花村のこめかみめがけて打ちつけた。充分すぎるほどの手応えがあった。

花村は声もなく九野の上に突っ伏した。ぴくりとも動かない。殺したか？　けれどそれより今は――。

花村を脇にどけ、なんとか立ちあがる。短刀をもぎ取り、道へと放り投げた。アスファルトに甲高い音が響いている。

「どうしてやった！」恭子を怒鳴りつけた。「どうして火を付けた！」

恭子が振りかえる。目を大きく剝き、驚愕の表情をしていた。まるで、今日初めて九野の姿を見たかのように。

近寄り、腕をとった。「どいてろ」道の隅へと押しやる。上着を脱いだ。だめだ。天を仰いだ。衣類でたたいたぐらいでどうにかなる火の勢いではない。

背中に何かが当たった。うしろを見る。恭子の顔がすぐ肩越しにあった。目が合った。瞳に炎が映りこんでいる。瞳孔が開いているのがはっきりとわかった。

恭子は弾かれるように九野から離れると、地面に尻餅をついた。

恭子の両手には短刀が握られていた。肘から先ががたがたと震えている。

九野は恐る恐る背中に手をやった。てのひらに、べっとりと血が付着していた。

「なぜだ」声がかすれた。「逃がしてやるつもりだったんだぞ」

恭子が短刀を放り投げた。声にならない声をあげ、うしろ手に後ずさりしている。

「これじゃあ逃がしようがないだろう」恭子に向き直った。「どうしてだ。なぜ火を付ける。なぜおれを刺す」

九野が歩み寄った。恭子は這うようにしてこの場を去ろうとする。その先には白いブルーバードがあった。

「おい、待てよ。ここにいろ」九野が手を伸ばす。「一人じゃ淋しいだろう」それが自分のことなのか、恭子のことなのか、わからなかった。

「行き場所なんかないだろう。話をしよう。な。あんた、早苗と同い年なんだ。話せばわかると思うんだ。早苗はスキーがうまかったんだ。あんたスキーはやるのか」

恭子は前につんのめりながら車にたどり着こうとしていた。何も耳には入らないのだろう。もがくように口を半開きにしている。

「死ぬなーっ。死ぬなよーっ」

九野は恭子の背中に向けて声を嗄《か》らした。それが自分に言える精一杯のことだった。

41

いつの間にか身体中の汗がひいていた。寒いのかといえばそうではない。乾いてしまったという感じだ。皮膚の感覚がなく、外からは何も伝わってこない。季節はいつなのか、昼なのか夜なのか、そんなことすら判断がつかない。

及川恭子はぼんやりと自分の足元を見つめていた。スニーカーを履いている。その下はアスファルトだ。やけに黒いからきっと夜だ。

今さっきまで自分の身に何かが起こっていた気がする。それもかなり深刻な事態が。冷たく光るものを見た。あれは刃物だったのか。男の血走った目も見た。でも怖くはなかった。と言うより、いかなる感情も湧いてこないのだ。

ああ、そうか。香織と健太だ。いちばん大切な、わたしの宝物。子供たちを守りたくて、自分は旅館を抜けだした。

闇の中のドライブ。対向車のヘッドライト。緑色に浮きでた車の計器パネル――。瞬きをしたら、そんな光景がぽんぽんと瞼の裏に映った。

今のは何だろう。ここはどこだろう。どうして自分は一人でいるのだろう。

茂則はどこにいるのか。旅館に置いてきた。もはや必要がないから。邪魔だから

——。

せかされるような気持ちだけは働いている。正体のわからない焦燥感。

自分は夫にかなりひどいことを言った。直らないんだよ、手癖の悪さは。終わったな。あの一言で。健太が中学にあがるまでと思っていたが、五年も待つのは無理だ。三年に短縮しよう。あの家があれば一人でやっていける。いまさらアパート暮らしはいやだ。庭が欲しいから。緑の芝生と色とりどりの花が咲く花壇。それが自分の夢だったから——。

真っ白だった恭子の頭の中に、次々と言葉が浮かんでは消えていった。色彩を感じた。脳裏のスクリーンでは、万華鏡のような正体のない模様が猛スピードで回転を始めた。

親に電話で言った。心配しなくていい、茂則は無実だと。公園で近所の子供をたたいた。その親と喧嘩になった。もうあとには引けない。絶対に。スーパーのパート仲間。淑子と久美。彼女たちもきっと知っている。もう顔を合わせることはないのだろうか。週刊誌。事件の記事。家の前のマスコミ。激情が込みあげ、ゴミ袋でたたいた。斜向《はすむ》かいの老婆。ひそひそ話。きっとみんなが噂している——。

ふと耳に意識がいった。何も聞こえない。けれど静寂ではなかった。テレビのホワイトノイズのようなザラついた音が、間断なく恭子の鼓膜を震わせている。

市民運動グループ。桜桃の会。ここでも仲間に入れなかった。みんながよろこんでるのにケチつけないでよ。おかっぱ頭の女のとがった声。蔑むような視線。ぬるくなった紅茶。いたたまれなくなってその場を逃げだした。自転車を漕いだ。行くところがなくなった。スーパーの倉庫。青白い蛍光灯。軍手。若者たちに混じって力作業をした。見物にきた社長。脂ぎった顔。たるんだ腹。田圃に囲まれたモーテル。孤独。限界。かび臭い部屋で自分は抱かれた。その夜の夫の泣き言。冷たくはねつける。背を向け布団を被りながら。このとき自分は決意した。何を？　茂則のアリバイを自分が作ってやるのだと。ゴールデンウィーク初日。箱根の旅館。はしゃぐ子供たち。香織と健太と温泉に浸かった。豪華な食事。遊び疲れて眠る子供たち。布団から健太の足が出ている。健太の柔らかで弾力のあるふくらはぎ。布団をかけ直してやらなければ。

そうだ、早く子供たちのところへ――。

いきなり風を感じた。前髪が額で揺らめいている。

右手を見た。ライターが握られていた。

思いだした。自分がしようとしていたことを。突如として意識が甦った。

そうだ、さっきガソリンを撒いたのだ。

時間がない。ここを片づけ、もう一ヵ所を探さなくてはならない。

腰を屈め、ライターを着火した。躊躇はなかった。ガスコンロに火を点けるような自然な動作だった。

車のタイヤのそばに近づけただけで、一瞬にして炎が上がった。思わず身をかわす。

ボンという大きな音。炎の勢いに二、三歩あとずさった。

ガソリンはこんなに燃えるのか。相手はゴムと鉄なのに。恭子はその場に立ち尽くし、炎の熱を浴びていた。体内を流れる血にやっと温度を感じた。

これでよかったのか？　妙な違和感がある。胸がざわざわと騒ぐ。「あ」と思う。甲高い音がした。アスファルトの上を何かが転がる音だ。

「どうしてやった！」

男の声に振りかえる。この状況が信じられない。刑事がいたのだ。

全身に衝撃が駆け抜けた。さっき、刑事に止められたのだ。手をつかまれたのだ。なぜ自分は忘れていたのか――。

「どうして火を付けた！」男の怒鳴り声が夜空に響いた。

頭がぐるぐる回る。逃げなくては。いや、見られた以上、逃げても無駄だ。自分はどうなる？　捕まるのか？　香織と健太が学校に行けなくなる。あの家に住めなくなる。

男に腕を取られた。引っぱられた。九野という刑事だ。こんなときなのに名前を思いだす。九野が上着を脱いで炎を消そうとした。

アスファルトの上の短刀が目に飛びこむ。気がついたらそれを手にしていた。

時間経過が曖昧だ。数秒、意識が飛ぶことがある。今現在のことなのに。

次に気づいたとき、九野の背中に顔を埋めていた。男の汗の匂い。肩越しに目が合う。

嘘だろう――？　両手の感触。短刀の柄を握り締めている。

また空白。恭子は尻餅をついていた。九野が背中を押さえ、顔を歪めている。自分が、刺したのか？

身体の自由が利かなくなった。関節という関節が、がたがたと震えていた。

「なぜだ。逃がしてやるつもりだったんだぞ」

短刀を放り投げた。やった。やってしまった！

動悸が全身を打ち鳴らしている。眼球が中から押しだされそうな錯覚を覚えた。

「これじゃあ逃がしようがないだろう」

九野が何かわめいている。耳に入ってこなかった。

恭子は車に向かっていた。立ちあがれない。地面に這いつくばった。それでも懸命に手足を動かし、なんとか運転席に乗りこんだ。

キーを捻った。サイドブレーキを外し、車を発進させる。

なぜ刺した。どうして刑事を刺してしまったのか。

それよりどうして火を付けたのか。刑事に見られたのなら、やめればよかったのだ。

動悸が止まらない。身体の震えも。

もうおしまいだ。アリバイ作りどころではなくなった。なんて自分は馬鹿なのか。世界一の馬鹿だ。

気が遠のきそうになった。小さな十字路。ヘッドライトが民家の垣根を映しだす。慌ててブレーキを踏む。車の鼻先がそこに突っこんでいた。バックしようとはしなかった。ハンドルを切り、強引に突き進んだ。木の枝ががりがりと車体を擦る音。

あの刑事は死んだのか。いや、倒れはしなかった。立ったまま叫んでいた。戻ってとどめを刺すか。死んでくれれば目撃者はいなくなる。

いや、でも、もう一人いた気がする――。恭子の頭の中で別の記憶が瞬いた。男に刃物を向けられた。首根っこを押さえられた。あれは九野ではなかった。

わけがわからない。自分は狂ってしまったのではないか。

逃げよう。香織と健太を連れて。学校なんかどうだっていい。家は捨ててもいい。別の土地へ行こう。どうせ本城では仲間外れなのだ。近所付き合いは辛く、友だちもいない。

それともいっそ死ぬ？　死ねば少しは同情も集まる。香織も健太もそれでいじめられなくて済む。

息苦しくなり、咳きこんだ。目に涙が滲む。

なんで自分が死ななければならないのだ。ハンドルをバンバンとたたいた。

死ぬなら茂則だ。冗談じゃない。生きていたい。自由でいたい。逃げるしかない。名前を変えても、歳をごまかしても、子供と一緒に別の土地で生き続けたい。

いつの間にか国道を走っていた。車は南に向かっている。このまま行けば東名の横浜インターだ。

そうだ、子供を迎えに行こう。寝ているのを起こし、車に乗せて、一緒に逃げるのだ。なんとかなる。女の子供連れだ。怪しまれはしない。住み込みの口でも探そう。そこに庭はないけれど。

進路変更。クラクションを鳴らされた。負けずに鳴らしかえした。奥歯がぎりぎりと音をたてている。

もう花壇を愛《め》でることはないのか。ゴールデンウィークの終わりごろにはチューリップが咲くはずだった。妹でも呼んで自慢するつもりだった。それがどうして。

一人叫び声をあげた。唇を嚙みしめた。身体がぶるぶると震えていた。

馬鹿だ。本当に馬鹿だ。自分はなんて取り返しのつかないことをしてしまったのか。

茂則などさっさと自首させればよかった。離婚して職を探せばよかった。きっと親だって援助してくれたはずだ。そうやって周りに支えられ、頭を低くして、地道に生きていけばよかったのだ。

それなのに、世間の目を恐れ、犯罪者の家族とうしろ指を差されるのを恐れ、自分までもが犯罪者になってしまった。茂則と同じだ。いや、それ以上の愚かさだ。何もしなければ、肩身が狭くなる程度で済んだのだ。

心底タイムマシンが欲しかった。時間を逆戻りさせることができるなら、全財産を差しだしてもいい。一時間だけでいい。たった一時間だけで——。

行く手に赤色灯が見えた。全身に緊張が走る。警察だ。検問だ。

急いで脇に目を走らせる。手前に側道があった。左折する。その角に制服姿の警官が立っていて目が合った。

思わず互いに見入ってしまう。呑気そうにしていた警官の顔がみるみるこわばった。恭子はアクセルを強く踏んだ。バックミラーに目をやる。警官が走って追いかけてきた。

もう知れ渡ったのだ。自分が火を付けたことも、刑事を刺してしまったことも。

絶望的な気分になった。ハンドルから手を離し、髪を搔きむしりたかった。国道を外れたせいでもう道がわからない。方角もわからない。箱根にたどり着けるのだろうか。香織と健太に会えるのだろうか。

遠くでサイレンが鳴っていた。この車はもうだめだ。車種もナンバーも知られてしまっている。車を捨ててタクシーに乗り換えようか。いやだめだ。きっと幹線道路はどこも検問だらけだ。

あてどなくさまよう。どこかの駅が見えた。ここで車を捨てよう。今度見つかったら最後だ。刑務所行きだ。世間のさらし者だ。恭子は車を停めた。

放置された自転車が道端にいくつも並んでいた。徒歩よりはましだ。自転車に乗って箱根を目指そう。どれくらい時間がかかるかわからない。でも、自転車なら検問を避けて行ける。

適当な一台を見つけた。目立たない普通の買い物用自転車だ。鍵もついていない。助走をつけ、サドルに腰を乗せた。油が切れているのか、漕ぐたびに犬が鳴くような音がした。夜空を見上げる。雲の切れ間から月が顔を出している。なんとなく方角がわかった。

サイレンがあちこちで鳴っている。遠回りしてもいい。サイレンだけには近寄らないようにしよう。絶対に逃げきってやる。もう誰にも顔向けはできない。親にも。妹にも。逃げるしか方法はないのだ。

静まりかえった住宅街に、自転車を漕ぐ音が響いている。汗の滴が鼻からひとつ落ちた。

42

恭子の乗ったブルーバードが動きだした。エンジン音を響かせ、ぎくしゃくと川沿いの道を駆けていく。九野薫はそのテールランプを茫然と眺めていた。渇きに似た感情が喉元から込みあげてくる。どうしてこうなるのか。いったい何が間違っていたというのか。

気持ちの昂ぶりはなかった。心のどこかに諦観めいたものがある。刺されたというのに。恭子を取り逃がしたというのに。

かすかな風が肌に触った。川のせせらぎが初めて耳に届いた。

内側で暴れていた神経が、その鉾《ほこ》を納めはじめているのを感じていた。

九野は上着を脱ぐと、それで腹を巻いた。袖と袖を強く結んだ。痛みの感覚はない。傷は浅いのだろう。半分は自分に言い聞かせていた。

アスファルトに腰をおろす。足を投げだし、ため息をついた。

燃えている車を見る。炎は勢いを弱め、代わりに黒い煙が立ちのぼっていた。燃え移るものはなさそうだ。放っておいても自然に鎮火するだろう。

携帯を取りだした。かすかに震える指でジョグダイヤルを回した。警察手帳も用意する。

「おう、井上か。遅くまでご苦労だな」

電話の向こうで井上が大声でわめいた。

「ああ、悪かった。いいか、よく聞け。用件はふたつだ。市民グラウンドの横、川に沿った道があるだろう。そこで放置自動車が燃えてるんだ。消防車と救急車を呼んですぐに来い。そばの植え込みには花村も転がっているぞ。それがひとつ――」手帳のページをめくった。「ふたつ目。メモをしろ。多摩５００、日本の『に』、６７××。白のブルーバードを手配しろ。緊急配備だ。容疑は放火。まだ遠くには行っていない。行くとしたら十六号線を下って横浜インターに向かうはずだ。及川の妻が乗っている。そうだ、及川恭子だ。自殺の危険あり。以上」

「九野さん――」

井上の言葉を聞かずに電話を切った。そのまま大の字に転がる。

たばこを吸いたくて胸のポケットをまさぐった。落としたのか、なかった。大きく息を吸う。焦げたゴムの臭いがした。

夜の冷気が空から降りかかってくる。地面も九野の体温を奪おうとしていた。

死なないでくれよ。恭子のことを思った。死ぬことはない。自分で死ななければならないことなど、人生にはないのだ。花村に刺されたことにしてやる。そうすれば執行猶予で済むだろう。あの家に住み続ければいい。庭の花壇を造ればいい。いつかしあわせを取り戻せるさ。早苗に似た女の、悲しむ顔は見たくない。

どうして恭子は火を放ったのか。おれを刺したのか。あのときの目は、恭子自身の目ではなかった。地球上の女をすべて集め、苦しみを抱える彼女たちの中から無作為に選びとり、単にはめ込んだものに過ぎなかった。三十億の女たちの、嘆きの総体だった。恭子一人を責める気にはなれない。あの目は、早苗のものだったかもしれない。

吐息をつく。頭がうまく回らなかった。そもそもどうしておれは箱根まで行ったのか。自分のしたことなのに、その理由さえ思いだせない。

今のおれは何がしたいのか――。正義を貫きたいのか、悪を懲らしめたいのか、誰かに認めてもらいたいのか。きっとそんなんじゃないな……。

たぶん、自分は人と深くかかわりたかった。ずっと人恋しかったのだ。

義母に会いたくなった。突然、義母の顔が見たくなった。

腕時計を見る。もう二時過ぎか。いつもの深夜ラジオは何時までやっているのだろう。

行くか。起こしてもいい。これくらい甘えたっていい。自分が甘えられるのは義母だけなのだから。

立ちあがった。全身に痺れるような感覚があり、うまく歩けなかった。植え込みに倒れたままの花村を見る。死んだのか、気絶しているだけなのか。どんな感情を抱いていいのかよくわからなかった。

グラウンドを横切り、アコードに乗りこんだ。エンジンをかけ車を走らせる。再び十六号線に乗り、北に向かった。

ハンドルを握る手がぬめっていた。てのひらの血をズボンで拭う。対向車のヘッドライトがあたり、ぬぐったはずの手がさらにどす黒くなっていることに気づいた。

ぎょっとして下を見る。下腹部から腿にかけてが血まみれだった。

途端に左脇腹に熱を感じた。剝きだしの懐炉《かいろ》でもあてているかのような熱さだ。おそるおそる手をやる。

おれは花村にも刺されていたのか。あの争いで短刀を避けきれなかったのか――。

九野は茫然とした。頭の中が真っ白になった。

神経を腹部と背中に集中した。より熱いのは腹部だ。なぜか安堵した。致命傷になるとしたらそれは花村のせいだ。恭子のせいじゃない。

ブレーキに足を乗せる気にはならなかった。そのまま八王子を目指す。義母に会いたかった。会えるのはこれが最後のような気がした。

なぜだかわからない。ただ、何かが終わろうとしていることに、ここ数日の自分は気づいていた。

まだいてくださいね。心の中で祈っていた。

さよならも言わず消えないでくださいね――。

歯を喰いしばりハンドルを握った。対向車のヘッドライトが幾重にも見える。霞みそうな意識は頭を何度も振って持ちこたえた。側道に入り、郊外に向かう。やがて黒い木々が生い茂った義母の家が丘の上に見えた。

坂を登り、敷地に車を乗り入れる。玉砂利がタイヤの下で鳴っていた。

窓はすべて雨戸が閉められていた。電気はどこにも見えない。

九野は車から降りると、よろよろと玄関まで歩いた。

「おかあさん」声に出して呼んでみた。「薫です。夜分にすいません」ノックもした。応答がない。人のいる気配はどこにもなかった。

「おかあさん、おかあさん」何度も呼んだ。

義母の返事はどこからも聞こえてこなかった。

九野は玄関前に横たわった。仰向けになる。

夜の静けさが、やさしい重力となって九野を覆い包んだ。傷口に痛みはない。ただ猛烈に熱いだけだ。ため息をつく。そんな気がしていた。

いつかこの日がくることを、自分はどこかで覚悟していた。終わったのだ。自分はいつから現実を見ないようにしてきたのだろう。心の中にシェルターをこしらえ、そこに逃げこむようになったのだろう。

その場所を守りたくて友人も作らなかった。人付き合いも避けてきた。咳がでた。傷口からどんどん出血しているのがわかる。

震える手で携帯電話を取りだし、ボタンの並んだパネルを見つめた。どこへかければいいのだろう。こんなとき、自分には声を聞く相手もいない。

早苗のところへ行くか――。目を閉じた。

早苗が教員試験に受かったとき、九野はボーナスでダイヤのネックレスをプレゼントした。さぞやよろこんでくれるかと思いきや、早苗はもったいないと顔をこわばらせた。

「こんな高価なもの買うくらいなら貯金してよ、将来のために。わたし、宝石なんか欲しがる女じゃないし」

さすがに頭にきて喧嘩になった。九野はその場でネックレスを引きちぎり、しばらく口を利かなかった。後日、早苗が謝った。「うれしすぎて素直になれなかった」と涙ぐんだ。仲直りしたが、早苗はずっとそのことを後悔し、気に病んでいた。三年経っても五年経っても、修理したそのネックレスをつけるときは「あのときはごめん」と神妙に謝るのだ。

気にしてないさ。忘れていい。性格はもうわかっている。早苗はときどき気持ちとは逆のことを言う。派手好きの女と思われたくなかっただけのことだろう。

出産には立ち会ってもいいぞ。気が変わった。あれはきっと重労働だ。ベッドの横で手を握っててあげる。額の汗は自分が拭ってあげる。

早苗――。

車のエンジン音が聞こえた。気のせいか。いやどんどん大きくなる。車が坂を駆けあがってくる。

玉砂利が鳴った。光が瞼の裏を赤くした。ドアの開く音。

「九野ーっ。大丈夫か」佐伯の声だった。「井上っ。すぐに救急車を呼べ」

井上も来ているのか。

身体が揺すられる。頬をたたかれる。佐伯の大声が鼓膜を鈍く震わせた。

「死んでませんよ」九野は声を振り絞った。

「じゃあ目を開けろ」

言われて瞼を持ちあげた。

「おれが見えるか」

黙ってうなずく。

「いい男に見えるか」

口の端だけで苦笑し、首を左右に振った。

「じゃあ大丈夫だ。おぬしは死にはしない」

「どうしてここがわかったんですか……」

「もういい。口を利くな。黙ってろ」佐伯が不敵にほほ笑む。「花村の車にFMの受信機があってな。締めあげたら、おぬしの車に発信機を仕掛けたって吐いたよ」

ああそうか、どうりで……。花村は生きていたか。人殺しにならずに済んだな。

「アスファルトは血まみれだ。おれまで寿命が縮んだぞ。病院にでも行ったのかと思えば、おぬしの車は八王子に向かってる。それですぐにわかったんだ。この野郎、こんな豪勢な隠れ家を持ってやがって。義理のおふくろさんには会えたのか」

九野が首を振った。

「じゃあおれがもっといいもんに会わせてやる」

佐伯の顔を見た。

「呉服屋の娘だ。病院には毎日見舞いに行かせる。おぬしがいやだって言ってもな」

白い歯を見せて笑っている。井上も駆け寄ってきた。

「九野さん、副署長に大目玉喰らいましたよ」

この馬鹿が。こんなときに。

「今度酒でも奢ってもらいますからね」

九野は目を閉じた。頰をたたかれる。

その感触が徐々に遠くのものとなっていった。

不思議な懐かしさを感じた。生まれて最初に目に映った、光の記憶のような。

こんな感じ、あったな。不安のまるでない、赤ん坊のころ。

生きているという、実感――。

もしも人生が続けられるのであれば、しあわせに背を向けるのはやめようと思った。

しあわせを怖がるのはよそうと思った。

人はしあわせになりたくて生きている。そんな当たり前のことに、九野はやっと気づいた。

43

背中に朝日を浴び、及川恭子は自転車を漕いでいた。腕時計に目をやると午前五時だった。朝の冷気がセーターを通して染みこんでくる。寒くはない。むしろ汗がひいて心地よいほどだ。冬じゃなくてよかったな。小さな幸運に感謝した。

どうやら検問はかいくぐったらしい。大きな通りはすべて避け、路地ばかりを走ってきた。正確な位置はわからないが、今いる場所が小田原あたりだということは道路標識で把握した。

気持ちはずいぶん落ち着いた。あれから三時間も経っている。恭子の中に、軽い諦めのようなものが芽生えはじめていた。後悔しても手遅れとなれば、人間は次のことに頭が向かうものなのだろう。踏み外すのなんて簡単だな。しあわせなんてあっけなく霧散するものなんだな――。

箱根に行くのは取りやめにした。宿泊先を刑事に教えていたからだ。きっと待ち伏せしているにちがいない。みすみす逮捕されに行くようなものだ。子供たちの前で逮捕されるなんて最悪の結末だ。

わりとあっさり断念することができた。もしかして自分は薄情な人間なのではないだろうか。ずっと自分を善人だと思っていた。とんだ思いちがいだ。守りたいものが守りきれないとなれば、さっさと逃げだしてしまう女なのだ。顔向けができない、というのは大きな理由なんだな。まるで笑い話だ。茂則と同じ動機だなんて。

駅を見つけたら、恭子は電車に乗り換えるつもりでいる。それでどこか遠くへ行くのだ。お金ならある。宿代は自分の財布の中だから、それで当座はしのげる。

あの刑事は生きているのだろうか。ニュースでそれだけ確認したら、あとは一切テレビも新聞も見ないようにしよう。及川恭子という名は今日限りで捨てるのだ。

大きく息を吸いこんだ。肺の中の澱んだ空気がいくらか中和された気がした。

刑事事件の時効は何年なのだろう。今日にでも図書館で調べてみよう。たぶん短くはないだろう。気の遠くなるような年月かもしれない。

でもいい。そうするしか道はないのだから。ほかの方法など自分には思いつかない。

どこかで住みこみの働き口を探し、じっと身をひそめていよう。そうしてときどき香織と健太の様子を見にいくのだ。遠くから、そっと。卒業式、入学式、運動会、たぶん成人式も。

それがいい。自分はもういない方がいい母親なのだ。

子供なんてすぐに元気になる。どんな環境にも慣れる逞《たくま》しさがある。それが子供の特権だ。

ごめんね、香織、健太。馬鹿なおかあさんで。おかあさんのことは忘れていいから。あなたたちの将来の邪魔はしないから――。

涙も出てこない。悔しさもない。

心から湿った部分が抜け落ちてしまった気がする。

考えることが、もう残っていない。

どこかの駅が見えた。東海道線らしい。西にでも行くか。静岡とか、名古屋とか。

駅前には交番があった。若い巡査がすぐ前の通りを箒《ほうき》で掃いている。駐輪場はその隣だ。

どうせこんな遠くまで手配はされていないだろう。ゆうべの事件のことも、自分のことも、たぶんあの巡査は知らないはずだ。

自転車を停め、ふと目を下にやった。セーターのあちこちがどす黒く変色していた。刑事を刺したときの返り血だ。今までこんなことにも気づかずにいたのか。

自然な動作で交番に背を向ける。不思議と冷静でいられた。恭子は再び自転車にまたがる。

焦ることはない。もう少し自転車で先へ進み、店が開くころどこかで着替えを買い求めればいい。

自転車を漕ぐ。潮の匂いがした。ああ海のそばなんだな。鼻から空気を吸いこむ。

坂を登ったら太平洋が目の前に広がっていた。船がたくさん停泊している。漁港だとわかった。

漕ぐ足を休め、しばらく海を見ていた。

「あんた、どうしたの、その服」

その声に振り向く。年老いた女がバケツを手に立っていた。顔は浅黒く、頭には手拭いを被っている。漁師のいでたちだ。

「うん、ちょっと汚しちゃった。ワインをこぼして」

咄嗟の言い訳に自分で感心した。まさか血だとは誰も思うまい。

「真鶴《まなづる》銀座の人？」女が聞く。

「はい？」

「そこのホステスさん？」

「え、ええ……」曖昧に返事した。

「朝まで大変だね。ヤッケでよけりゃああげるよ」

「ほんとですか」

「ちょっと待ってな」

女は軽トラックへと歩くと、中から赤いヤッケを取りだしてきた。

「これ、派手でな。さすがにこの歳になるとあんまり着たいとは思わん」

「いくらですか。お金払います」

「いらん、いらん。漁協が無料で配ったものだから」

「すいません。じゃあ遠慮なく」

笑みがこぼれた。それもごく自然に。

袖を通す。生地がペラペラの安物だった。これで電車に乗れる。

「港で水商売っていうのは大変だね。漁師は気が荒いし、相手をするのも骨が折れるでしょうよ」

「そんなことないですよ」

「どっから来たの？」

「ええと、北陸です」そんな嘘をついた。

「ま、若いうちは好きに生きるとええよ。こっちは五十年も船に乗って、面白いことなんか何にもなかった」

「そんな……」

「わたしにも娘がおった。生きとりゃあ丁度あんたぐらいの歳だ」

女が海に向かってぽつりと言った。思わずその横顔に目をやる。深く刻まれた皺《しわ》の一本一本に、見る者を吸い込むような人生の跡があった。

「せっかく役場に勤めたのに、仕事が面白くないって一年で辞めて、プイッと東京へ行って……。何をしとるかと思えば水商売に入り込んで、男作って、父親のおらん子供まで産んでしもうてね」恭子は黙って聞いていた。女の少し嗄《か》れた声は、朝の澄んだ空気にバイオリンのように響いている。「帰ってくるたんびに喧嘩して、あるとき『もう帰ってくるな』って怒鳴りつけたら、その三日後、東京で交通事故に遭って死んでしもうた。最後が喧嘩別れっていうのはそりゃあ寝覚めが悪い。思えば、好き勝手に生きる娘に嫉妬してたのかもしれん。わたしら古い人間は、女が自由に生きるなんて考えもせなんだ。親の決めた相手と結婚して、子供を産んで、漁に出て……。『しあわせか』って聞かれりゃあ『しあわせ』って答えようけど、ほんとのところはわからん。もっと別の人生があったかもしれん」

女が頭の手拭いを取る。大半が白髪《しらが》だった。向き直り、恭子の手を握った。

「まあ、きれいな指だこと」

「いえ、そんな」

「わたしがあんたぐらいの歳のときは、すっかりひび割れてカチンカチンだったよ」

「そう……ですか」

「好きに生きるとええよ」まるで恭子の指に語りかけるように言った。「若いうちは、自分のために生きるとええ」

若いうち……か。恭子は吐息を漏らした。三十四で始められることはしれているが、それでも少しは慰められた気がした。

「おばさん、ありがとね」

「ああ、飲み過ぎんようにね」

女と別れた。また自転車を走らせる。潮風が横から吹いてきて、恭子の髪と、真新しいヤッケをなびかせた。

駅を探そう。ここではないどこかへ行こう。やり直す、というのは身勝手過ぎるけど、せいぜい自分の人生を生きよう。妻でもない、母親でもない、自分の人生を。生きることに、決めたのだ。

そして、自分だけを特別だなどと思うのはやめよう。開き直るのではなく、我が身の悲劇に酔わないという意味で。自分と似た女は、きっとあちこちの街で、少なからず生きている。野良猫のように。ときには尻尾《しっぽ》を立て、ときには身を丸くして息をひそめて。

たぶん心から笑うことは一生ないだろう。当分は脅《おび》えて暮らすのだろう。でも仕方がない。自分がしでかしたことなのだから。

これから自分に訪れようとしているのは、ほとんど目眩を覚えるくらいの、孤独と自由なのだ。

感想はない――。

朝日が背中を押す。

長い影が砕氷船のように、アスファルトの上を突き進んでいく。

恭子は腰を浮かせ、ペダルを踏んだ。ギイギイと鉄の擦れる音が耳のうしろで鳴っていた。

44

数発の玉が釘の間で同時に躍っている。新しい玉はもう出てこない。右手をダイヤルから外し、渡辺裕輔は盤に顔を近づけた。

釘に弾かれた玉はサイダーの泡のように跳ね、やがていちばん下の穴へと吸いこまれていく。

軽く目を閉じた。短くなったたばこを灰皿に押しつけ、裕輔は尻を浮かす。ジーンズの前ポケットをまさぐった。札の姿はなく小銭があるだけだ。

無言で首の骨を鳴らす。仕方がないので席を離れ、窓際のベンチに腰をおろした。

ジュースの自販機が目につく。あらためてポケットの小銭を取りだし、持ち金を数えたら六百八十円だった。百五十円の缶コーヒーを買った。プルトップを引き、口をつける。たばこに火を点け、盛大なため息とともに煙を吐いた。

「おい、金あるか」その声に顔をあげる。床屋へ行く金もないのか、五分刈りだった頭がタワシのようになった弘樹だった。「三千円でいいんだ。貸してくんねえか」

「そんな金があったら自分で打ってるよ」鼻の頭に皺を寄せ、裕輔が言った。「こっちは昨日今日で二万のマイナスだぜ。耳から煙が出そうだよ」

「そりゃあ痛エな」弘樹が薄く笑っている。

「おまえはいくらやられたんだよ」

「今日だけで二万」

「よく笑ってられるな。もしかして家は山林持ちか」

「ばーか。おれは昨日勝ってんだよ。裕輔みたいなやると負けと一緒にするんじゃねえ」そう言って隣に座った。「たばこくれよ」

「おいおい、たばこ買う金もねえのかよ」

「いいじゃねえか、さっさとよこせよ」

弘樹は裕輔のシャツの胸ポケットから勝手につまみあげると、一本口にくわえた。

「弘樹、次のバイト、みつかったのかよ」

「全然」火を点け、涼しい顔でふかしている。

「親が泣くぞ、親が」

「馬鹿野郎。おまえが言うことか。おまえこそ学校辞めたんなら仕事しろ」

「探してんだよ、おれだって」

コーヒーを飲み干し、くずかごに投げる。それは縁に当たってフロアを転がり、店員にいやな顔をされた。

ゴールデンウィークが明けて裕輔は高校を自主退学した。家に帰るなり親から連絡を受けた担任がやって来て、用紙にサインさせられたのだ。

今後は立派な社会人を目指してほしい、担任は裕輔の目を見ないでそう言っていた。

親は完全に諦めた様子だ。警察沙汰だけは避けてよねと懇願し、不肖の息子に関心を示そうとしない。母親は一人カルチャーセンターなんかに通いだした。

大検を受けてみようと考えないでもないが、勉強が続くとは自分でも思えない。この前中学時代の教科書を見てみたら、初歩的な方程式も解けなかった。

たぶん当分はバイトで小遣い稼ぎをしていくのだろう。なんならピザの配達に戻ってもいい。

「いくか」弘樹が立ちあがって言った。

「どこへ」見上げて返事する。

「ここにいたってしょうがねえだろう」

二人でパチンコ屋をあとにした。

外は夕暮れだった。最近日が長くなってきた。女の子たちも薄着になった。五月も半ばとなれば、気分はもう夏なのだろう。

「おい、ナンパでもするか」と弘樹。

「金もねえのにか」

「金持ってそうな女探すのよ」

「そんな都合のいい女がどこにいる」

盛り場をあてもなく歩いた。弘樹がだるそうに欠伸をする。裕輔にも伝染して大きく口を開けた。

最近盛り上がらないのは洋平がいないからだ。いるときはうっとうしくて仕方がなかったのに、いざいなくなるとやけに寂しい。いつも三人でつるんでいたから、欠けると、カラシのないホットドッグを食べさせられているような気分だ。

前から金髪の三人組が歩いてきた。隣の弘樹が身構えるのがわかる。三人組はガンを飛ばしてきているのだ。

距離が一メートル程になったところで向こうから声がかかった。

「なにガン飛ばしてやがんだ、この野郎」一人が顔を近づけてきた。

「ふざけんな。先にガン飛ばしたのはてめえらだろうが」裕輔が言いかえす。

「おう、強気だねえ、お兄さんたち。三対二でやろうってェのか」と別の男。

「上等じゃねえか。こっちはかまわねえぞ」弘樹も負けてはいなかった。

「よーし、顔貸せ」

三人組が先に歩きはじめ、裕輔たちはあとについていった。

ここのところフラストレーションが溜まっている。スカッとするにはちょうどいいカモだ。

路地に入り、小さな公園で向かい合った。

「おまえらそこに一列に並べ」裕輔が先に怒鳴りつけてやった。

「なんだと。てめえ頭おかしいんじゃねえのか。こっちの方が人数多いんだぞ」

「それがどうした。いいか、おれはおまえらと喧嘩なんかする気はねえんだ。ただ痛めつけてやりてえからついてきたんだ。勘違いすんなよな」

裕輔のあまりの余裕の態度に、三人組がややたじろいだ。

「おまえら、おれが誰だか知らねえだろう。言っとくがな、おれは清和会の大倉さんの事務所に出入りさせてもらってる若い者だ。そこいらのツッパリと一緒にすると後悔することになるぞ」

たちまち三人組が青ざめる。視線を落とし、あとずさりした。

大倉の事務所で部屋住みを経験してよかったと思う瞬間だ。今は無関係だからハッタリだが、出入りしていたことは事実なのだ。

裕輔は前に歩みでると一人の男を殴った。むろん相手は抵抗しない。残りの二人も殴った。

「よーし、これで勘弁してやるから金出せ」

「いや、持ってないんスよ」

「ふざけるな。じゃあどっかで金作ってこい。さもねえと――」

「おいおい、そこのガキ共」

そのときうしろから大きな声がした。裕輔が振りかえる。今度は自分が青くなる番だった。眼鏡の刑事が肩を揺すってやってきた。裕輔の天敵、井上だ。

「公園はなあ、地域住民の憩いの場なんだぞ。てめえらガキ共が喧嘩をするためにあるわけじゃねえんだ。とっとと消えろ」

裕輔と目が合う。「またおまえか」井上が顔をしかめた。近づいてきて、反らせた胸で体当たりされた。

三人組が走って逃げていく。弘樹は少し離れた場所で様子をうかがっていた。

「おまえ、最近何やってんだ」と井上。

「関係ねえだろう」顔を背けて言った。

すぐさま顎をつかまれた。

「小僧、おまえには口の利き方からとことん教えこむ必要があるな。おまえに鞄を投げつけられたお返しはまだしてねえんだからな」

井上が手に力を込める。

「痛ててて」つい情けない声を出してしまった。

次の瞬間、井上が白い歯を見せる。なんだ、冗談なのか？

「井上さん、驚かさないでくださいよ」裕輔も態度を和らげてみた。

「おう、おれの名前を覚えてるのか」

「覚えてますよ。何度も逃げ回ったんですから」

「ふん、まあいい。あんときのことは忘れてやる。被害届も取り下げたことだしな」

先日、親と一緒に被害届を取り下げに行った。これ以上警察に恨みを買いたくなかったからだ。

「あのときの刑事さん、どうしてるんですか」裕輔が聞いた。

「九野さんか。……九野さんはな、入院中だ」

「どうかしたんスか」

「ゴリラと決闘してな、ちょっと怪我したんだ」

何を言ってるのか、この刑事は。

「じゃあ花村さんは？」

「花村か。花村も入院中だ。もっともこっちは鉄格子のついた病院だがな」

よくはわからないので曖昧にうなずいておいた。

井上がたばこに火を点け、空に向かって煙を吐きだす。自分も倣おうとしたら胸を小突かれた。

「おまえ、歳はいくつだ」

「十七ですけど、堅いこと言わないでくださいよ」

「そんなことじゃない」どこか乾いた口調だった。「……十七か、いいな。しあわせだろう」

「わけないでしょう」裕輔が口をとがらせる。「こっちは高校中退でお先真っ暗ですよ」

「そんなのは小さな問題だ。人間、将来があるうちは無条件にしあわせなんだよ。それから先は全部条件付きだ。家族があるとか、住む家があるとか、仕事があるとか、金があるとか、そういうものを土台にして乗っかってるだけのことだ」

「はあ……」

「上司の受け売りだがな。空しいものよ、人生なんて……」

井上が遠い目をしている。夕日を浴びて眼鏡が光っていた。

「じゃあな。悪さするなよ」踵をかえし、去っていく。

けっこういい奴じゃん。裕輔はそんなことを思ったりした。

「裕輔、おまえ、顔が広くなったな」弘樹が感心したように言った。

「おう、おれもいろいろあったしな」裕輔はちょっと大人びた口調で答えた。

しばらく公園のベンチでたばこを吹かしていた。先立つものがないと遊びまで地味だ。

「おーい、おまえら何やってんだ」

また声がかかった。二人で顔を上げる。

「おう、洋平じゃねえか」裕輔と弘樹は同時に声を発していた。

洋平はバレンチノの上下のジャージを着ていた。手にはビニール袋をさげ、中には食料品が見える。

「何だよ、組のお使いかよ」裕輔がからかうように言った。「刑務所で男磨いてくるって計画はどうなった」

「うるせえ。予定が狂ったんだよ」洋平がむきになって答える。

「部屋住み、大変なんじゃねえのか。遊べなくてつまんねえだろう」

「やかましい。一年経ったらおれだって盃もらえるんだよ。そしたらおまえらにナメた口は利かせねえからな」

「おいおい、おれたちは友だちだろうが」と弘樹。

「裕輔がからかうようなことを言うからだよ」

「悪かった、怒るなよ、冗談だよ」

裕輔が肩をたたいて謝る。やくざになったときのことを考え、一応顔を立ててやることにした。

「でも、また痩せたんじゃねえのか」

「そりゃそうよ」洋平が顔を歪める。「ここんとこ社長は機嫌が悪いし、そうなると兄貴たちは下に八つ当たりするし。この前なんかよォ、台所にゴキブリが出て、それだけでおれが殴られたんだぜ。どうして……あっ、いけねえ」洋平が腕時計を見る。「三十分で帰らねえとまた殴られるんだよ。じゃあな」

洋平は走って公園から出ていった。うしろ姿がやけに颯爽として見える。

少しだけ羨ましかった。たとえやくざ事務所の部屋住みでも、一生懸命になれることがあって——。

洋平は放火事件で自首したものの、後に釈放された。逮捕のその晩、同じ手口の放火事件が中町で起こったからだ。咄嗟に「親がいなくなって飯の心配がいらない少年刑務所に入りたかった」と嘘をついたそうだ。洋平は大倉の名前を出さなかったが、警察は清和会との関連をすぐに見破った。世の中それほど甘くはないのだろう。ただし大倉は大倉で警察と取引したらしい。「うちの社長は警察の金玉握ってっからよォ」と洋平が自慢げに言っていた。

真犯人はどこかの夫婦だった。

テレビのニュースで、男が連行されるのを見た。頭からジャンパーを被っていた。

女の方はまだ捕まっていないらしい。

けれど新聞を読まないので詳しいことは知らない。

「おい、腹減ったな」弘樹がため息混じりに言った。

「ああ、減ったな」裕輔もため息がでた。

「でも金ねえしな」

「ああ」

二人でまた盛り場をうろついた。長い影が頼りなげに揺れている。

見上げると、日が半分ほど沈み、薄暮の空に星が瞬いていた。

■本書は、二〇〇一年四月小社より単行本として刊行され、二〇〇四年三月に講談社文庫に収録されたものの新装版です。

|著者| 奥田英朗　1959年岐阜県生まれ。プランナー、コピーライター、構成作家を経て1997年『ウランバーナの森』でデビュー。第2作の『最悪』がベストセラーとなる。続く『邪魔』（本書）が大藪春彦賞を受賞。2004年『空中ブランコ』で直木賞、2007年『家日和』で柴田錬三郎賞、2009年『オリンピックの身代金』で吉川英治文学賞を受賞した。その他の著書に、『マドンナ』『ガール』『イン・ザ・プール』『町長選挙』『東京物語』『サウスバウンド』『ララピポ』『無理』『純平、考え直せ』『噂の女』『沈黙の町で』『ナオミとカナコ』『ヴァラエティ』『向田理髪店』『罪の轍』『コロナと潜水服』などがある。

邪魔《じゃま》（下）　新装版《しんそうばん》

奥田英朗《おくだひでお》

2021年3月12日第1刷発行
2024年2月2日第2刷発行

講談社文庫
定価はカバーに
表示してあります

発行者──森田浩章
発行所──株式会社　講談社
東京都文京区音羽2-12-21　〒112-8001
電話　出版（03）5395-3510
　　　販売（03）5395-5817
　　　業務（03）5395-3615

KODANSHA

Printed in Japan

デザイン─菊地信義
本文データ制作─講談社デジタル製作
印刷────株式会社KPSプロダクツ
製本────株式会社KPSプロダクツ

ISBN978-4-06-522613-1

講談社文庫刊行の辞

二十一世紀の到来を目睫に望みながら、われわれはいま、人類史上かつて例を見ない巨大な転換期をむかえようとしている。

世界も、日本も、激動の予兆に対する期待とおののきを内に蔵して、未知の時代に歩み入ろうとしている。このときにあたり、創業の人野間清治の「ナショナル・エデュケイター」への志を現代に甦らせようと意図して、われわれはここに古今の文芸作品はいうまでもなく、ひろく人文・社会・自然の諸科学から東西の名著を網羅する、新しい綜合文庫の発刊を決意した。

激動の転換期はまた断絶の時代である。われわれは戦後二十五年間の出版文化のありかたへの深い反省をこめて、この断絶の時代にあえて人間的な持続を求めようとする。いたずらに浮薄な商業主義のあだ花を追い求めることなく、長期にわたって良書に生命をあたえようとつとめるところにしか、今後の出版文化の真の繁栄はあり得ないと信じるからである。

同時にわれわれはこの綜合文庫の刊行を通じて、人文・社会・自然の諸科学が、結局人間の学にほかならないことを立証しようと願っている。かつて知識とは、「汝自身を知る」ことにつきていた。現代社会の瑣末な情報の氾濫のなかから、力強い知識の源泉を掘り起し、技術文明のただなかに、生きた人間の姿を復活させること。それこそわれわれの切なる希求である。

われわれは権威に盲従せず、俗流に媚びることなく、渾然一体となって日本の「草の根」をかたちづくる若く新しい世代の人々に、心をこめてこの新しい綜合文庫をおくり届けたい。それは知識の泉であるとともに感受性のふるさとであり、もっとも有機的に組織され、社会に開かれた万人のための大学をめざしている。大方の支援と協力を衷心より切望してやまない。

一九七一年七月

野間省一

織守《おりがみ》きょうや　霊感検定
織守きょうや　霊感検定〈心霊アイドルの憂鬱〉
織守きょうや　霊感検定〈春にして君を離れ〉
織守きょうや　少女は鳥籠《とりかご》で眠らない
おーなり由子　きれいな色とことば
岡崎琢磨　病弱探偵〈謎は彼女の特効薬〉
小野寺史宜《ふみのり》　その愛の程度
小野寺史宜　近いはずの人
小野寺史宜　それ自体が奇跡
小野寺史宜　縁《ゆかり》
小野寺史宜　とにもかくにもごはん
大崎　梢　横濱エトランゼ
太田哲雄　アマゾンの料理人〈世界一の"美味しい"を探して僕が行き着いた場所〉
小竹正人　空に住む
岡本さとる　駕籠屋《かごや》春秋　新三《しんざ》と太十《たじゅう》
岡本さとる　質屋の娘〈駕籠屋春秋　新三と太十〉
岡本さとる　雨やどり〈駕籠屋春秋　新三と太十〉
岡崎大五　食べるぞ!世界の地元メシ
荻上直子　川っぺりムコリッタ
小原周子　留子さんの婚活
海音寺潮五郎　新装版　江戸城大奥列伝
海音寺潮五郎　新装版　孫子(上)(下)
海音寺潮五郎　新装版　赤穂義士
加賀乙彦　新装版　高山右近
加賀乙彦　ザビエルとその弟子
加賀乙彦　殉教者
加賀乙彦　わたしの芭蕉
柏葉幸子　ミラクル・ファミリー
勝目　梓　小説家
桂　米朝　米朝ばなし〈上方落語地図〉
笠井　潔　梟《ふくろう》の巨《おお》なる黄昏《たそがれ》
笠井　潔　青銅の悲劇〈瀕死の王〉(上)(下)
笠井　潔　転生の魔〈私立探偵飛鳥井の事件簿〉
川田弥一郎　白く長い廊下
神崎京介　女薫の旅　放心とろり
神崎京介　女薫の旅　耽溺《たんでき》まみれ
神崎京介　女薫の旅　秘に触れ
神崎京介　女薫の旅　禁の園へ
神崎京介　女薫の旅　欲の極み
神崎京介　女薫の旅　青い乱れ
神崎京介　女薫の旅　奥に裏に
神崎京介　I LOVE
加納朋子　ガラスの麒麟〈新装版〉
角田光代　まどろむ夜のUFO
角田光代　恋するように旅をして
角田光代　人生ベストテン
角田光代　ロック母
角田光代　彼女のこんだて帖
角田光代　ひそやかな花園
角田光代　石田衣良　ほか　こどものころにみた夢
川端裕人　せちやん〈星を聴く人〉
川端裕人　星と半月の海
片川優子　ジョナさん
神山裕右　カタコンベ
神山裕右　炎の放浪者
加賀まりこ　純情ババアになりました。
門田隆将　甲子園への遺言〈伝説の打撃コーチ高畠導宏の生涯〉

講談社文庫　目録

門田隆将　甲子園の奇跡〈斎藤佑樹と早実百年物語〉
門田隆将　神宮の奇跡
鏑木　蓮　東京ダモイ
鏑木　蓮　屈折光
鏑木　蓮　時限
鏑木　蓮　真友
鏑木　蓮　甘い罠
鏑木　蓮　京都西陣シェアハウス〈憎まれ天使・有村志穂〉
鏑木　蓮　炎罪
鏑木　蓮　疑薬
川上未映子　そら頭はでかいです、世界がすこんと入ります
川上未映子　わたくし率 イン 歯ー、または世界
川上未映子　ヘヴン
川上未映子　すべて真夜中の恋人たち
川上未映子　愛の夢とか
川上弘美　ハヅキさんのこと
川上弘美　晴れたり曇ったり
川上弘美　大きな鳥にさらわれないよう
海堂　尊　新装版 ブラックペアン1988

海堂　尊　ブレイズメス1990
海堂　尊　スリジエセンター1991
海堂　尊　死因不明社会2018
海堂　尊　極北クレイマー2008
海堂　尊　極北ラプソディ2009
海堂　尊　黄金地球儀2013
門井慶喜　パラドックス実践 雄弁学園の教師たち
門井慶喜　銀河鉄道の父
梶よう子　迷子石
梶よう子　ふくろう
梶よう子　ヨイ豊《とよ》
梶よう子　立身《りっしん》いたしたく候《そうろう》
梶よう子　北斎まんだら
川瀬七緒　よろずのことに気をつけよ
川瀬七緒　法医昆虫学捜査官
川瀬七緒　シンクロニシティ〈法医昆虫学捜査官〉
川瀬七緒　水《みな》底《そこ》の棘《とげ》〈法医昆虫学捜査官〉
川瀬七緒　メビウスの守護者〈法医昆虫学捜査官〉
川瀬七緒　潮騒のアニマ〈法医昆虫学捜査官〉

川瀬七緒　紅のアンデッド〈法医昆虫学捜査官〉
川瀬七緒　スワロウテイルの消失点〈法医昆虫学捜査官〉
川瀬七緒　フォークロアの鍵
川瀬七緒　ヴィンテージガール〈仕立屋探偵 桐ヶ谷京介〉
風野真知雄　隠密 味見方同心(一)〈くじらの姿焼き騒動〉
風野真知雄　隠密 味見方同心(二)〈干し卵不思議味〉
風野真知雄　隠密 味見方同心(三)〈幸せの小福餅〉
風野真知雄　隠密 味見方同心(四)〈恐怖の流しそうめん〉
風野真知雄　隠密 味見方同心(五)〈フグの毒鍋〉
風野真知雄　隠密 味見方同心(六)〈鵺《ぬえ》の闇鍋〉
風野真知雄　隠密 味見方同心(七)〈絵巻寿司〉
風野真知雄　隠密 味見方同心(八)〈ふふふの麩〉
風野真知雄　隠密 味見方同心(九)〈殿さま漬け〉
風野真知雄　潜入 味見方同心(一)〈恋のぬるぬる膳〉
風野真知雄　潜入 味見方同心(二)〈陰膳だらけの宴《うたげ》〉
風野真知雄　潜入 味見方同心(三)〈五右衛門の鍋〉
風野真知雄　潜入 味見方同心(四)〈謎の伊賀忍者料理〉
風野真知雄　潜入 味見方同心(五)〈牛の活きづくり〉
風野真知雄　潜入 味見方同心(六)〈肉欲もりもり不精進《ふしょうじん》料理〉

講談社文庫　目録

今野 敏 ST 化合 エピソード0〈警視庁科学特捜班〉
今野 敏 ST プロフェッション〈警視庁科学特捜班〉
今野 敏 特殊防諜班 諜報潜入
今野 敏 特殊防諜班 聖域炎上
今野 敏 特殊防諜班 最終特命
今野 敏 茶室殺人伝説
今野 敏 奏者水滸伝 白の暗殺教団
今野 敏 同期
今野 敏 欠落
今野 敏 変幻
今野 敏 警視庁FC
今野 敏 カットバック 警視庁FCII
今野 敏 継続捜査ゼミ
今野 敏 エムエス〈継続捜査ゼミ2〉
今野 敏 蓬萊〈新装版〉
今野 敏 イコン〈新装版〉
今野 敏 天を測る
後藤正治 拗《す》ね者たらん〈本田靖春 人と作品〉
幸田 文 崩れ

幸田 文 季節のかたみ
幸田 文 台所のおと〈新装版〉
小池真理子 冬の伽藍
小池真理子 夏の吐息
小池真理子 千日のマリア
五味太郎 大人問題
鴻上尚史 あなたの魅力を演出するちょっとしたヒント
鴻上尚史 鴻上尚史の俳優入門
鴻上尚史 青空に飛ぶ
小泉武夫 納豆の快楽
近藤史人 藤田嗣治「異邦人」の生涯
小前 亮 趙《ちょう》匡《きょう》胤《いん》〈宋の太祖〉
小前 亮 始皇帝の永遠〈天下一統〉
小前 亮 劉《りゅう》裕《ゆう》〈豪剣の皇帝〉
小前 亮 ヌルハチ〈朔北の将星〉
香月日輪 妖怪アパートの幽雅な日常①
香月日輪 妖怪アパートの幽雅な日常②
香月日輪 妖怪アパートの幽雅な日常③
香月日輪 妖怪アパートの幽雅な日常④

香月日輪 妖怪アパートの幽雅な日常⑤
香月日輪 妖怪アパートの幽雅な日常⑥
香月日輪 妖怪アパートの幽雅な日常⑦
香月日輪 妖怪アパートの幽雅な日常⑧
香月日輪 妖怪アパートの幽雅な日常⑨
香月日輪 妖怪アパートの幽雅な日常⑩
香月日輪 妖怪アパートの幽雅な食卓〈るり子さんのお料理日記〉
香月日輪 妖怪アパートの幽雅な人々〈妖アパミニガイド〉
香月日輪 妖怪アパートの幽雅な日常〈ラスベガス外伝〉
香月日輪 大江戸妖怪かわら版①〈異界より落ち来る者あり〉
香月日輪 大江戸妖怪かわら版②〈異界より落ち来る者あり 其之二〉
香月日輪 大江戸妖怪かわら版③〈封印の娘〉
香月日輪 大江戸妖怪かわら版④〈天空の竜宮城〉
香月日輪 大江戸妖怪かわら版⑤〈雀、大浪花に行く〉
香月日輪 大江戸妖怪かわら版⑥〈魔狼、月に吠える〉
香月日輪 大江戸妖怪かわら版⑦〈大江戸散歩〉
香月日輪 地獄堂霊界通信①
香月日輪 地獄堂霊界通信②
香月日輪 地獄堂霊界通信③

講談社文庫　目録

講談社文庫 目録

2023年12月15日現在